河南大学
文论与美学
丛 书

An Evolutionary History of
Contemporary Chinese Prose Theory

当代散文理论
流变史稿

刘军◎著

图书在版编目(CIP)数据

当代散文理论流变史稿 / 刘军著. — 北京：商务印书馆，2023
(河南大学文论与美学丛书)
ISBN 978-7-100-22587-8

Ⅰ.①当… Ⅱ.①刘… Ⅲ.①散文理论—中国—当代 Ⅳ.① I207.67

中国国家版本馆 CIP 数据核字(2023)第 109368 号

权利保留，侵权必究。

当代散文理论流变史稿
刘 军 著

商 务 印 书 馆 出 版
(北京王府井大街36号 邮政编码100710)
商 务 印 书 馆 发 行
北京顶佳世纪印刷有限公司印刷
ISBN 978-7-100-22587-8

2023年10月第1版　　开本 880×1230　1/32
2023年10月北京第1次印刷　印张 10 3/8

定价：83.00元

"河南大学文论与美学丛书"总序

河南大学文学院的历史，可以追溯到1923年省立中州大学（河南大学前身）的成立及相应的"文科"之初设，迄今已逾百年。今年3月举行的隆重纪念活动，彰显了文学院中文学科深厚的学科积淀和优良的学术传统，其文脉赓续，绵延至今。诚如关爱和教授在庆祝建院百年大会上的致词所言："100年来，河南大学文学院与河南大学同命运、共发展，成为中原地区高等教育的参天大树。一代又一代名师在这里辛勤执教，演绎着智山慧海、前薪后薪的动人故事；一代又一代学生从这里走出，成就了民族复兴、国家发展的丰功伟业。文学院的过去的100年让我们无比骄傲和自豪。"河南大学文学院的文艺学学科，即是在这一传统中获得发展的重要学科之一。伴随着百年文院的历史嬗变，一代代学人辛勤耕耘，他们孜孜以求，薪火相传，使文艺学学科的研究形成了根底扎实深厚、学风朴实严谨的鲜明特色。

文学院建院早期，首任院长（即文科主任）由著名哲学家冯友兰担任，下设的国文系和哲学系所开课程包括"中国哲学史""西洋哲学史""美学""国文""诸子概论""文学批评""文学史论""文学概论"等；学院建立了学术团体"文艺研究会"，编印有学术刊物《文艺》等。而在师资引入方面，则大力延揽名师来校任教，至新中国成立前，先后有冯友兰、郭绍虞、嵇文甫、段凌辰、刘盼遂、罗根泽、姜亮夫、高亨、朱芳圃、缪钺、卢前、范文澜等知名哲学家、中国文学批评史家、中外文艺研究专家到河南大学任教、做研究。在此时期，他们的研究成果也先后刊行，如郭绍虞在商务印书馆出版《中国文学批评史》（1934年，上卷）、罗根泽在北京人文书店出版《中国文学批评史》（1934年，周秦两汉卷），姜亮夫则以其北新书局版《文学概论讲述》作教材。这些研究成果都立意于在研究中国的文学批评中获得批评理论与文学原理，以指导未来文学，为河南大学乃至初创的中国文学理论研究奠定了基础，确立了具有现代意义的文学批评与理论学科形态。

新中国建立之后，河南大学文学院承继先贤学风，开拓新的领域，汇聚学术实力，使人文传统得以弘扬。先后来院执教的有于赓虞、张长弓、任访秋、高文、万曼、于安澜、李嘉言、李白凤、华锺彦等知名教授，他们的文学、诗学与美学研究，推进了文学院文艺学学科的发展建设，使其在延续先前醇厚学统的同时呈现出新的气象。进入新时期，河南大学文艺学建设再上新的台阶，一批中青年学者成长起来，顺应时代的新要求、新发展，学科建设不断强化，学术研究日趋深入；努力加强学术交流与合作，成功举办一系列国际国内大型学术会议。尤其是河南省高等学校人文社会科学重点研究基地"河南大学文艺学研究中心"的获批建设，使学科点持续凝聚专业特色，并逐步形成了较为合理的人才梯队，目前已在中国文论与比较诗学、西方文论与美学研究、文学批评与文化研究等领域形成鲜明的学术特色。

为了承传和弘扬河南大学文艺学及其相关研究的学术精神，近年来，我们已经陆续整理出版了一些代表性的成果，如《于赓虞诗文辑存（上下）》《任访秋文集》、"于安澜书画学四种"的《画论丛刊》《画史丛书》《画品丛书》《书学名著选》，以及列入"百年河大国学旧著新刊"丛书中的《中国文学史新编》（张长弓）、《晚明思想史论》（嵇文甫）、《唐集叙录》（万曼）、《中国文学概论》（段凌辰）、《东夷杂考》（李白凤）、《白石道人歌曲译谱新注》（高文、丁纪园）、《长江集新校》（李嘉言）、《花间集注》（华锺彦）、《庆湖遗老诗集校注》（王梦隐、张家顺）、《文心雕龙选讲》（温绎之）、《红学二百年》（李春祥）等。这些著作，有的虽跨越了漫长的历史，但仍因其具有的经典价值而历久弥新。

而这套"河南大学文论与美学丛书"，则是本学科在河南大学文学院的大力支持下新近组织的一套学术论著。其研究范围，涉及古今中外；在研究对象上，亦自由灵活，既有文论与美学史方面的阐释与建构，也有批评与理论上的探讨和论析。但无论怎样，都要求作者在各自的论域和论题上能够有所深化、有所拓展、有所创新。

"河南大学文论与美学丛书"的出版，得到了商务印书馆的大力支持和悉心指导，每每想起，感动不已。值此丛书出版之际，特向诸位深致谢忱！

张云鹏

2023 年 6 月

自序:文学批评与批评的文体

19世纪的福楼拜曾将文学欣赏比喻为"灵魂在杰作间的漫步"。而漫步一词在中文语境中还有另外两个译法,其一是壮游,指向心灵的伟大旅行;其二是探险,指向鉴赏主体想象力的激发以及由此而生的探秘。漫步一词,对应了"人闲桂花落,夜静春山空"式的娴静,与古典诗学的虚静之说相衔接。就这个意义上说,漫步一词更能切合东方民族的阅读心理和审美习惯。欣赏活动复杂而多元,歌德曾将文艺欣赏分成三种类型:一是不假思索地享受美;二是只作判断不享受;三是在享受的同时作判断,在判断的同时进行享受。而第三种类型才能再现作品的精髓,实际上,这是欣赏活动由浅入深的三种境界。就歌德的判断而言,前两种为阅读与欣赏的常态,而后一种乃是文艺批评从业者必走的台阶。

知识主义精神日渐蜕变和衰败的今天,盛行的工具理性使得知识分子群体以及他们的话语生产,由当初的分化行进到固化的程度。这其中当然也包括文艺批评话语的生成模式和基本场域。当前的文艺批评格局亦可以用三分法加以描述,即体制内批评、学院批评、民间批评三个场域。文联、作协体制内创研部或理论研究室的众多批评家构成了体制内批评的主体,他们肩负着批评与意识形态规训的双重职责;而高校以及相关研究机构的批评从业者，构成了当下批评的主力军，无论是人数还是专业力度上，他们的辐射力最为突出；至于民间批评场域，则呈现出分散性、弱化的总体特性。其间的从业者接近批评发烧友的角色定位，他们的交流平台依托于文学论坛、博客、豆瓣、知乎等新兴媒介之上。在他们身上，职业化色彩以及相应的功业因素相对稀少，更多的是出于兴趣或者性情寄放的缘由。爱因斯坦曾经说过，热爱是最好的老师。热爱的涌入，使得这批民间评论者的批评实践拥有了体制内和学院批评所缺乏的日常体温以及某种程度上的纯粹性。体制内、学院、民间三个场域之间呈现出互补的局面，相互的砥砺与尊重方是康庄大道。

2019年10月的第三周，文学批评界痛失一位有着广泛影响的人物——美国批评家哈罗德·布鲁姆。在其离世的当天，我翻查微信朋友圈的当口，注意到国内一个知名批评家的旁白，内容大致包含两层意思：一是基于布鲁姆对批评文体的重大贡献，理应获得诺贝尔文学奖；二是反观国内权重愈高的学院批评，尽管论文式批评的产量惊人，然而遗憾的是，大多数从业者并不热爱文学。我能读懂他的旁白的全部内涵，而其中传达出来的信息，涉及对国内文学批评的指认，准确得让人伤心。

作为当代最杰出的三位文学批评家之一，布鲁姆拥有惊人的阅读记忆力，他能够一字不落地背诵《莎士比亚全集》《圣经》以及多个作家的全集。此外，在阅读效率上也令人叹为观止，据说，他一个小时内可以阅读四百页的文学作品。无论是布鲁姆还是詹姆斯·伍德抑或伊格尔顿，熟悉他们的读者皆知道，他们皆拥有无与伦比的阅读量。分析这个现象，非批评家的职业精神所能解析,唯无限的热爱,才能够在阅读量上加以无限的拓展。很显然,这三位批评家将文学当作志业来看待,并投注了持之以恒的热爱,如此,得以确立批评的尊严和批评文体的价值。

文学批评是一件专业性很强的工作,拥有职业精神乃起码的对等要求。20世纪90年代初,人文精神大讨论的语境中,批评家陈思和曾提出了岗位意识的理念,以此将知识分子的职业精神加以具体化。很显然,如果要厘清志业、职业精神、职业间的关系层次的话,那么,志业对应的应是一种渊然而深的热爱,职业精神对应的是一种相对持久的热情,而职业则关乎生存法则。因此,大体上,职业与热爱或者热情没有必然的关联。恰是因为国内文学批评界将文学批评当作职业业已成为普遍的趋势,因而在人们所接触到的批评文章里,鲜有个体经验和生命温度的带入,至于像歌德那样拼命捶打作品激动得泪水涌出的共情状态,尤其罕见。

正所谓"取法乎上,得乎其中",没有某个节点而兴起的热爱,当然不可能产生较为持久的热情。因此,所谓的志业和职业精神不过是外显结果的差异,志业往往以一生加以考量,而职业精神则指向当下的形态,两者皆需热爱的支撑。当下繁盛的论文批评的生产方式,恰恰匮乏内在的热爱,再加上学科的愈发精细化,使得批评话语走向套路生产和自说自话的境地。这种情况下谈论读者的离场或者批评尊严的获取,当然显得极其尴尬。作为德语文学批评的重镇,拉尼茨基曾经道出,没有对文学的爱,就没有评论。在其之前,歌德曾言及:"艺术是一个独立自足的完整体,它是神圣的丰产的精神灌注的结果!"如果丧失了热爱,那么,批评文章里的文本分析又怎么可能将"丰产的精神"重新激活？因此，热爱不仅是最好的导师，也是文学批评持续前行的心理原动力。

  本雅明有一句话，"谁在这个时代恢复批评的尊严，就必须创建一种批评的文体"。这句话是摆在所有批评从业者头上的标尺，类似康德所言的"在我头顶上的灿烂星空"。批评的原野足够宏阔，批评的天空更是接近无限，行走其中的人应该保持足够的敬畏，批评者的自律是捍卫批评尊严的必经之途，而尊严总是眷顾那些纯粹之人，因为他们的心中藏着深爱二字，恰如巴尔加斯·略萨所言："生活在地球上的人们需要在内心深处建构一个属于自己的奇幻美妙的精神王国，使之与残酷的现实生活并行，以此填补空虚的心灵，驱除苦难。"

目录

绪论 / 1

第一章　新时期以来散文文体观念的演进 / 14
第一节　新时期以来散文的基本曲线 / 14
第二节　散文理论的弱化 / 31

第二章　"向后看"，1980年代的散文理论态势 / 50
第一节　从巴金的"说真话"到林非"真情实感"论 / 56
第二节　对三大家散文的反思及"形散神不散"的论争 / 69
第三节　理论的外围：散文消亡论的论争 / 82

第三章　文体内部的失衡与话语场争鸣 / 88
第一节　大散文观与净化文体之说 / 94
第二节　文化本体论与楼肇明"复调散文"说 / 111
第三节　真实与虚构的论争 / 120

第四节 自由精神的伸张 / 148

第四章 散文理论的可能性与新气象 / 163
第一节 "新散文"的标举及争鸣 / 171
第二节 "在场主义":理论建构的得失 / 196
第三节 陈剑晖"诗性散文"理论 / 215
第四节 孙绍振"审美、审丑、审智"说 / 232
第五节 南帆的散文文类观 / 241

第五章 散文的特质 / 253
第一节 散文何以为散文 / 253
第二节 散文的审美判断标准 / 265
第三节 散文流变与散文思潮 / 281

参考文献 / 307

绪论

一、理论现状

如果绕过晚清报章体散文的兴盛，以新文化运动期间兴起的随感录作为白话散文起点的话，那么，迄今为止，白话散文业已走过百年的历史。在白话散文逐渐演变与深化的过程中，就散文理论的建构而言，观点主张及相关争鸣始终作为散文理论的基本形态而存在，比如"美文""艺术散文"的观点，"小品文"幽默内涵的争论，比如"形散神不散""轻骑兵"说，"海阔天空"论，"真情实感"论及"真实与虚构"的论争。这样的例证非常丰富，贯穿于20世纪的散文理论史之中。直到21世纪之后，散文理论的呈现形态方有所改观，讲究逻辑论证与体系严密的理论建设跃出地平线，构成了散文理论史的某种转折。

理论史的形态往往是这样，前一个时期或者说时代的文体理论成果，源于研究的积累，脉络和线索大体上趋于分明。而对当代的观察，却受制于视角、距离等因素，难以从众声喧哗中发现隐蔽着的路线和理论图谱。对于文学史而言，"当下"往往易于阐释，却不易于勾连成线，关于"当下"的阐释经过了时间的磨砺，下沉的内容，恰恰构成了后之视今的结晶体。根据以上的描述，对照中国现代散文理论史和当代散文理论史的钩沉情况，大体上可以得出如下结论，即现代文学时期白话散文的观念与理论的梳理已然成型。蔡江珍的《中国散文理论的现代性想象》探讨了中国现代散文理论的发生、成型及话语影响力，进而完成了对现代文学时期散文理论的爬梳与整理。颜水生的《中国散文理论的现代转型》不仅对现代文学时期的白话散文理论进行了有效的勘察，还将散文理论放在中国社会的现代转型的大背景下加以考察，同时也总结出现代性散文理论的三种范式。类似的还有俞元桂主编的《中国现代散文理论》(1984年)以及台湾学者郑明娳出版的《现代散文理论垫脚石》(2016年)。此外还有大量的论文涉及现代散文理论的梳理和辨析。而在新时期文学初期，散文研究或者理论批评领域主要的工作就是对十七年文学时期产生的散文观念展开清理和总结。比较而言，新时期以来的散文理论尤其是21世纪以来的散文理论，尚未有系统性的开掘和整理。

就散文的整体性研究而言，现有成果多集中于思潮史的阐发以及散文研究概况的述评上，相关新时期散文理论流变的梳理，无论在数量上还是在深度上，即便与处于弱势的散文研究相比，也有着明显的欠缺。目前来看，只有部分单篇论文及少数硕士论文有所涉及。2006年由山东文艺出版社出版的《中国新时期散文研究资料》一书，计六十万字，收录于此书的内容绝大部分为散文研究类文章。真正涉及理论史回顾的只有王钟陵《20世纪中国散文理论之变迁》一文。此文重点阐发了现代文学时期散文理论建构的相关情况，对新时期以来的散文理论着墨甚少，且缺少史论的环节。其他相关论文还有胡俊海的《新时期散文理论建设梳辨》(2000年)，范昌灼的《新时期散文理论研究论略》(1992

年),古耜的《为新时期散文理论清点行囊》(2002年)。以上文章限于篇幅,多停留在简单的扫描层面。此外,还有两篇篇幅较长的硕士学位论文与散文理论的梳理相关。其中有邓仁英的《新时期散文理论建设的流变、限度及可能》(2011年),以及徐炎君的《1990年代以来的散文理论研究》(2011年)。邓仁英论文的史料占有较为翔实,但失之于细碎,论文分三章,其中第一章的内容从散文理论的历时性角度梳理新时期以来散文理论建构的得与失,而其他两章,则围绕着散文理论的弱化以及其他问题而展开。总体观之,缺乏细化和深入,且以平行的面貌展示散文理论的建设成果,缺乏应有的曲线。徐炎君的硕士学位论文,尚未完成对这一时期理论建设的整体把握,盲点较多,逻辑架构也不清晰。此外,上述理论的梳理,皆未做到清晰地区分散文研究与理论建构的不同,使得理论的边界显现出模糊的状态。

进入21世纪后,伴随着新的散文思潮的涌现,在其内部生成了新的理论伸张及观点陈述。此外,体系性的散文理论建构跃出地面,为散文理论场域注入极大的活力。而这些新的理论建设成果尚未纳入散文理论史考察的范畴。综上所述,无论出于学科规范的需要,还是出于散文史自身的清理行装,对新时期以来散文理论脉络的梳理,皆成了题中应有之义。

新时期以来散文理论的演进从其运行轨迹上考察,呈现出明显的三个阶段的特征。在具体划分方面,1978—1989年为第一阶段,简称为1980年代。这一时期的散文理论建设在整体上呈现出"向后看"的特征,其中影响最大的"真情实感论"也是在前人论述的基础上提出来的,折中性非常突出,作为持中之论,其保守性也显而易见。此外,这一时期出现的关于"形散神不散"的论争,以及对诗化路线的反思,皆是出于对十七年散文观念与写作模式的清理而产生的,其"向后看"特征尤其分明。因此,第一阶段的散文理论建设在理论的前瞻性以及深度上,皆有所欠缺,与这一时期散文创作上的弱化与偏冷相辅相成。1989—2000年为第二个阶段,简称为1990年代。这一时期的散文理论产生在散文热的大背景之下,虽然摆脱了1980年代"向后看"的理论色调,部分学者也试图借鉴西方文论资源重建散文的话语场,但从总体上看,依然处于"前理论"的范畴内。空降型的理论成果难以与散文实践相契合,也难以准确指认散文热中产生的多个散文思潮。楼肇明、喻大翔等学者倡导的文化本体论的研究方法,将散文的范畴论和特征论导向了泛化的境地,原本薄弱的理论建设变得更加模糊。这一阶段初期出现的"大散文"与"艺术散文"的观念之争,"真实与虚构"的话题讨论,客观上推动了散文界对散文类别、体式、文体边界的思考,以及对散文审美品格的认知。不过,所取得的具备共识性的理论成果并不多,尚未从根本上解决散文的体式内涵、审美品格等问题。2001年至今为第三个阶段,简称21世纪以来的散文理论。这一时期的散文理论经过了前二十年的沉淀,在深度和宽度上皆有所突破。首先出场的是具备实验性和先锋性的"新散文"的理论标举及"在场主义"理论旗号,不过,"新散文"与"在场主义"的理论阐述依然存在自洽性、逻辑性不足的现象,但其理论声张的前卫姿态,打破了散文理论陈旧保守的窠臼,为理论场域带来勃然生机。这一阶段最重要的理论成果当数陈剑晖"诗性散文"的建构。从体系性来说,"诗性散文"理论改变了白话散文理论絮语断片式的理论样式,也改变了新时期散文理论应时性表述的基本面貌,转而向体系的纵深性迸发。从理论内涵的丰富性来说,这一理论也相对完备,从基本概念的确立到核心观点的生发,再到理论内容的层级化以及对散文文本的精确指认等,既有统一的要素,又有分层次的表述。这种宏观建构为理论范式的转换带来可能,为原本微弱且边缘的散文理论建设确立了一种新的向度。另外,这一时期内,孙绍振"审美、审丑、审智"之说,林贤治、谢有顺对自由精神和自由伦理的重申,南帆的"去本体化"的散文文类观,则构筑了新世纪散文理论丰富立体的景观。

二、总体观照

中国是个散文大国,古典散文所取得的高度举世公认。诗文并举的写作实践,也推动了古典诗学和散文理论的深化。从先秦一直延伸到晚清,古典散文理论逐渐走向繁茂和精微。五四新文学以来,白话散文虽然取得了较大的成就,却因小说作为主流文体的整体话语背景的制约,导致白话散文理论建设趋于零散化、片断化的局面。散文理论在系统性、整体性上的欠缺贯穿了20世纪的文学史。新时期以来,相对于小说理论、诗歌理论的繁茂,散文理论在整个理论场域处于边缘化的地位,进而导致散文批评的专业性颇受质疑。在此情况下,梳理新时期以来散文理论的建构与流变就显得非常重要。一定程度上,学术史化之后,有助于散文批评的良性发展,也可为理论介入现实提供某种可能。

新时期文学的发展至今业已走过四十年的光阴。就散文领域而言，理论贫弱的大背景之下，20世纪80、90年代的概念命题、话语争鸣、边界讨论等，经过沉淀和发酵，一些代表性的观点得到相对深入地透视和呈现，相关研究成果，见于学者们的论著之中。进入21世纪后，一些重要的概念命题继续发酵，新的理论建设成果也涌现出来，而相对完整的时间段的存在，也支撑了文学史、散文史线性发展的基本要素。在此情况下，散文的文体内涵、散文思潮的演变轨迹、散文理论建构的波段特征，得以凸显，并具备了某种观照的意义指向。

新时期散文至今，已有四十年的历史。就散文理论的流变而言，三个阶段的特征比较突出，那么如何理解这种理论的"当代性"？雅思贝尔斯说过，人类并不仅仅由我们同代人所代表，但同代人能给我们带来震动。基于这个说辞，反观散文理论在当代的演变，就会注意到，如果与中国古典文论系统展开比较，当代文学散文的理论建构，尚处于弱小的地位，理论著作的影响力和审美指向距离清代学者章学诚所言的"《文心》体大而虑周，《诗品》思深而意远"还有很大距离。所谓"体大而虑周"，指的是理论体系的宏阔与周全，体系架构层峦叠嶂且逻辑紧密，形成一个自足的运行系统；所谓"思深而意远"，指的是理论阐述的精当性和深刻性，能够做到知往而鉴来。如果把当代散文理论放在白话散文的百年历史中去加以考察，对比现代文学时期和十七年文学时期的散文观念的陈述，即可见其间的同与异。相同的一面在于对"散文是什么？"这一问题的持续性思考以及观点表达上的絮语、断简的特征。不同的地方主要表现在当代散文理论思维边界的拓宽和问题意识的深入，不仅对散文的内涵、散文的审美特征这些惯常的问题加以思辨，而且将理论思考拓展到散文的体例与范式、主体性、西方文论的转换、文体革命等场域中去，并尝试着在方法论基础上建构新的理论思路。林非、刘锡庆、贾平凹、梁向阳、佘树森、孙绍振等人，在散文的体例与范式上，各有主张，认识成果也比较多元。刘烨园、祝勇、周闻道、周伦佑、林贤治等人的散文观念相对先锋，希望在散文文体内部生成一场革命，借以颠覆保守的观念和迟滞的文体。楼肇明、喻大翔等学者则试图嫁接西方新的理论成果，在方法论上，以文化本体论切入散文理论场域，建构新的生成模式。这一时期，散文理论的建设取得突破性进展的，当数陈剑晖的"诗性散文"理论。这一理论从某种意义上来说，是唯一一个达成体系性的建构成果，散文理论叠床架屋的完整态势被确立。在体系性散文理论终于浮现于21世纪的地平线上之际，还应该看到，"诗性散文"理论的提出毕竟时限较短，其普适性还有待检验，而且，对于未来的散文创作实践将产生多大的作用，其指向性还不够清晰。

1980年代的文学语境，经历了短暂的回归后，迅速转入狂飙突进的步调之中。而散文和散文理论建设则相对游离于这一整体步调之外，呈现出明显的滞后性与"向后看"的特征。"真情实感论"成为这一时期最重要的理论建构成果，但依然是某种"顾后"的结果，这也为后来的再反思和再批判埋下伏笔。关于"形散神不散"的论争以及对杨朔式诗化模式的反思，彰显出回归与反思语境中的某种必然，在理论辨析上也体现出散文在去除政治因素回归审美本体上的趋势。进入1990年代之后，严重的失衡不是发生在不同文体之间，而是在散文内部。散文热的背景下，理论建设持续的贫弱形成了散文文体内部失衡的状况。这一时期，争鸣大于理论建构，"大散文"与"艺术散文"（或者文体净化说）的论争，"真实与虚构"的论争，皆是在这一背景下产生的。尽管也有学者尝试转化西方文论以建立新的方法论和理论视角，但硬性移植的方式也埋下隐患，未经充分的吸收和消化，使得文化本体论的建构显得生硬与空疏。这也决定了理论生命力的单薄。21世纪以来的散文理论经过了前二十年的沉淀，在深度和宽度上皆有所突破。虽然，"新散文"与"在场主义"的标举依然存在自洽性、逻辑性不足的现象，但是陈剑晖"诗性散文"的理论建构，孙绍振"审美、审丑、审智"之说，林贤治、谢有顺对自由精神和自由伦理的重申，则构筑了新世纪散文理论丰富立体的景观。因此，从整体性来考察新时期以来散文理论的建构与流变，第三个阶段，也就是21世纪以来的散文理论建设，成果相对突出，在学理性、理论的体系性建设上，皆取得了长足的进步。

恩格斯曾指出，历史总是由现实的光芒照亮的，片面性是历史发展的必要形式。当代散文理论建构过程中，也曾产生了诸多这样的"片面性"，尽管它有这样或者那样的不足，但以历史的眼光去看，这些"片面性"为之后宏大理论的出现，在不断地叠加某种可能性，即使作为理论的试错，也为其后散文理论的发展提供了丰富的经验。

散文理论的贫弱是一个世纪性的难题，这一难题的成因主要有两个。一是文体本身的问题，散文的文类特征最为突出，不断在吸纳边缘文体与实验文体,使得这一问题的内涵与外延始终处于变动不居的状态。再加上散文是弱文体,与小说、诗歌相比,一直存在着理论积淀不足的情况。二是理论研究队伍的薄弱问题,整个散文研究的力量就存在边缘化的情况,在散文研究系统中若开拓出理论建构的场域,需要理论的自觉和视野的开阔,这一门槛的存在,无疑对本来数量就偏少的散文研究队伍形成限制。以上两点制约了新时期散文理论的建构工作,改变当前的积弱状况,也就需要在这两点上实现突破。一方面,在理论的承继和开拓上,中国传统文论能否实现现代性的转换,首先实现在散文理论话语上的突破,成为问题的关键所在;另一方面,如何扩充散文研究队伍,并形成一个健康多元的理论讨论场域,则是另外的关键所在。

三、理论形态

新时期文学开启后,当代中国文论迎来了转机,扬弃了苏联的文论模式,文论话语由一元化走向多元化。占主流地位的马克思主义文论,源于经典的再阐释和源头回溯的研究方法,得以摆脱一度机械化、僵化的话语生产模式,进入相对丰富的层次。而1980年代的启蒙话语及中西文化再度对接的背景,使得20世纪西方文论的多元话语纷至沓来,在翻译、文学批评、理论阐释等领域掀起了一场接一场的热潮。1990年代,在文化保守主义兴起的思想背景下,中国古典文论的现代性转换作为重要的理论话题,前推到理论场域内。21世纪之后,在全球化趋势下,随着消费主义和大众文化的兴趣，当代文学理论由审美和意识形态研究转向文化研究，在研究范式上再一次经历了转型。在鲁枢元等人所著的《新时期40年文学理论与批评发展史》一书中，以"五常"①说加以总结当代文论的发展概况和主要场域。五个理论场域包含如下：1.新时期马克思主义文论的中国化；2.中国古代文论之现代转换；3.新时期文学的跨学科研究；4.新时期的文学批评实践；5.大众文化兴起与文学批评的危机。

综合上述五个理论场域，就分体理论史而言，比如小说理论、诗论、散文理论、戏剧理论等，与"五常"中的文学批评实践交集甚多，而其他的理论常态与分体理论史普遍存在着关系疏离的状况。中国当代文学的分体理论史，其生长点基本上源于批评实践，并在进一步争鸣中得以巩固，形成了理论形态，散文理论也不例外。文学批评与理论之间本身就是双向互补的关系，批评毕竟构成了文学研究活动中最富于创新精神的环节，对于这一点，别林斯基认识得较为透彻，他指出："理论是文学法则的有系统的和谐的统一；可是，它有一种不利，那就是它只包含在一定的时间限度里面，而批评则不断地进展，向前进，为科学收集新的素材，新的资料。"②"文学批评——这就意味着要在局部现象中探寻和揭露现象所据以显现的普遍的理性法则。"③批评的现场活力与纠错能力，始终推动着理论范式的变化和理论阐释的修正，

---

① 鲁枢元、刘锋杰等：《新时期40年文学理论与批评发展史》，浙江文艺出版社2018年版，第7页。
② 〔俄〕别林斯基：《别林斯基选集》（第1卷），满涛译，上海译文出版社1979年版，第323页。
③ 同上注，第574页。

以此适应时代对于文学的要求。因此，就散文理论史的展开而言，它首先受限于思想解放及文论话语繁荣的大背景，其次是其基本内容往往由批评的实践加以决定，而散文批评在文学场域内具备了"自生性"的特质，所谓"自生性"，指的是散文批评凭借的理论资源主要来自散文传统。对于新时期以来的散文理论而言，理论资源来自现代散文传统和十七年散文传统，其话语标识自成特色，与热点理论话语及其他分体理论话语之间，仅有少部分的交集。比如"形散神不散"论，散文的真实性问题，散文的文体边界等，皆是在批评实践中产生的"内部"话题。这些"自生性"话题具备某种延续性，并在绵延中形成具有理论特性的话语形态。与之对照，少数借鉴西方文论成果而形成的散文观念，如"复调散文"，在批评实践中，因为缺乏回声而形成了孤立性的理论概念，其活力也不言自明。

就历史继承性而言，新时期以来的理论观点大多可以找到其因循的准则和来处。1980年代影响深远的"真情实感"论，在成因上，不仅有距离很近的巴金"说真话"及孙犁"写真实"的影响，追溯到现代时期，鲁迅在自选集序言里曾自道："有了小感触，就写些短文，……得到较整齐的材料，则还是做短篇小说"。而所思所感的明快特质在白话散文初期的随感录体式中就已经得到确立。若再上溯到古典文学的传统里，汉乐府确立的"感于哀乐，缘事而发"的艺术准则，以及白居易"文章合为时而著"的主张，与"真情实感"论皆存在渊源关系。1990年代刘锡庆基于净化文体而提出的"艺术散文"概念，往前追溯的话，可以发现这一散文观与现代文学时期王统照的"纯散文"之间，有着很大的契合度。王统照是这样定义"纯散文"的,他指出:"其写景写事实,以及语句的构造,布局的清显,使人阅之自生美感。"① 由此可观,对修辞与文学性的重视,"艺术散文"与"纯散文"之间一脉相承。至于这一时期出现的"大散文"观念,强调文体的跨界和内容上的多元,则与古典的文章之道有相通之处。1990年代后期,林贤治提及的"自由精神",其背后则是西方哲学、艺术观念的影响,比如其参照物有卡西尔宣称的"艺术是一条通向自由的道路,是人类心智解放的过程",另有阿多诺的判断——真正的艺术在社会功能上是批判的,在美学形式上是自由的。因此,历史的累积与散文观念的延续性,成为影响散文理论形态的两个最重要的因素。

涉及散文理论与批评话语的提出者的主体,现代文学时期与十七年散文时期,具有某种统一性,而到了新时期以来,则有明显的位移情况,即由作家向学者的位移。在前一阶段,重要的散文观念基本由作家推出,周作人尽管拥有作家、学者的双重身份,但在提倡"美文"观之际,他主要是以作家身份发声,至于鲁迅、郁达夫、梁实秋、王统照、林语堂等,他们的作家身份标识明显。十七年散文时期延续了这一态势,"海阔天空"论的提出者秦牧,"轻骑兵"说的倡导者柯灵,皆是代表性作家,而肖云儒的社会身份,准确而言,还是一个青年读者。新时期之后,主体身份明显偏移,林非、刘锡庆、楼肇明、陈剑晖、王兆胜等人,皆是散文研究与批评领域的代表性学者。当然,这一时期作

---

① 王统照:《纯散文》,《晨报副镌》1923年6月21日。

家的声音并没有完全消失，贾平凹、林贤治、祝勇等，则是以作家的身份而发声。不过，学者的理论建树无疑构成了树干的主体部分。

  当代文学理论的演化进程中，与哲学、社会学存在着天然的亲缘关系，因此，其基本形态也呈现出与哲学、社会学交叉互渗的状态，文学哲学、文学文化学、文学心理学、文学社会学等具体形态也应运而生。而具体到散文理论的形态呈现，与散文批评的话语呈现则不可分割，因此，对于散文理论而言，非研究式的、独立的散文批评非常可贵。

第一章
新时期以来散文文体观念的演进

第一节 新时期以来散文的基本曲线

一、文脉与文类

　　源远流长的中国古典文学传统中,"诗"与"文"这两大文体长期并列,从源头看,它们几乎同时出现在文明早期。"诗文并举"以及后来发生的诗文互渗现象,一方面并不意味着这两大文学门类的趋近或者趋同,毕竟,它们分别是两种代表性的文学门类,两者的区别,在明代学者李东阳笔下得以清晰的钩沉。对于诗与文的不同文体特性,李东阳指出,两者的评判标准在于以声辨体,在他看来,文是言之成章者,而诗则是文之成声者。以声辨体是他基于文体特性所做出的判断,除此之外,在审美功能和语言形式上他也做了进一步的甄别,而文体特性之别则清晰明了。另一方面,两种文体的并举并不意味着在不同时代里,"诗"与"文"始终对等,如果从更加宏观的角度看,"文"的地位大体上是高于"诗"的,或者说在中国传统的知识分子的传统观念里,"文"显得更重要一些。朱自清就曾说过:"中国文学向来大抵以散文学为正宗。"造成这一现象主要在于士大夫对于经、史的重视,因为经与史的研习直接照应着治国平天下的诉求,也照应着《左传》三不朽说中第一层面——立德说,而经、史恰恰构成了"文"的主体。所谓道德文章,传之后世,这构成了士大夫阶层的最高欲求,这一点在韩愈、欧阳修等名家身上,体现得非常突出。"诗"虽非小道,但它更多地对应个人情志的抒发,这里面虽然也包含着家国情怀,但家国情怀毕竟只是部分存在。文与道的关系以及文对于道的体认,从南北朝时期的刘勰就有了充分的阐述,后来的明道说、载道说以及类似的理论观点则如大河长流,这些内容,也可以作为更重视"文"之传统的佐证。实际上在刘勰之前,对"文"的重视,至少可以上推到春秋时期,比如老子《道德经》中的"鼓天下之动者,莫系乎辞!"句,以及《论语》中孔子的"文质彬彬,然后君子"之说,皆是明证。

具体到"文"这一文学门类,其源头可以上溯至记言体的《尚书》那里。历经蔚为大观的先秦诸子散文、魏晋南北朝山水游记、唐宋古文、明清小品文,至晚清以梁启超为代表的报章体的兴盛,古典散文一度涌现出庄子、司马迁、柳宗元、苏轼、徐霞客、张岱这些世所公认的大家。《周易·系辞》曾针对事物的演化与发展规律,给出了"穷则变,变则通,通则久"的判断,可谓提纲挈领。在这一哲学思想的影响下,古典文艺思想体系内衍化出专门的通变理论,齐梁间的刘勰与晚清时期的王国维则是其中的代表。尤其是刘勰,他既为文学的通变提供了理论总则,又在细则层面给予精微的阐发。他曾指出:"夫设文之体有常,变文之数无方，何以明其然耶？凡诗赋书记，名理相因，此有常之体也；文辞气力，通变则久，此无方之数也。名理有常，体必资于故实；通变无方，数必酌于新声；故能骋无穷之路，饮不竭之源。"①这段话其实包含了两层意思，首先，每一种具体的文学体式皆有其相应的规范性，虽然文体演变无穷，但"有常之体"常在；其次，如果固守成规，无破体之作，则不破不新，在具体的文学样式演化之途中，具体的写作方法必须加入新变的因素。若举例加以说明，文学史上"词为诗余"的提法堪称典范，这一提法里，并非将词视为小道而轻视之，在文体的指认上，词依然是诗歌的一种，并作为变体而存在。正所谓"诗庄词媚"，文学史后来的实践也证明了这一点。

从刘勰的通变观出发，中国散文即为常读常新的"有常之体"。虽然经历文言白话的语言载体的转换，古典散文与白话散文的某种气脉依然相通，甚至，从某种意义而言，散文是中国文学诸范式中唯一一个未有中断的主要文体。新文化运动前后，中国社会从制度、思想、审美、信念体系等层面进入大变革的通道里，在改造社会的时代潮流里，文学作为启蒙的利器为人们所重视。陈独秀《文学革命论》与胡适的《文学改良刍议》，所阐发的新声意味着与旧时代文学观念的决裂，新文学甚至是新文化就此拉开序幕。在此基础上，1917年5月，刘半农在《我之文学改良观》一文中率先提出"文学散文"的提法，并将英文中

---

① 《文心雕龙全译》，[梁]刘勰原著，龙必锟译注，贵州人民出版社1992年版，第358页。

的"essay"一词翻译成"杂文",他指出:"凡可视为文学上有永久存在之资格与价值者,只诗歌戏剧、小说杂文两种也。"①刘半农所言的两种文学体裁实际上指的是四种,即包括小说、诗歌、散文、戏剧,后世所沿用的四分法便滥觞于此。在《新青年》杂志的推动下,随感体兴起,但白话散文的奠基却是由周氏兄弟完成的。

20世纪20、30年代,被公认为白话散文的高峰时段。在思想底色上,虽然五四诸公皆有着反戈一击的色彩,但在具体散文实践上,白话散文在精神气脉上并没有隔断与古典散文的联系。周作人作品与明清小品的气脉关联,已有多人论述,在他的"外援、内应"②说中也能被证实。至于鲁迅先生的散文、杂文创作,内中也可见出对魏晋文章的精神承继。吴俊的《师心使气,希踪古贤——鲁迅与章太炎及魏晋文章》,王晓初的《鲁迅的"魏晋文章"与章太炎》,这两篇文章皆有相关的论述。尹康庄则直接宣称:"鲁迅对魏晋可谓情有独钟。他的文字,品骨直追魏碑;他的文章,风格气韵则与魏晋有直接的源承关系;他的旧体诗,亦蕴蓄着沉雄慷慨的建安神髓;他辑录的散佚古籍和校阅的文集,魏晋时代的数量远非其他时代的可比。"③周氏兄弟之后,无论林语堂在《吾国与吾民》中袒露的文化心怀,还是朱自清的典雅与缜密,皆可见古典散文的精神气息。新中国成立之后,源于国家抒情主义机制的导向性作用,个人的情志与趣味被遮蔽,散文中

---

① 刘半农:《我之文学改良观》,《新青年》1917年第3卷第3号。
② 周作人在《中国新文学大系·散文一集》导言里大力推崇晚明公安派小品文,他指出:"我相信新散文的发达有两重的因缘,一是外援,一是内应。……内应即是历史的言志派文艺运动之复兴。"
③ 尹康庄:《鲁迅与魏晋》,《鲁迅研究月刊》2000年第2期。

的古典因子一度中断，但到了新时期文学开启之后，很快又得到恢复。汪曾祺先生之所以赢得"最后一个士大夫"的美誉，其散文之功显然盖过小说的张目。即使白话散文来到21世纪之后，在海外的董桥和王鼎钧的作品后面，依然掩藏着浓郁的古典气息，而在大陆的散文书写地图中，来自中原的冯杰，与更年轻的80后散文作家胡竹峰那里，通达与随便，幽默与闲适，卓然而独立。

周作人曾把散文分为载道和言志两个派别，散文之所以文脉不断，赓续不绝，原因在于新文化兴起后，切掉的仅仅是载道的路向，而言志的传统则得以保留。此外，现代中国虽然在社会结构层面产生了大的更迭，但在社会心理的让渡层面，必将经历一个很长的转换期，低城市化率、农耕图景、熟人社会，只要这些因素没有从根本上发生转折，那么，人们的人伦观念、心理趋向、审美意识依然会存留前现代的诸多特征。

除开散文之外，对于小说、诗歌、戏剧这三种体裁，在讨论文体概念之际，人们很少使用文类的概念。唯独散文，基本的范畴论上，绕不开文类这一概念。毕竟，散文过于庞杂，似乎与文类演变有天然的亲近关系。就文类而言，一方面，它拥有某种开放性，法国批评家托多洛夫就曾认为，既存的文本很难绝对吻合特定的文类规则，因为随着时间的推移，新的文本会持续性添加，迫使着文类的内涵不断被修订；另一方面，文类又具备形式的凝聚力，如同巴赫金指出的那样："文类在历史演变中可能出现一种创造性记忆，文类不仅能持续保持自己的统一框架和连续性，它还能不断地在更高的水平上复活自己；一种文类愈加丰富完善，它同时将愈加充分地回忆起自己的过去。"①

谢有顺曾著有《法在无法之中——关于散文的随想》一文，探讨散文的法度问题。南帆在《文学的维度》一书中讨论散文的文类概念的时候，也使用了类似的词汇——法无定法。他给出了散文具备反文类特征的界定，并认为在散文的插入情况下，文类的纯粹状态开始解冻。在文类与散文这一小节中，他阐发道："人们无法在文学的疆土上找到散文的固定界石，这甚至导致散文内部二级分类的困难。"②南帆在这里提及的二级分类问题，实际上指向散文内部具体体式的分裂这一问题。散文在文类特征上所体现出的驳杂性，与散文的文类孕育性功能密切相关，而散文的文类孕育性功能之所以突出，又为"文"的实用性所决定。从《尚书》算起，尽管《尚书》成书较晚，然而所记录的内容，则是周代文献的总结，以内容涉及的朝代为起点，中国的文章传统大体上有三千年之久。三千年间的不同的时代、不同的朝代，对于"文"的功能和应用性有着不同的要求。比如在春秋时期，源于士阶层的涌现，思想文化进入大繁荣时期，不仅创作个性各异，而且在文体上各擅专长。就"文"来说，这一时期就涌现了史传、语录、寓言、说、编年、书等文体。与春秋时期相似，魏晋时代在文章体式上也形成了勃发之势，形成了一些新的文体。尽管在时代演进过程中，一些旧的文章体式逐渐走向沉寂，却总会有新的体式涌现出来，总括起来的话，古典"文"的体式可谓

---

① 〔苏〕巴赫金:《陀思妥耶夫斯基诗学问题》，白春仁、顾亚铃译，生活·读书·新知三联书店1988年版，第165页。
② 南帆:《文学的维度》，上海三联书店1998年版，第278页。

蔚为大观，明代吴讷曾对"文"的体式有过汇总，总数达一百多种。曹丕所著的《典论·论文》作为中国最早的文学专论，在总结典范的文章体式之际，不过是十种，从三国至明朝，一千二百年左右，体式膨胀了十倍还要多，从中可见中国古典之"文"的体式的繁荣和驳杂程度。新生与变异，构成了中国古典文章的独特传统，在这一过程中，"文"的实用性功能与审美功能应该说始终未得到清晰的划分。尽管在审美自觉的魏晋时期，刘勰给出了"有韵者为文，无韵者为笔"的二分法，但在后来的文学实践、文学交流语境中，"文"依然作为一个混合性概念而存在。即使延展到当下，铭文和赋体虽然不常见，但它们作为古老的文体，并没有在日常生活中彻底消隐，这是中国文章奇特之处，也充分彰显了"文"或者说散文这一文体所具备的包容性和开放性。

　　五四之后，随着与文学文体配套的四分法的出现，散文的审美特质方得以从传统的实用性的文体中独立出来。百年白话语境中，人们常言之的散文是以文学文体的面目存在的。白话文学初期，按照鲁迅的说辞，散文小品的繁荣在小说戏曲之上。鲁迅所言的繁荣其实包含两层含义，一层含义是指散文小品的艺术成就，另外一层含义则指散文小品在体式上的繁荣程度。现代散文除了初期的随感录和小品文之外，还包括杂感、随笔、游记、序跋、札记、通讯、特写、回忆录等体式。新时期文学之后，随着某种约定俗成的惯例的形成，杂文、报告文学、纪实文学这三种体式逐渐从散文大类中独立出来，构成了新的文学文体。1990年代以来，随着散文热的形成，散文文体再次呈现百花齐放的局面，而21世纪之后新媒体的迭代，衍生出诸多边缘文体和新兴文体，诸如博客文字、公众号文章、非虚构作品等，对于这些文体，哪些篇章足以满足文学书写的多重要素，而这些文学书写中又有哪些作品可以纳入散文的范畴，这需要进一步的甄别和比对。当然，新兴文体和边缘文体也在不断拓展着散文文体的边界，同时也不断地挑战人们既有的散文文体观念。总的来说，就散文的文体来说，难题是永远存在的，边界的拓展与边界的确立也始终处于矛盾之中。

二、新时期散文的三个阶段

新时期文学开启后，多元共生的文学景观开始形成。出于某种约定俗成的惯例，在当代文学史教材或者相关当代文学主题的论坛、座谈会上，学者们通常将新时期文学分为三个阶段。比如在2018年出版的《新时期40年文学理论与批评发展史》一书中，鲁枢元与团队就将新时期文学划分为三个阶段：1978年至1989年为崛起期；1990年代为转型期；21世纪以来则为综合期。以时间段为标识的划分标准固然如当下流行的"代际"概念一般，有其粗疏之处，但描述起来相对简便。因此，在阐述新时期以来散文理论的建构与流变之际，大体上遵守既定的通则，三个阶段分别对应1980年代、1990年代、21世纪以来这三个时期。

就1980年代而言，虽然思想文化界、文学界热闹非凡，实际上，整个社会的中心话语只有一个，即政治话语的存在。政治的观念转型以文学事件或者文学观念为载体,这一点从伤痕文学、反思文学、改革文学所引发的观念更新上表现得尤其明显,此后的文学思潮也充分表达了社会结构性转型及"现代性"的诉求。因此造就了社会现实空间内以思想解放为关键词,文学场域内则形成了"再启蒙""人道主义""主体性"等关键词。新时期文学初期,散文创作虽然比不上诗歌、小说的"猛进"状态,但在一些跨代作家笔下,如巴金、孙犁、杨绛等人的创作,在努力恢复五四新文学传统中对个性以及基于人道主义的个人主义的强调,彰显出"文学是人学"的新气象。1980年代,散文无论是在创作实践还是在理论探讨上,皆呈现出回归的色彩,表现出"向后看"的基本审美取向。这个时期的散文创作总体上趋于沉寂,在那个文学话语占据社会话语中心位置的特殊时段内,散文的参与度远远低于小说、诗歌、话剧这三种文体,即使与电影创作相比较,比如陈凯歌《黄土地》、张艺谋《红高粱》、张鑫炎《少林寺》等,也显得无比平淡。初始阶段,主要依靠一些复出的老作家们压阵。这其中包括巴金的《随想录》《再思录》;视散文为老年文体的孙犁晚年致力于散文的书写,十年中间相继出版了《晚华集》《秀露集》《澹定集》《尺泽集》等专集;杨绛则著有《将饮茶》《干校六记》。在"回归常识"的思想文化背景之下,这些经历过民国、新中国建立的跨代作家的散文作品,总的来看,思想意义要高于文本意义。所谓思想意义高于文本意义指的是,他们的写作实践能够从意识形态主流话语的合唱中脱身出来,回到人伦和自我的层面。这意味着"文学是人学"的命题在散文层面的初步复苏,这些作品被后世研究者反复加以言说,就在于思想意义的确立。而在文本意义上，他们的散文创作无疑接续的是五四散文所确立的基本向度，即对个性和个体性的重新重视。另一方面，他们试图以小事、琐事入题，心理机制上还存有以小见大的考量，这也使得他们的部分作品依然附着宏大叙事的痕迹，这也正是时代洪流的附属品。因此，在文本的丰富性和精神深度层面，他们的散文作品与20世纪20、30年代白话散文的高峰相比较，还有着明显的欠缺。进入中期阶段之后，一些中青年作家开始步入散文写作的阵营，贾平凹、赵丽宏、王英琦、叶梦等一批50后作家逐渐崭露头角。这其中，贾平凹的《丑石》《月迹》，冯骥才的《珍珠鸟》，因长期被选入中学课文而产生较大影响，这些作品清秀玲珑、宁静明亮，但也带有那个时期独有的"小而秀"的特点。1980年代后期，散文迎来了一些新变，在观念层面，林非、佘树森、楼肇明、谢大光等人呼唤散文的革新，而在实践层面，刘烨园、赵玫、周佩红、黑孩等散文作家，将散文的自我表现推向个体心理的纵深，在吸取西方建筑、绘画、音乐的基础上，将散文写作聚焦于人的感觉、情绪、意识流领域，以此刻画现代人内心的复杂与多重。这一现象被后世学者命名为"新艺术散文"，他们的探索性作品也被称为"新散文"或"朦胧散文"。①实际上，这一短暂出现的散文新现象很难以散文思潮的形式加以命名，无论是在理论推举的系统性上，还是文本实践的层面，

---

① 新艺术散文的研究主要见于谷海慧刊发于2003年第五期《文艺评论》上的论文《沉寂的呼声——"新艺术散文"与"新潮散文"评析》。还原到历史现场，当时有如下文章：刘烨园《走出困境：散文到底是什么》，《文艺报》1988年7月23日，以及《新艺术散文札记》，《鸭绿江》1993年第7期。赵玫《我的当代散文观》，《天津文学》1986年第5期等。

时间过于短暂，理论与作品的合法性皆未得以建立。这一现象可视作对散文文体滞后与落伍的一种不满态度。这个阶段，真正应该引起重视的作家应该是汪曾祺，他的《蒲桥集》出版于1989年，收录了他写故乡高邮以及昆明记忆的诸多篇章，其中《葡萄月令》一篇令人惊艳，不由得叹为观止。辞达而已，绘事后素，汪曾祺的散文即使放在百年散文史上，也拥有罕见的品质，这来自其强烈的文体自觉，也来自其真性情和一颗赤子之心。新时期散文史上，汪曾祺与1990年代的余秋雨是两位在文体上做出重大贡献的散文作家，汪曾祺打通了传统意识、现代意识、乡土意识的阈域，余秋雨则赋予了散文不曾有过的气象和文化品格。也因此，楼肇明这样评价汪曾祺："在当代散文与现代散文乃至古典散文的文化艺术接轨上，不得不推汪曾祺雅韵独步。"①

1980年代的散文理论建设主要集中在四个问题之上：其一是真情实感论的提出，"真情实感"论实际上涉及对散文特征的某种指认；其二是"形散而神不散"的论争；其三是对诗化模式的反思；其四是1980年代后期短暂出现的"散文消亡"的论调。梳理以上四个问题之后不难发现，1980年代的散文理论并未呈现出不断演进的趋势，在文体学建设上，明显带有"向后看"的价值判断色彩。

新时期散文的第二个波段，即1990年代，也是社会结构的转型开启阶段，这一时期的文学话语不再承载社会中心话语的

---

① 楼肇明：《当代散文潮流回顾》，《当代作家评论》1994年第3期。

功能，在市场化的潮流中陡然进入失重的状态。社会话语由一元化步入二元化，政治力量与经济力量成为中心话语。随着市场化的深入，消费主义的语境初步形成，欲望叙事开始规模性地在小说、诗歌文体中生根发芽，而散文与时代语境却处于一种疏离状态。这一时期，无论是阅读层面还是创作层面，散文成为当红文体。思潮纷呈，创作队伍显著扩容，系列性散文丛书得以出版，其间伴随着各种各样的命名，散文话题在文学场中占有的比重显著上升。基于此，吴秉杰将这一时期命名为"散文时代"。初期阶段，以民国散文的突然走俏与余秋雨《文化苦旅》的横空面世为标志，在其他文体纷纷退却的情况下，散文由冷寂走向热闹。这期间，还有史铁生《我与地坛》这样的文本，为当代散文留下某一种意义上的纪念碑。另一位思想型作家韩少功在评价史铁生的时候说过："史铁生的笔下较少丑恶相遇残酷相，显示出他出于通透的一种拒绝和一种对人世至宥至慈的宽厚。……九一年即使只有他的一篇《我与地坛》也完全可说是丰年。"[①] 韩少功的这个价值判断后来经受住了时间的检验。《我与地坛》可谓是当代散文文本中不可多得的重要收获之一。中期阶段，源于散文在图书市场的火爆，文学刊物、报纸副刊、专题散文集一时兴盛。得益于余秋雨所开启的文化大散文模式，模仿者甚众，构成了文化大散文的写作潮流。另外，发端于1993年的人文精神大讨论也推动了众多学者从书斋走向大众，他们纷纷拿起笔，汇

---

① 韩少功：《灵魂的声音》，《小说界》1992年第1期。后收入《灵魂的声音》，吉林人民出版社1996年版，第75页。

入学者散文的写作范式之中。同一时期,女性散文开始崛起,形成女性写作的散文群落。而到了 1990 年代后期,散文写作群体的命名继续走向纷繁,小女子散文、青春美文、历史散文等走向前台,各自在阅读市场划分版图。严格意义上,这一时期值得关注的散文事件有两个,其一为思想随笔的勃兴,有人曾把 1990 年代称作"随笔时代",把 1998 年称作"思想随笔年"。思想随笔的兴起,无疑成为 1990 年代后半期重要的文学现象之一。思想随笔的勃兴发生在新媒介的变革之前,《读书》《随笔》两本杂志成了重要的推介平台,而系列丛书则推波助澜,如"南方新学人丛书""曼陀罗文丛"和"草原部落"黑马文丛等。这其中涌现了一批优秀的作者,如张承志、韩少功、王小波、张炜、谢泳、余杰、朱学勤、刘小枫、林贤治、吴亮等人,也产生了一些重要的文本,诸如韩少功的《夜行者梦语》(1993 年),张承志的《清洁的精神》(1994 年),刘小枫的《记恋冬妮娅》《我们这一代人的怕和爱》(1996 年),王小波《一只特立独行的猪》(1997 年),等等。这些思想随笔的成果,后来被祝勇汇编成《重读大师》的专题图书,分中国卷、外国卷两本。① 另外一个值得关注的事件就是"新散文"的崛起,1998 年,《大家》推出了特别策划的"新散文"专辑,推出了宁肯、钟鸣、于坚、王小妮的作品,并配发相关评论,成为"新散文运动"的先声。思想随笔体式的繁盛与"新散文运动"一起,越过 2000 年这个节点进入新世纪文学的版图之中。

---

① 祝勇编:《重读大师》,人民文学出版社 1999 年版。

1990年代的散文理论尽管处于散文热的整体背景之下，虽然改变了1980年代散文理论"向后看"的策略，但在理论的深入和系统化建构方面仍然薄弱。这一时期重要的理论现象主要有，1992年贾平凹在《美文》发刊词中倡导的"大散文"观点以及随之发生的刘锡庆净化文体的主张，两个人的观点针锋相对，形成1990年代初期一次范围较大的理论争鸣。此外，楼肇明在1990年代中后期提出"复调散文"的理论，这一理论属于专业散文研究学者所生发的成果，并没有形成争鸣的局面，后续的深化也有较大的欠缺。另外一个重要的理论热点就在于"新散文"的崛起，不过，关于理论命名及合法性探讨则延续至21世纪之后。

比照1990年代和21世纪这两个时段，对于1990年代来说，关键词为图书市场上的散文热，散文思潮的迭起，散文体式的繁荣，散文观念的革命四个内容。图书市场上的散文热主要指的是民国散文的风行，余秋雨《文化苦旅》的热销，刘亮程《一个人的村庄》的劈空而出；散文思潮的迭起大致对应的是文化大散文的风起云涌以及世纪末新散文的崛起；而散文体式的繁荣则包括文化大散文、历史散文、学者随笔、青春美文、新散文的蜂拥而起；散文观念的革命指的是新的文体观念的出位。时序漫卷到21世纪，与散文有关的关键词让渡到散文奖项的涌起，各种散文年选选本的出位，散文年度排行榜及年终盘点的发声，新媒介对散文生态的形塑这四个方面上。21世纪以来，各种专业散文奖项纷纷出台，除鲁迅文学奖散文奖之外，华语传媒文学奖中的年度散文奖，在场主义散文奖，朱自清散文奖，年度华语最佳散文奖等，皆于这一时期登台亮相；至于散文年选选本也是个新生事物，诸多出版社加入瓜分市场的大军之中，据统计，最多的年份居然有近二十种散文随笔选本的发行；散文年度排行榜大概持续了十年之久，而散文的年终盘点主要依托阵地为《文艺报》，每年三五种到六七种不等，性质上也可归入正在进行时的事物；新媒介对散文生态的影响主要体现在论坛写作的潮起潮落及微信平台的发声两个方面，散文的话语权不独为庙堂专有，开始下移到江湖之中。

经历了1990年代的散文热之后，21世纪以来散文在整体性态势呈现出三个转向，这三个转向恰照应了散文文体悄然发生的流变。具体表现为：首先是思潮的弱化方面。进入21世纪以后，新生的散文思潮在数量上并不多，就文学思潮的发生发展而言，态势的呈现也不明显。最近十几年来，能够引起我们瞩目的也就是新散文运动和在场主义的崛起了，但它们在各自演进的过程中也存在着很大问题。就新散文而言，发端于21世纪前后，杂志的推举，专题图书的跟进，理论的标举等，皆颇有声势。格致、张锐锋、于坚、庞培、周晓枫等新散文作家，借助这个散文思潮的发生而走向前台。不过，在2005年前后，这一思潮业已走向式微，新散文作家队伍迅速走向分化组合，如被称为新散文理论旗手的祝勇，在其后就转入了历史散文的写作。理论后继的贫弱加上作家队伍的消散，使得这一思潮走向了平淡，在后续跟进上，也仅有甘肃的杨永康、湖南的郭伟等几个作家，延续着先锋写作的态势。2006年，周闻道在四川眉山发起在场主义运动，强调散文写作的在场，并借助"在场主义"散文奖的评选形成较大的声势。客观来说，"在场主义"更像是个文学事件，社会活动的色彩较为明显,而在思潮的呈现上,还存在着明显的缺陷,比如说理论推举上先天不足,以及代表作家作品的缺失,这两大问题制约着这一思潮向深处掘进。

其次为叙事的转向。叙事的转向涉及 21 世纪以来散文的技术处理方面,可以说,抒情或者言志的退位,是在 21 世纪以来才真正完成的。随着新散文诸多作家的推举和实践,推动了这一时期叙事散文的勃兴,经验和事件的叙述取代了片断化的、印象化的处理方式,并成为主流。格致的《减法》,张锐锋的《火车》《船头》,周晓枫的《你的身体是个仙境》等叙事凌厉的篇章,成为 21 世纪以来引起巨大关注的作品。这一时期,各个期刊以及各类图书,皆偏爱于对叙事散文的推举。散文在长度、宽度、厚度三个方面有明显的变化。因为容量的增加,当下的散文越写越长,上万字的散文并不鲜见,有更长者,则达到十几万字的规模,如张锐锋的某些作品,一篇叙事散文就是一本书的规模。叙事的转向,根据我个人的判断,与 21 世纪以来的审美转换有关,时代生活的加速度,消费主义语境的形成,个体性言说形成的张力,就成了流年暗中偷换的内容。

最后是散文继续在高位上运行,而整体趋向平面,这就意味着能够成为经典化的具体作品较为罕见。高位运行指的是散文在整体态势上延续了 1990 年代的热潮,各种体式的创作齐头并进,每个省份皆能够产出较为知名的散文作家,散文在阅读市场上依然有数量庞大的拥趸。缺失经典化的作品意味着高峰太少,如史铁生的《我与地坛》,王小波的《一只特立独行的猪》,余秋雨的《道士塔》《黄州突围》,张承志的《清洁的精神》这样的作品，非常稀少，每年的年选和排行榜单尽管也是花花绿绿，但能够让作家、评论家、读者群体交口称赞且提及就过目不忘的作品还是少见。三个转向，与时代生活的速率有关，也与散文文体偏弱、文体意识相对保守有关。这一时期，产生较大影响的散文集比之单篇作品要更丰富一些。代表性的散文集有北岛的《城门开》，张中行的《负暄琐话》，龙应台的《目送》，齐邦媛的《巨流河》等。

21世纪以来的散文理论建构凭借一场重要的散文运动及一个重要的散文现象，理论探讨呈现出某种前卫的姿态。此外，在散文理论的自洽性方面，较前面两个阶段也有较大的进展，其成果集中于陈剑晖的"诗性散文"的理论建构，以及孙绍振"审美、审丑与审智"的理论陈述。2014年，由《光明日报》发起的"散文的边界"的讨论，也厘清了一些理论焦点问题。这一时期，王兆胜、孙绍振两位学者的综合性研究也各有亮点。

总体而言，进入21世纪之后，散文在持续走高的态势下，内部也经历了分化组合。叙事散文勃兴，尤其是表现乡土沦陷主题的系列写作，以现实的笔触书写城市化高速发展过程中乡土世界的凋零状态。抒情的主题或者策略虽然还有所继续，但业已退出中心位置，居于边缘地带，如果以"抒情的退场"加以形容，并不为过。1990年代出现的诸多散文概念及概念下的写作范式，纷纷退潮，如"小女子散文""学者散文""文化大散文"等。思想随笔仍然高位运行，并结出了丰硕的成果，这一体式基本上代表了21世纪以来近二十年散文创作的最高水平。历史散文比之1990年代，更加丰富和深入，并与新散文、叙事散文一道，推动了散文体例上产生重大变化，无论是长度的增加还是容量的扩充，都异常显著。这一时期，在思潮弱化的趋势下，发端于1990年代末期的新散文运动在行进了十年左右，逐渐衰微，在场主义于2006年左右有崛起之势，但随着在场主义散文奖的落幕，这一思潮也进入瓶颈之中。

第二节 散文理论的弱化

一、形制之限

新时期文学以来，在理论批评场域，散文理论话语处于边缘位置。在原创性、体系性、自洽性三个层面上皆明显欠缺。究其原因，除了与散文文体突出的文类特征密切相关外，白话现代散文理论建构的零散化与片断性所形成的理论传统也构成了制约因素。理论的困局极大地影响到批评的活力与有效性，而在散文理论场域内部，又存在着散文研究与理论建设相互纠缠难以厘清的现象，这种现象对散文理论的发展构成了限制性因素。而散文理论自身的弱化源于文类特征突出、理论人才匮乏、可资借鉴的系统化的散文理论的缺失这三个因素。如何解决散文理论的贫困问题，探究可行性的路径，是散文研究界与批评界亟须解决的重要课题。

李健吾曾以"竹简精神"为题阐发其独有的散文观。这篇刊于新中国成立后艺术散文复兴之年的文章，不过五百余字，从形制上看，极为简约。从内容上看，李健吾视古典辞章与白话散文为古今一统，而"竹简精神"即"一统"之内容。陈平原在一篇谈古典文学的文章中，借助孔子的"辞达而已，绘事后素"一语，加以辨析古典文章的法度。这两个命题实则有相通之处。所谓"竹简精神"，就是要求写散文"有话即长，无话即短"，精益求精，简中求简。如果说古人把字写在竹简上是出于不得已的精练，那么，今天的作者就应该具备自觉的文体意识。但是，精练并不等于紧巴，李健吾进一步指出："精练之外，还得松动，让二者在矛盾中统一起来，散文就像有了健康的生命一样，呼吸自如了。篇幅越小，艺术的匠心越要藏在自然的气势底下才好。"①以李健吾"竹简精神"为命题，加以观照百年白话散文理论在形制上的呈现，我们会注意到"竹简化"几乎是贯穿始终的。作为白话散文理论奠基之作的周作人《美文》一文，不足千字，鲁迅"散文的体裁是大可以随便的"的批评观见于其一篇小杂感《三闲集·怎么写》，郁达夫"个性的发现"说则见于《中国新文学大系·散文二集》前面的短小导言，王统照的"纯散文"论述亦不足千字。十七年时期的散文理论陈述同样以简约的观念表达加以呈现，无论是李健吾的"竹简精神"还是肖云儒的"形散神不散"说，皆见于《人民日报》于1961年开设的"笔谈散文"栏目，他们的批评文章皆不足千字。进入新时期文学之后，散文理论批评的陈述方由报纸短章的形制向着论文的形制转变。当然，这其中也掺杂着对传统形制的因袭，巴金主张的"说真话"，孙

---

① 李健吾：《竹简精神——一封公开信》，《人民日报》1961年1月30日。

犁主张的"写真实",稍后汪曾祺对过度抒情的批评,依然选取了报纸短章或者文集序言的形式加以呈现。以林非的"真情实感"论的提出为标志,当代散文理论的陈述机制方转向论文体。在此之后,刘锡庆的"艺术散文"论,楼肇明的"复调散文"论,刘思谦的"女性散文"的提炼,林贤治关于散文自由精神的论述,皆延续了论文体的路子,并一直延续到21世纪二十年散文理论的陈述现场。王兆胜"形神不散、心散"的相关散文基本特质的论点,祝勇的"新散文——文体革命"的观念表达,周闻道、周伦佑的"在场主义",谢有顺"法在无法之间"的散文观,还有迟迟未落地的"新媒体散文"概念,等等,皆是借助论文这一载体。即使是21世纪二十年由《光明日报》组织的"散文基本特征""散文文体边界讨论"的系列文章,也摆脱了千字文的局限,在思路、材料运用、逻辑性上相对严谨丰富,演绎为成型的批评文章。21世纪以来的散文理论陈述,在形制上越过藩篱,以专著形式加以论述的则是陈剑晖的"诗性散文"理论体系。当然,这种形态呈现隶属例外的情况,并非常数。

  通过以上的梳理,不难看出,批评短章、批评文章、论文这三种形制构成了当代散文理论陈述的基本载体。而这一基本的形制,对于散文理论的阐发无疑构成了极大的限制。在相对单一的线条陈述下,无论是理论渊源的钩沉、理论表述的纵深感、理论框架的搭建,还是逻辑线条的丰富性,作品材料、文学现象的支撑,散文与其他文体的跨界,散文与哲学、社会学的跨界,等等,皆受到严重的制约。另一方面,也因为这种单线条化和表述的模糊性,使得诸多白话散文观念存在着不断地"接着说"的情况。如果将散文理论放在当代文学的框架下加以比较的话，小说理论、诗歌理论在理论生产的系统性、丰富性、多元性方面，在源源不断的活力方面，要远远超过散文理论的生产能力。就拿先锋小说理论为例，刘恪、格非、谢有顺皆有专门的著作阐发各自的先锋小说理念，在这样的局部文学现场，能够涌现数量众多的理论陈述，足以见出小说理论强劲的活力以及紧贴小说现场的姿态。

　　源于历时性的要素，在散文理论的梳理和观照层面，现代时期的散文理论得到了较为深入和全面的阐述。蔡江珍著有《中国散文理论的现代性想象》，以中国文学的现代性转向为基本视角，探讨中国现代散文理论的发生、成型及话语影响力，进而完成了对现代文学时期散文理论的爬梳与整理。另外还有颜水生的专著《中国散文理论的现代转型》，不仅对现代文学时期的白话散文理论进行了有效的勘察，探究其历史演进的线索，而且将散文理论放在中国社会的现代转型的大背景下加以考察，进而实现了观念的上溯，晚清—五四—民国的历史演进逻辑得以架构，同时也总结出现代性散文理论的三种范式。类似的散文理论专著还有俞元桂于1984年主编的《中国现代散文理论》以及台湾学者郑明娳出版于2016年的《现代散文理论垫脚石》，分别以不同的视角和方法进入现代散文理论发生、发展的理论场域。学术专著之外，还有大量的论文涉及现代散文理论的梳理和辨析。而在新时期文学初期，散文研究或者理论批评领域，主要的工作就是对十七年文学时期产生的散文观念展开清理和总结。比较而言，新时期以来的散文理论，尤其是21世纪以来的散文理论，尚未有系统性的开掘和整理，其中留下了诸多空白点，亟需填充。最近几年，关于当代散文理论的整体性观照方曙光初现，以吴周文、陈剑晖合著的《构建中国自主性散文理论话语》(《中国社会科学》2021年第3期)为标志，一种整体性的研究视角和宏观研究思路，见诸学界。这对于贫弱的当代散文理论建设来说，当然是振奋人心的。但前路甚远，形制之限终需要形制的突破加以改变。

二、散文理论贫困举要

百年白话散文史的进程中，曾经产生了两个高峰时段，分别对应20世纪20、30年代与90年代。其中，散文体式的繁多，艺术成就的高位，经典作品的耸立，皆有目共睹。早在现代文学刚刚确立时期，散文就取得了与小说、诗歌、戏剧平起平坐的身份地位，鲁迅在总结这个阶段文学成绩的时候，在《小品文的危机》中专门做了说明："到五四运动的时候，才又来了一个展开，散文小品的成功，几乎在小说戏曲和诗歌之上。这之中，自然含着挣扎和战斗，但因为常常取法于英国的随笔，所以也带一点幽默和雍容；写法也有漂亮和缜密的，这是为了对于旧文学的示威，在表示旧文学之自以为特长者，白话文学也并非做不到。"[1]不过，散文的理论探索与体系建构却与散文创作形成错位关系，散文理论的贫弱成了诸多学者的共识。关于这一点，从林非、刘锡庆、楼肇明、孙绍振，再到当下散文研究的两位领军人物——

---

[1] 鲁迅：《鲁迅全集》(第六卷)，人民文学出版社1981年版，第172页。

王兆胜与陈剑晖,皆表达过共同的看法。散文理论与批评一直处于文学场的边缘位置,新时期文学以来产生的重要理论以及围绕这种理论所展开的争鸣中,诸如诗歌的朦胧美学、形象思维论、文学典型论、先锋文学、日常生活美学化、文学消亡论、文学主体性、文学性等理论命题,基本不见散文理论的身影,甚至相切的迹象也不明显。布莱克在《耶路撒冷》里曾言道:"我必须创造一个系统,否则便成为他人的奴隶。"这句话与其说是道出了作家、批评家的心声,不如说是勘探到了他们的心病。还有学者将这种心病阐述得非常惊悚,大意是凡还没有创造自我的人,在存在论意义上就是有罪责的。这种心病可称为"焦虑"。如果说"理论的焦虑"在其他三种文体上是部分存在的话,那么,在散文场域内,"理论的焦虑"则呈现出遮天蔽日的症候。古耜曾使用"前理论"一词来描绘散文理论建构的贫弱问题,他指出:"相对于小说、诗歌和戏剧理论的观念成熟、体系完备,遗产丰厚,以及其发展态势的生机勃勃和推陈出新,已有的散文理论不仅找不到经典的、权威的、具有代表性的知识脉络和学术坐标,甚至缺乏起码的公共范畴、基础概念以及可以通约的审美范式、文体描述。这决定了迄今为止的散文理论,在很大程度上处于支离破碎的'前理论'阶段,并不具备真正的理论形态。"[①]

在可资借鉴的古典散文理论、西方散文理论并不充分,以及方法论缺失的前提下,散文理论的贫弱主要表现在两个方面。首先是理论观点的断简化与碎片化;新时期以来的散文理论的阐

---

① 古耜:《散文理论发展不能悖离现实》,《文艺报》2013年3月11日。

发，大多以观点的形式出位，缺乏后续的理论论证和逻辑推演，理论自洽性远远落后于其他文体的理论建设。这一特征实际上也是现代散文理论与十七年散文理论的理论传统的某种遗留。作家、批评家们往往以感性表达的方式述及文体概念，未留意这些观点的细致化和深化，兴趣点很快又转向其他方面。而且，这些观点主要散见于报纸刊物上。在学科意识匮乏的情况下，散文理论的陈述只能被视为某个作家、批评家文艺思想的组合件，这就大大影响到了散文理论学科的独立性。王兆胜在总结20世纪散文批评的基础上，指出："散文批评理论在建构过程中缺乏'统一和整合的精神'，因此造成了'分崩离析''分土而治'的状态。"① 比方说周作人的《美文》一文，被认为是赋予现代散文基本概念和要义的奠基之作。这篇理论文章首发于1921年的《晨报》副刊，不到800字的篇幅，被后来的学者不断援引的内容如下："外国文学里有一种所谓论文，其中大约又可以分作两类。一批评的，是学术性的。二记述性的，又称作美文，这里边又可以分出叙事与抒情，但也很多两者夹杂的。"② 很显然，周作人欲提倡一种文学性散文，但他面临的局面是，在东西方的文学语境中，散文往往作为文类概念而存在，这与小说、诗歌大不相同。在使用西方思想文化改造中国文明的基本前提下，他的立论根据在西方文学。再来仔细甄别他的这一段话语，第一个问题，批评的、学术性的论文是否可归入文学？这些体式在外国文学的存在

---

① 王兆胜：《新时期散文的发展向度》，广东人民出版社2014年版，第32页。
② 俞元桂主编：《中国现代散文理论》，广西人民出版社1984年版，第433页。

情况是什么？面对这些问题则语焉不详。第二个问题，叙事与抒情的主题性规定，说明周作人倾向于审美特性突出的"美文"概念，这个前提下，如何去界定如培根的论说文或者如帕斯卡尔《沉思录》这样的思辨性文章，周作人采取了回避的态度。他使用了掐头去尾的办法，力图让"美文"的概念简明化，这也带来了理论的后遗症，1990年代之后学者随笔及思想随笔的兴盛之后，"美文"的概念就无法套用之。第三个问题就是理论的摇摆性较为明显，孙绍振曾对之做过详细的分析，他在《世纪视野中的当代散文》中阐发道："'叙事与抒情'的规定，说明周氏倾向于belles littres（美文），但是，它又把它归入'论文'一类，说'他的条件，同一切文学作品一样，只是真实简明便好'。这说明，他有点动摇，觉得应该把主智的essay囊括进来。可是他的题目又是'美文'。显然，在理论上一直摇摆在主智的essay和主情的belles littres之间。只是在具体行文中，他又明显倾向于主情的belles littres。"①在接下来的阐述中，孙绍振具体分析了周作人产生摇摆的原因，包括周作人自身的艺术趣味在晚明公安派的小品文，以及他对《新青年》随感录体式的不满。周作人的"美文"概念的建构可视为20世纪散文理论表述的典型，新时期以来的"真情实感论"、"大散文"观念、"复调散文""艺术散文""新散文""在场主义"等理论伸张皆带有片断性和不完整性的特点。

散文理论弱化的第二个表现在于以散文研究来取代散文理论建构。尤其是在1990年代中后期学术规范逐步落定，学科发展成

---

① 孙绍振：《审美、审丑与审智》，广东人民出版社2014年版，第79页。

为高校、研究机构的重头戏之后,这一趋势越来越明显。做一番对比就可发现,在现代文学时期,散文理论的生发与倡导基本上是由作家来完成的,而且散文作家占据极高的比例。而到了新时期以后,除了贾平凹、林贤治、祝勇三人具备作家身份,散文理论的推进与考量主要依靠学者加以完成。涉及散文理论这一关键词则落定于硕士生、博士生执笔的学术文章,仔细考察下来,实际上应归入散文研究的范畴,即众人皆熟知的论文生产模式。且不言原创性,单就理论梳理的层面,因为理论自觉的匮乏,导致许多文章在归纳、梳理散文理论之际,将散文研究文章、散文史、散文教材也纳入散文理论的范畴内。比如徐炎君在其硕士毕业论文《1990年代以来的散文理论研究》①中,列出了一批具备理论价值的散文著作,包括:林非著《中国现代散文史稿》,佘树森著《中国现当代散文研究》,楼肇明著《繁华遮蔽下的贫困——九十年代散文之路》,贾平凹主编《散文研究》,陈剑晖著《中国现当代散文的诗学建构》,王兆胜著《新时期中国散文的发展及其命运》,沈义贞著《中国当代散文艺术演变史》,李晓虹著《中国当代散文审美建构》,吴俊著《关于90年代》。也列出了散文史方面的专著,其中包括:范培松著《中国现代散文史》,王尧著《中国当代散文史》,张振金著《中国当代散文史》,邓星雨著《中国当代散文史》等。不过,在具体表述上,又使用了"散文研究著作硕果累累"的评语。这种错位关系的论述在其

---

① 徐炎君:《1990年代以来的散文理论研究》,沈阳师范大学硕士学位论文,2011年。

他相关论文中也非常普遍,作者没有厘清散文研究与散文理论建构之间的界限。散文研究当然需要借助于理论体系和具体的研究方法,并在具体的阐释中会生发出一些值得关注的理论观点,不过,散文研究与散文理论建构毕竟是两个不同的概念,拥有各自的范畴。"建构"一词来自西方,对应英语中"construction"词汇,意思是无中生有。所谓理论的建构,也就意味着从无到有建立某种理论,而理论建构旨在探讨人类社会行为与心理的某种意义和途径。同时,理论建构也是一种过程,它容纳了观念、命题、原理等内容。文学理论的提出往往建立在对以往文学史实践的归纳与总结之上,其自洽性也取决于与经验的契合度。从某种意义上,散文理论是对散文研究的进一步提升,从个别经验中去发现普适性的理论命题。因此,不可将散文研究与散文理论的建构相混淆,散文研究的价值与意义主要存在于文学史的呈现及学术史的梳理之上。陈剑晖也意识到这个问题的存在,他在文章中指出:"不能说这些散文研究者没有建构散文理论体系的野心,也不能说他们放弃了寻找散文文体的独特性的努力,但他们的知识结构和思维定式决定了他们一般来说只能依仗古代的文论或散文观念来观照当代的散文创作。……总而言之,20世纪的散文研究者,他们的理论批评的普遍特征是散文写作的经验压抑了建构散文理论体系的热情,散文鉴赏的能力强于散文理论的表述。"[①]

  作为补充之说明,新世纪文学以来在散文场域内,散文研究

---

① 陈剑晖:《断裂中的痛苦与困惑——20世纪散文理论批评评述》,《华南师范大学学报》(社会科学版)2004年第1期。

文章比之散文理论成果与影响而言，明显过之，尽管这一时期内散文理论建设取得了长足的进步。这其中代表性的研究文章有：陈剑晖等的《星垂平野阔　月涌大江流——新时期散文研究三十年》(《中国社会科学》2009年第2期)，孙绍振的《世纪视野中的当代散文》(《当代作家评论》2009年第1期)，王兆胜的《坚守与突围：新时期散文三十年》(《当代作家评论》2008年第5期)。这一现象无疑也指向散文理论在文学场中的弱化现实。

三、散文理论弱化之因

　　散文理论的弱化在批评界业已取得共识，但在具体成因上则各抒己见，有从研究队伍的构成上加以分析，有从散文文体的基本特性上加以钩沉，也有从批评话语的渊源上加以找寻。从白话散文确立以来，散文理论似乎成了某种先天性的畸形儿，分析其成因，需要归置于更广阔的话语场中加以透视。

　　首先，散文的文类特征过于突出，在讨论散文文体概念之前，无法绕过散文作为文类所具备的开放性以及对跨界文体的收纳。而范畴论则是散文理论的基础内容，尽管不少批评家给予散文以定义，并试图划定范畴（如林非的广义散文与狭义散文的范畴论)，但在精确化与细致化上，尚难与小说、诗歌这些文体相比拟。诸如演讲、书信、札记、眉批、微博体文章、微信段子等以文字组合为基本形式的段落，无论借助的媒介载体有何种变化，如果其间内蕴的思想内容构成形状，审美指向趋于意义化，那么，就有可能归入文学的范畴。若再进一步做文体的辨识，也只有散文与非虚构（姑且认为其文体的独立性，实际上，非虚构在当下文学场域中的文体独立性尚存在争议）两种文体形式可以包容之。在面对新兴文体、边缘文体、实验文体之际，童庆炳主编的《文学理论教程》引入了"文学惯例"的概念，并以美国诗人威廉斯的《便条》一诗与报纸上的一则体育消息加以对照，指出判断文学与非文学的基本标准就在于文学惯例的存在，它应该包括"首先，文学总是要呈现形象的世界，这种形象具有想象、虚构和情感等特性；其次，文学传达完整的意义，本身构成一个整体；再次，文学蕴含着特殊而无限的意味，等等"①。为何散文与文学惯例密切相关？就在于散文的边界相对模糊，富于弹性。因此，如果范畴论在密度、结实度上难以有效建立起来的话，必将带来散文理论建构困难的结果。再回到散文的传统去看，众所周知，就中国文学而言，审美的自觉完成于魏晋时期。经过曹丕、钟嵘、陆机、刘勰等人的努力，"文以气为主""文笔之分"等理论成果，不仅推动了文学的审美内涵得以确立，而且在文体自觉层面，也有了根本性的变化。无论是陆机的文体观还是刘勰在《文心雕龙》中对文体的细化，皆是突出的表现。但在此之后，盛行的依然是泛化的文章概念，比如中唐时期发起的"古文运动"中的"古文"概念，就不能完全等同于散文的概念。从结果反推，也可看出这一点，"古文运动"中成就最高的是柳宗元，成就高的判断依据就在于柳宗元文章中文学性要素的突出，即艺术成就趋于高位。而在影响力上，依然要首推韩愈，这其中影响

---

① 童庆炳主编:《文学理论教程》，高等教育出版社1998年版，第76—78页。

力的判断因素不独由文学因素所决定，还需要引入文化的因素，他的部分论说文所起到的作用主要体现在政治及思想文化层面。唐宋之后，复古主义文学思潮数度卷来，虽然在文章体式上认知有所深化，但具备文学性的"散文"概念并没有建立起来。尽管在南宋甚至出现了"散文"这一术语①，但考辨其具体内涵，意思则为散体文章，用于骈散两种文体的对立。直到晚清的学术大师章太炎那里，对文学的认知依然持泛化的文章立场。他视文学为文字之学，并指出："文学者，以有文字著于竹帛，故谓之文。论其法式，故谓之文学。"②"文字""法式"和"论"是章太炎文学观或者说是文章观的三个关键词，细究之下，有着强烈的复古味道。因此，虽然这位大学问家也是晚清报章体的知名从业者，但是他推崇魏晋文章（这一点影响到了弟子鲁迅），鄙薄宋六家散文以及桐城诸家，对同时期的龚自珍、黄遵宪等批评也极为苛刻。而这一时段，恰是"文界革命"与"诗界革命"兴盛之际，另外一个知名学者王国维先生，却推倒古典的文章观，确立真正属于现代的文学观念系统。由章太炎的例证，可见文章观的根深蒂固。对于古典散文未能较好地解决范畴论的问题，刘锡庆认为："主要有三点原因：第一，'文学'意识淡薄。第二，'文体'

---

① 陈柱在《中国散文史》曾言及，散文之名"至清而始盛"。"求之于古，则唯宋罗大经《鹤林玉露》，引周公益'四六特拘对耳，其立意措辞，贵于浑融有味，与散文同。'之言，自此以前则未之见也"。

② 章太炎:《国故论衡》，见《中国现代学术经典·章太炎卷》，河北教育出版社1996年版，第45页。

观念散漫。第三'载道'主潮的制约。"① 其实不独中国古典散文的概念趋于宽泛使然，即使在西方近现代的文学框架内，散文的内涵与外延同样具有不确定性。虽然学科的分工与细化完成于西方，不过，按照孙绍振的总结，在英语世界的各种百科全书中，尚不存在"散文"这一专门词条，被五四新文学时期用为外援的essay，对应的翻译则为"随笔"一词。在西方的语境之中，随笔是一种倾向于分析、阐释、评论却具备一定感性的文体，与论文比，篇幅短，不拘于固定的格式，言说具备某种个人化的色彩。或者可以这样说，"随笔"作为文体在西方文学中有着相对准确的指认，而"散文"的概念与中古时期的中国一样，则与"韵文"相对，属于一种文类的概念。拿北京大学的王佐良先生所著的《英国散文的流变》（商务印书馆1994年版）为例，作者研究了所有不属于韵文的英文作品，从16世纪的莫尔开始，直到20世纪下半叶的口述史，对各种类型的散文展开了梳理。所收录的培根的随笔以及19世纪的小品文，在今天的我们看来，可算作正宗的"散文"了，但这本书还收录了英语《圣经》，弥尔顿的政治性论文《论出版自由》，另外吉朋的《罗马史》，达尔文的《物种起源》，笛福的《鲁滨逊漂流记》，丘吉尔的回忆录等，也收入书中。如果以今天文学性"散文"的标准来考察书的内容，未免过于"光怪陆离"，实际上王佐良在梳理英国散文历史的时候，持有的则是散文作为一种文类的立场，方才出现如此

---

① 刘锡庆：《世纪之交：对"散文"发展的回顾与思考》，《文学评论》1997年第2期。

结果。

　　其次，散文作为弱文体使得理论自信逊于小说、诗歌文体，也难以吸引学养深厚的美学家、文艺理论家进入这个场域，展开系统性的理论建构工作。文体在强弱位置上的更迭发生于晚清民国时期。东渡日本的梁启超接触了大量西方的政治、经济、哲学、社会学著作，出于更新国民精神和新学建设的需要，提出经学革命、文界革命、诗界革命、小说界革命、曲界革命等一系列的主张，试图从整体上推进中国学术体系的转型和文学的变革。而早在 1898 年，梁启超就引述英国名士之言，言称"小说为国民之魂""往往每一书出，而全国议论为之一变，彼美英德法澳意日本各国之政要之日进，则政治小说，为功最高焉"①。1902 年，《新小说》杂志在日本横滨创刊，梁启超作《论小说与群治之关系》，将戊戌变法失败的原因归结为"民智不开"，他指出："欲新一国之民，不可不先新一国之小说。故欲新道德，必新小说；欲新宗教，必新小说；欲新政治，必新小说；欲新风俗，必新小说；欲新学艺，必新小说；乃至欲新人心，欲新人格，必新小说。何以故？小说有不可思议之力支配人道故。"②作为晚清民国过渡阶段思想文化领域内的巨擘，梁启超的登高一呼影响深远，他将小说文体抬高到文学价值序列中的最高等级，承担起"改良群治"与"新民"的时代重任。虽然留下一些后遗症，但对传统中诗文为主的文体秩序构成了巨大冲击。其后，随着翻译小说的热潮以

---

① 梁启超:《译印政治小说序》,《清议报》第 1 册，1898 年。
② 梁启超:《论小说与群治之关系》,《新小说》第 1 号，1902 年。

及白话小说正式登上历史舞台,诗文的主流地位正式解体。虽然在新文学确立时期有鲁迅"散文小品的成功,几乎在小说戏曲和诗歌之上"的判断,有朱自清"打破了复古派认为白话文不能做'美文'的迷信"①的认知。但这些皆无法改变小说业已成为主要文体并承担"救国"与"启蒙"大任的事实。之后,文学史的不断书写及在各种文学活动的强化之下,小说作为主流文体的地位得到进一步夯实。诉诸西方文学的发展历程,小说作为主要文体的地位在完成时间上明显要早于中国。伊恩·P.瓦特在"现实主义和小说形式"一章中,将18世纪的笛福、理查逊、菲尔丁三位小说家视为现代小说的源头,他指出:"古典文学和文艺复兴时期史诗的情节,就是以过去的历史或传说为其基础的,作家处理情节的优劣也主要是按照一种正统的文学观念加以评判的,该种文学观得自于该类型公认的模式。这种文学上传统主义第一次遭到了小说的全面挑战,小说的基本标准对个人经验而言是真实的——个人经验总是独特的,因此也是新鲜的。因而,小说是一种文化的合乎逻辑的文学工具,在前几个世纪中,它给予了独创性、新颖性以前所未有的重视,它也因此而定名。"②18世纪,恰是叙事类文学由类型转向个性的确立期。到了19世纪初期的别林斯基那里,则将小说定义为资本主义时代的史诗,匈牙利哲学家卢卡奇宣称小说是"我们时代的具有代表性的艺术形式",这样的判断与别林斯基趋同。耿占春在《为什么我们要有叙事》一

---

① 朱自清:《论现代中国的小品散文》,《文学周报》1928年第345期。
② 〔美〕伊恩·P.瓦特:《小说的兴起》,高原、董红钧译,生活·读书·新知三联书店1992年版,第6页。

文中如此分析道:"二十世纪的三四十年代,巴赫金在做小说叙事理论研究的时候,还断言小说是一种新兴的文体形式,也是资本主义文明在近现代社会在文化上所创造的唯一的文学文体。……但小说似乎有所不同,虽然在古希腊和中国的汉朝就有了可以称之为古小说的东西,但我们今天所理解的小说基本上可以视为与市民社会,特别是与资本主义社会的活力与矛盾一起成长的叙事文体。"①19 世纪以来,西方关于小说、诗歌的理论专著可谓层出不穷,有人本主义的,也有科学主义的理论范式,而其中并没有产生专门的散文理论专著。什克洛夫斯基作为俄国形式主义的代表人物,其所著的《散文理论》重点讨论了诗歌文体,兼及部分韵文。梅洛-庞蒂也著有《世界的散文》一书,题目中虽有"散文"一词,实际上,这是一本哲学著作,通过诸种艺术形式的评论来探讨"知觉现象学"的问题。总的来说,散文的个人主义色彩决定了这个文体无法承担起社会想象建构的角色,也无法实现对现代主义形形色色现状的深刻批判,它总是游移于文学理论的边缘处。

当代文论的阐释与建构领域内,同样存在着马太效应。就新时期文学而言,有建树的理论家与批评家主要集中在小说领域,他们不仅是观念革新的推动者,也与小说家一道,共同巩固着小说作为时代文体的主流地位。此外,小说家的观念表达,也不断丰富了当代文论的建构成果,汪曾祺的"写小说就是写语言",阎连科的"神实主义",格非的先锋小说理论,不仅仅在小说观

---

① 耿占春:《为什么我们要有叙事》,《天涯》2001 年第 3 期。

念上影响巨大，同时也构成了小说理论建设的某种维度。而另外一批有前瞻意识和理论思维的学者，则集中在诗歌领域，他们的存在，使得当代诗歌理论拥有了自足性的一面。散文领域内，从事基础性研究工作的学者本身就数量稀少，高校和科研机构的相关研究所更是寥寥无几，至于拥有前瞻意识和理论思维的批评家和学者，基于马太效应之故，相关的人才严重匮乏。优秀人才的缺位，严重限制了散文话语的前置，也进一步限制了散文理论的生成可能。

再次，可资借鉴的系统化的散文理论的缺失，尤其是现代散文理论这方面成型理论的匮乏，无形中给予当代散文理论建设以某种形式的瓶颈。中国古典的诗文理论不可谓不丰富，但因为理论表达的虚化以及逻辑的欠缺，只能采取有限的拿来主义态度，却无法做到系统化的参照。比如桐城派的"义理、考据、辞章"理论伸张，其中的"义理"或者说"义法"之说，将文章的思想内容的寄予放在第一位，问题的关键在于，桐城派的所指尚处于前现代的价值框架内，基本取向与当下的现代性诉求的总体取向无疑产生了巨大的抵牾。而"考据"之说，强调知识考古学的进入，这对于散文中的某些体式是可以成立的，但不能涵盖所有的体式。至于"辞章"之说，不过是对先秦时期"修辞立其诚"另一种阐释，与周作人"简单是文章的最高境界"之提法，与林语堂的"平淡之美"的言说等相比较的话，在"辞章"层面，某种意义上，周作人、林语堂带来的启示更具备现实意义。至于现代散文理论系统化建构的缺失，在众多学者笔下皆有论述，在此不必赘述。在重写文学史与百年文学史贯通论的背景下，现代散文无疑构成了新时期散文最重要的精神源头,源头处理论建设的碎片化,对当代散文的束缚必然是明显的。单正平曾就此问题阐述道:"散文是永远对立于秩序、阶级和规范的,就是这一点决定了它具有天然的非现代性的特征。因此,散文无法获得理论命名和相应的文化地位也就是自然的了。散文的非现代性,导致它被无数现代美学家、文学理论家和批评家有意无意地忽视放弃了。"①

散文理论的弱化作为现实一种,并不意味着散文批评、散文评论合法性的丧失。在创作论、鉴赏论层面,中国古典的文艺思想留下了很多丰厚的遗产,完全可以转引并加以深化。刘勰的《文心雕龙》,王国维的文艺思想,皆可作为重要的参照系。此外,在特征论层面,百年白话散文史也存储了不少吉光片羽的理论片断,在散文文体的变量与不变过程中,具备了系统化的可能,诸如散文的结构特征,散文的语体问题,散文的体例,散文与经验与真实性问题,如斯等等。至于范畴论,尽管一时难以精确化,也可以在分类、文体边界方面做一些推进性的工作。以上所述的创作论、鉴赏论、特征论、范畴论,恰恰构成了散文理论建构的基石部分。

---

① 单正平:《散文批评的理论问题》,《海南师范大学学报》2003年第6期。

第二章
"向后看",1980年代的散文理论态势

十一届三中全会之后,中国社会在整体上转向对外改革开放,对内发展经济,思想文化层面则进入大解放时期。政治、经济、文化方面的重大调整给当代中国带来了重要的机遇,融入世界潮流,增强经济活力,思想文化以及文学艺术恢复生机,这些重要的社会机制皆焕发出向好的一面。得益于社会整体的"解冻",生长、活力、创造等机制被全面催发,在此情境下,人文语境也蜕变成蝶,呈现出热烈、明快、勃兴的态势。文学作为时代的感应器,其敏感的神经系统较早感知到春讯的气息,一个有别于十七年的文学时期就此伫立,以刘心武的《班主任》以及卢新华的《伤痕》为标志,新时期文学以破茧之势,在整个林地建构了一个新的生命系统。

2018年,《文艺争鸣》杂志社推出新时期文学四十周年纪念特辑,当代文学研究界、文艺理论界的众多名家,诸如陈平原、洪治纲、黄发有、朱立元、高建平等,纷纷著文,探微各自眼中的新时期文学延展脉络。南帆基于当代文学史的叙述加以指出,"'新时期文学'之称至少保存了三重含义:第一,'新时期'是一个时间标识,命名的是1976年之后的历史时期;第二,'新时期文学'是一个重大的社会政治事件的产物,没有这个事件,也就没有这个文学段落;第三,'新时期文学'具有某种特殊性质

的美学意识,这是作为一个文学段落不可或缺的特征"[①]。这一段论述中,关于具体时间节点的论述和其他学者有所出入,关于社会政治的转向,这一判断基本不存在争议,熟悉当代文学史的人们皆知文学与政治的紧密关系,而新时期文学之所以拥有巨大活力,并被命名为新的历史阶段,就受益于标志性的社会政治事件,比如十一届三中全会的召开,真理标准大讨论,《关于建国以来党的若干历史问题的决议》出台,等等,这些重要的社会政治事件,预示着社会政治转向的连续性。当然,这些皆是作为前提而存在的,回到文学的层面来看,以第四届文代会召开为标志,文学与政治的脱敏正式拉开序幕,文学的独立性得以呈现,正是基于上述具体的历史事件的发生,文学艺术方得以释放自身的潜能。紧接着,南帆以"解放的叙事"为名指认1980年代文学的整体语境。他说道:"我曾经将粗糙同时又生气勃勃的八十年代文学概括为'解放的叙事'。'新时期'首先以解放为标志,文学属于最为活跃的一个方阵。长期的压抑分布于日常现实的各个领域,反叛的能量积蓄多时。樊笼撤除之后,感性与情感以令人惊异的速度启动。这一切必然诉诸文学。一批神秘的诗作——人们形象地称之为'朦胧诗'——如同勇敢的先锋冒出地平线,继而是庞大的小说军团。戏剧与电影数量有限,但是,舞台和银幕展现的形象具有非凡的魅力。相对地说,当时的电视节目乏善可陈。电视机仅仅在一个不大的范围普及,同时,制作电视节目的资金以及人才尚未集聚,因此,电视肥皂剧并未在八十年代文

---

① 南帆:《"新时期文学":美学意识、抒情与反讽》,《文艺争鸣》,2018年第12期。

学之中充当主角。"①南帆所命名的"解放的叙事"对应着文艺创作领域禁区的纷纷被突破,自由带来活力,于是形成新时期文学第一个十年活跃且繁荣的场景,探索性、严肃性、思想性、超越性,亦构成了这个十年的关键词。另一方面,思想文化领域的解放,枝头上绽放出的第一份新绿是由文学提供的,文学也因此在整个1980年代走向社会话语的中心位置,所谓文学的黄金时期也由此而来。

当然,1980年代的思想解放、文艺繁荣、学术独立是由整个人文学界共同铸就的。新时期文学肇始于思想文化凋零之境,能够重新恢复活力并形成新的创造力,这是整个人文学科领域内每一次思潮合力的结果,体现于文学、史学、哲学等社会科学和电影、美术、音乐、舞蹈等各个艺术门类中。回望新时期文学的开端,人们可以清晰地捕捉到理论批评与文学创作相辅相成并肩作战的逻辑线索。1970年代末期,长期被奉为圭臬的苏联文论批评范式依然占据主导地位,其后遗症,包括教条主义的批评标准和庸俗社会学的认识论亟需破除,人们呼唤着春风,以解冻僵化的理论话语体系。在这样的背景下,1981年,由朱光潜翻译的黑格尔的《美学》全三卷在商务印书馆刊印,第二年,由李泽厚担当主编的"美学译文丛书"亦陆续出版,20世纪西方文论的多重成果,如存在主义、现象学、接受美学、形式主义批评、结构主义、符号学、心理学等,如潮水般冲刷上岸,一方面满足了当时

---

① 南帆:《"新时期文学":美学意识、抒情与反讽》,《文艺争鸣》,2018年第12期。

人们强烈的求知欲望，另一方面也形成了一股强大的推力，迅速拨开了苏联文论模式所制造的迷雾。知识界的狼吞虎咽尽管存在消化程度不够的问题，但在创新成果上与当时狂飙突进的文学现场形成了有力的呼应。一批迥异于十七年的理论范式和批评形态相继出现，像林兴宅的"系统论"，鲁枢元的"文艺心理研究"，刘再复的"性格组合论"和"主体论"等，作为新时期文论建设的代表性成果，如泉水般集中涌出。以此为标志，启蒙语境中的人本主义批评与人文主义批评开始形成，这些新的理论成果不仅大大提速了审美新启蒙的进程，预示着新的文学观念体系和理论批评标准的确立，而且，迅速占据了理论话语的中心位置，对于曾一统天下的庸俗社会学批评也形成了有力的矫正。刘再复对此加以总结，他指出："八十年代的文学研究由单一的、单纯从哲学的认识论或政治的阶级论角度来观察文学现象转变为从美学、心理学、伦理学、历史学、人类学、精神现象学等多种角度来观察文学，把文学作品看作复杂的、丰富的人生整体展示，这样，就用有机整体观念代替了机械整体观念，用多向的、多维联系的思维代替单向的、线性因果联系的思维。"①

基于社会发展的钟摆效应，1980年代的理论批评在方法论和观念层面与新中国成立之后的理论批评模式形成了明显的偏离，矫枉必须过正的历史经验在理论批评的实践层面再次得到验证。总体上看，1980年代的理论批评具备明显的"去意识形态化"的特征，无论是以系统论为方法论的科学主义批评范式，还是以接

---

① 刘再复：《近年来我国文学研究的若干发展动态》，《读书》1985年第2期。

受美学、新批评、结构主义、心理分析为代表的人文主义批评范式，对于新中国成立以来确立的理论观念，皆构成了颠覆性的效果。文学的人学特征，文学的自足性被充分论证，文学批评实现了审美的回归，人们所熟悉的"文学为政治服务""工具论"等旧有的观念尽管还有所遗留，但已经趋于边缘化。当然，理论批评的话语权争夺战一直贯穿于1980年代，清理精神污染的呼声以及反对资产阶级自由化的声音，就充分地表明了这一点。改革开放，国门打开，第二次中西文化的全面对接，这些特定的时代背景要素前置于文学场域，也构成了整体性的推动力量，文学理论借助如此时代机遇，通过批判"三突出"原则的"封建等级观念和唯心主义英雄史观结合"的本质和"四人帮"的"封建家长制和文化专制主义"面目，文艺被政治束缚的绳索得以松动，文学理论话语单纯的"传声筒"功能遭到质疑；通过引进西方的美学和哲学成果，新时期文学理论批评界开始深刻认识"文学是什么？"这一命题。文学的主体性地位得以充分论证，纯文学批评风行，这一方面可看作批评界自觉与政治脱离联系，建构中立的学术价值立场的努力；另一方面也可看作他们是在主动夺取理论批评的独立话语权，回归知识分子的精英主义道路。

1980年代的思想解放有着万马奔腾的气势，知识崇拜进一步推高了人们对新奇的追慕，得益于政策的落实政治环境的宽松，知识分子从过去被改造的对象变为推动社会变革的主力。1980年代中期兴起的"文化热"强化了知识分子的社会中心地位，由此，知识分子参与社会改造、文化变革的热情被极大地释放出来，同时也激发了这一群体的批判意识和怀疑精神。他们接续了新文化运动的启蒙精神,理想主义和使命感构成了知识分子自我认同的主体内容,如同富里迪指出的那样:"不管个人的性格如何,知识分子总是被迫挑战当代的观念和传统。这类冲突的潜在根源存在于知识分子的普适视角中,该视角与习俗和传统相对立,后者是出于指导特定群体的生活这一实用目的而建立的。"①1980年代的理论批评以挑战者的姿态积极推进文学理论话语的全面变革,直到这一十年的末尾,方法论变革的热情方才止息。

1980年代的理论批评在方法论和认识论方面获得的突破成果,及时运用于小说、诗歌领域,作为人本主义批评或者科学主义批评的对象,小说、诗歌这两种文体得到了垂青,这两种文体在思潮演化上的迅速迭代与理论批评形成了相互感应的机制。尤其是小说,观念上的突破力度特别显著,小说家们,诸如余华、阎连科、格非、王安忆等人,他们在1990年代、21世纪之后所形成的小说理论成果,毋庸置疑,皆可追溯到这一时期的文学观念的更新和审美的启蒙。这一时期,相关不同小说思潮的命名、讨论无疑是丰富的,同样也构成了小说理论成果的组成部分。与其他文体相比,散文文体在观念上的松动明显滞后,尽管也参与了这个时代洪流的涌动,但不管是在创作领域还是在理论批评领域,无疑处于非常边缘的位置。或者这样说,1980年代的散文理论尚未达到自主性的程度,更多地呈现出"跟着走"的态势。在

---

① 〔英〕弗兰克·富里迪:《知识分子都到哪里去了——对抗21世纪的庸人主义》,戴从容译,江苏人民出版社2012年版,第27页。

此态势的制约下，散文理论的系统性，散文文体观念的革命性变化，散文批评的普适性和外溢效应，等等，就很难积沙成塔，积水成流。散文的滞后性影响到诸多关联因素，不仅散文理论与批评相对沉寂，包括散文研究也因尚未摆脱政治的束缚而趋于平淡无奇，范培松对此加以总结，他指出："80年代的散文理论世界是平静的，平静到了有些平庸的地步。"①

第一节　从巴金的"说真话"到林非"真情实感"论

一、真情实感论的先声

1980年代的中国文学在文学史叙述中无疑构成了一个相对独立的文化单元。在当下各种"重返80年代"的主题讨论中，这一文化单元被纳入各种阐释体系之中，以此成为理论架构的历史证据。

"新时期文学"的提法肇始于周扬，他在1979年第11期的《文艺报》上发表了《继往开来，繁荣社会主义新时期的文艺》，文中首先使用了"新时期文学"的概念。关于新时期文学的逻辑起点问题，学界尚存有争议。其中有"1976年说"（以时间为逻辑依据），"1977年说"（以文学作品发表时间为依据），"80年代中期说"（以社会观念、审美价值的转型为逻辑），调和时间和社

---

① 范培松：《中国散文批评史》，江苏教育出版社2000年版，第52页。

会价值的指向两种要素,在这里笔者将新时期文学的逻辑起点归入1978年。1978年之所以被众多学者及《当代文学史》教材认定为新时期文学的逻辑起点,①原因包括:在社会话语转型上,这一年召开了十一届三中全会,标志着中国社会中心话语的转折;也是在这一年,一些重要的文学刊物和研究刊物相继复刊,比如《收获》和《文学评论》;而在文学实践上,"伤痕文学"等新的文学思潮开始登上舞台,形成巨大的冲击力。

新时期文学伊始,散文创作虽然比不上诗歌、小说的"猛进"状态,但在一些跨代作家笔下,如巴金、孙犁、杨绛等人的创作,在努力恢复五四新文学传统中对个性以及基于人道主义的个人主义的强调,彰显出"文学是人学"的新气象。但在散文观念上,这一时期依然处于迟滞的状态。1981年11月13日,中国作家协会机关报《文艺报》专意组织了散文创作座谈会,以"复兴散文"为主题,邀请了一批老作家与会发言,其中有吴组缃、李健吾、冰心等人。会后形成综合报道并以《复兴散文》为题做了专题刊发,主要陈述如下:"散文比别的文学样式同人们的关系似乎更密切一些,它是培养和训练青少年文字能力的有效工具——像画中的素描,是从事文学创作的人的基本功,也是一切文字写作获得的基本功。"②众所周知,新中国成立初期到1980年代中期《文艺报》《人民日报》《光明日报》在当代文学史进程中发挥了重大的话语塑造作用,与其后的媒介生态有根本性的区别。

---

① 程光炜对新时期文学的逻辑起点有充分的论述,详见《怎样对"新时期文学"做历史定位》,《当代作家评论》,2005年第3期。
② "散文创作座谈会"发言及报道,见于《文艺报》,1982年第1、2期。

从这个意义上说,文艺报上的这组发言完全可以代表这个时期人们对散文的认识。但从主要观点摘要中可见,对散文的认识还处于文体未自觉的阶段,所重视的居然是散文的实用性功能。总的来说,其认知度还没有恢复到五四时期的观念水平。

如前所述,散文在1980年代的文学语境中参与度较低,所引起的广泛参与的讨论话题并不多。而巴金先生的散文集《随想录》恰是引起广泛参与的话题之一,谈论1980年代的散文无法绕过这部被称为说真话的大书,同时,"真情实感论"作为新时期文学初期形成的散文理论,其观点的端倪也能够从这部集子中见出。《随想录》的写作时间始于1978年8月,第一篇文章《谈〈望乡〉》刊发于同年12月份的香港《大公报》。到1986年8月20日写完最后一篇《怀念胡风》止,历时八年,完成总计四十二万字的散文著作。其间陆续结集出版,共有五集,依次为《随想录》《探索集》《真话集》《病中集》《无题集》。胡景敏在《巴金〈随想录〉的发表、版本及其反响考述》一文中,详细阐述了这部散文集子发表前后作家的境况、具体文章写作时间、版本流传以及社会反响的时间波段。① 通过其考证可知,《随想录》引起广泛讨论并引发三个高潮,分别发生于全书完成的1986年、巴金百年诞辰的2003年和巴金去世的2005年。

在国家抒情主义机制下,十七年散文的实践摧毁了散文文体的真实性基础。直到巴金散文的出现,他开始有意识地恢复散文

---

① 胡景敏:《巴金〈随想录〉的发表、版本及其反响考述》,《长江学术》,2009年第2期。

的真实性。1980年前后,巴金一系列提倡说真话的文章陆续在香港《大公报》刊出,它们包括《说真话》《写真话》《三论说真话》《说真话之四》《未来(说真话之五)》等系列文章。到了1982年,他将这批文章编纂成《真话集》出版。在当时极左思潮尚未彻底清算的社会语境中,巴金关于"说真话"的发声,首要之功当然在思想文化的破冰之上,而落定到散文层面上,他的主张无疑对当时尚流行的颂歌体有着廓清之功。巴金指出:"我所谓'讲真话'不过是'把心交给读者',讲自己心里的话,讲自己相信的话,讲自己思考的话。"① 如果说这段话切合当时思想解放、个性解放的社会性主题的话,那么,下面一番话则关涉散文写作的立场和作品品格。他说道:"我不是用文学技巧,只是用作者的精神世界和真实感情打动读者,鼓舞他们前进。我的理想绝不是完美的技巧,而是高尔基《草原故事》中的'勇士丹柯'——'他用手抓开自己的胸膛,拿出自己的心来,高高地举在头上。'"② 在这里,巴金强调情感的真实与人格的真诚(即敢于解剖自己、反思自己),而这两点恰与散文所应具备的审美品格相对应。我们还应该注意到,在反思和批评的社会语境中,所谓情感的真实与人格的真诚,皆建基在精神个体性基础之上,这无疑与五四新文学传统形成了呼应关系。总的来说,巴金先生的"说真话"就其文学指向而言,则是作家个体真情实感的艺术化内容。它包括两层意思:首先在反映社会人生的层级上,内容上要具备客观真实

---

① 巴金:《随想录》,生活·读书·新知三联书店1987年版,第506页。
② 巴金:《探索集》,上海文化出版社1998年版,后记。

性；其次就主体情感的外化而言，艺术应该是作家从心而发的结果，必须是真挚的，是灵魂的本真状态，绝不可违心为之，凭空制造假话和空话。由此可见，巴金"说真话"的精神更多地指向作家文化人格层面，于散文文体而言，尚缺乏本体建构的内容。视之为80后中期"真情实感论"的先声，相对准确。

与巴金观点近似的还有另外一个重要散文作家——孙犁。这一时期，他创作了许多以旧事、往事、琐事为内容的实录体散文，对于散文写作，他明确反对一时的讨巧和迎合，着重强调"创作的命脉，在于真实。这指的是生活的真实和作者思想意志的真实。……有些散文，其不足之处，可归纳为：一、对所记之物，缺乏真实感受，有时反故弄玄虚。二、情感迎合风尚，夸张虚伪。三、所用辞藻，外表华丽，实多相互抄袭，已成陈词滥调。……"[①] 与巴金冲破思想禁区的观点表达有所不同的是，孙犁结合自身的创作经验和体会，将"写真实"精确归置于散文书写的场域内。在他看来，所谓"写真实"就是如实地写出作者此时此地的处境、思想、心情以及与客观事物的关系。从中可以看出，从巴金到孙犁，对散文文体的认识有一个从"真情"到"真实"的让渡过程。因为他们二人的文化身份及文学影响，也使得他们的文学观在知识界和文学界产生了深远的影响，流波所及，关于散文真情、真实的系统性理论总结也就呼之欲出了。

---

① 孙犁：《关于散文创作的答问》，《人民文学》1983年第9期。

二、真情实感论及其后续

1980年代初，在强调"真实"与"回归"的文学语境中，人们开始反思十七年散文创作的模式化及其不足之处。得益于文学报刊的纷纷复刊及出版物的解冻，五四时期的散文精品以及相关论辩重新掩映在人们眼前，巴金、孙犁、冰心等老作家的创作与观点阐发为散文理论的构建开启了新的向度。这其中，林非在散文理论的梳理与总结上起到了承上启下的作用。林非是以编选《中国现代散文选》为契机进入散文领域的。1980年，百花文艺出版社出版了他的第一部散文研究专著《现代六十家散文札记》，1981年，中国社会科学出版社推出了他的第二本专著《中国现代散文史论》，这两部散文专著成了散文研究领域内拓荒性的著作。之所以使用散文研究这一定语，诸多学者在梳理新时期以来散文理论之际，将散文研究与散文理论建构混淆在一起，大有以散文研究、散文批评取代散文理论的趋势，实际上，作家作品论与史论无法触及散文理论的核心部分，只能视为理论的外围因素。林非在散文理论上最大的建树就在于，他在综合前人所论的基础上提出了当代散文史上影响深远的"真情实感论"[1]。这一理论主要集中于他的两篇学术性文章，第一篇是刊发于1985年第

---

[1] "真情实感"作为特定术语，最早出现于作家孙犁的论述之中。具体参见其所著的《秀露集》中收录的《欧阳修的散文》一篇。其中有"散文如无具体约束，无真情实感，就会枝蔓无边"句，这部书为百花文艺出版社1981年首版，既收录了其散文作品，也收入了他关于创作、编辑的经验之谈。

5 期《散文百家》上的评论《散文研究的特点》,第二篇是发表于 1987 年第 3 期《文学评论》上的论文《散文创作的昨日和明日》。尤其是后一篇,在批判十七年散文单一化、模式化以及反思"形散而神不散"观点的贫弱基础上,给予散文的当代性和基本精神内涵以重新定位。他指出:"散文创作是一种侧重于表达内心体验和抒发内心情感的文学样式,它对于客观的社会生活或自然图像的再现,也往往反射或融合于对主观感情的表现中间,它主要是以从内心深处迸发来的真情实感打动读者。"① 再后来,他又在系列文章中如《关于当前散文研究的理论建设问题》《散文创作的使命》《我的散文之路》等,再三强化散文的"真情实感"这一散文的审美特征。比如他要求散文"应该洋溢出主观和个性的色彩,以诚挚的感情去直面人生,无拘无束地自由挥洒,兴之所至的抒发叙述……"② 此外,他还有多次类似的表达:"散文的灵魂是自由自在地抒发真情实感。""散文创作确实是应该致力于描写客观的真实,和抒发主观的真诚,这是它最为必需的两块基石。""'美文'艺术的核心确实是在于真情实感,散文家如果能够充分把握自己这股真情实感的激流,不住地汩汩倾泻,肯定就会出现富有艺术光泽的绝唱。"以上观点分别见于他所写的《东方散文家的使命》《我心中渴望的散文》《漫说散文》中。由以上所举,可知林非对"真情实感"这一核心理论观点的重视与坚守。

---

① 林非:《散文创作的昨日和明日》,《文学评论》1987 年第 3 期。
② 林非:《我的散文之路》,《海南师范学院学报》1996 年第 4 期。

林非从"真情实感"和文化本体论的角度来思考散文的审美特征和文体属性,使得散文的文体特征在新时期文学框架内首次得以被相对完整地透视。综观其理论批评观,他不仅屡次伸张散文"真情实感"的合法性,而且还将这一理论观点视为散文写作的出发点。从某种程度上,又把"真情实感论"提升到散文本体的地位。这在当时尚显贫乏和荒凉的散文理论园地,堪为"新声"之说,如此一来,巴金的"说真话"与"真情实感论"论自然便成了1980年代中期散文场域的两个聚焦点。一直到今天,"真情实感论"因其明白晓畅,在教材教学及散文研究的领域依然有较大的市场。客观而言,林非的理论陈述尽管失之于简单,但对当时仍然流行的说教式散文,意识形态简单图解式的创作以及公共话语的表达模式,无疑具有了"清扫"式的作用,推动散文写作回归到真情与个性的表达,同时,也为1980年代中期之后散文的"向内转"(指的是1980年代后期散文文体现代意识的萌发,一些作家自觉地探索和挖掘个体内心深处意识的流动、心理的曲线,这其中以刘烨园的新艺术散文为代表)做了必要的理论铺垫。正是出于这一点,尽管在新世纪文学开启后,"真情实感论"遭受到了质疑和批判,但结合当时的历史语境,陈剑晖、孙绍振两位依然给予了充分的理解和赞誉。孙绍振在回顾新时期散文理论之际指出:"林非的抒情论概括起来就是'真情实感',这种观念在相当一个时期中,得到广泛的认同,就连中国大百科全书的'散文'条也和他异曲同工。在林非背后还有佘树森、刘锡庆等学者,不紧不慢地追随着。虽然,林非的界定不能令当代散文研究人士满足,但是,他们的历史功绩不能忽略。正是他们把散文理论从政治工具（匕首/投枪论）和道德理性的'讲真话'（巴金）中解脱出来还给散文以审美的灵魂。林非他们的历史任务归根结底就是清扫理论阵地，正本清源。"①

毋庸置疑，"真情实感论"是从强调散文的真实性而来。实际上，在巴金和孙犁之前，类似的观点就曾有过先声。1960年代初期，作家周立波主编了《散文特写选》，在序言中他指出："描写真人真事是散文首要特征。散文特写绝对不能仰仗虚构。它和小说、戏剧的主要区别就在这里。"②很明显，周立波对待散文中的虚构问题持坚决排斥的立场，他的散文真实观有着一种绝对主义的倾向。秦牧则从现实主义的创作方法出发，针对当时虚夸粉饰的病灶，强调散文要忠诚于现实，不掩盖现实生活的矛盾，如实书写生活。由此可见，从十七年散文开始，散文的真实性问题作为基本创作原则而被确立下来。其实在古典文艺思想框架内，关于散文（广义）内容上的真与情感内蕴上的真，也有着丰富的理论沉淀。《史记》"文直、事核，贵在实录"的精神，扬雄"心声心画"之说，刘勰"因情而造文"说，白居易"合为时而著"的论点，汤显祖的"一往情深"说，王国维"余爱以血书者"的表达，凡此种种，叠加在一起，形成了强调事真、情真的美学精神。

拆解来看，"真情实感论"实际上由两部分组成，一部分为真情的表露；一部分为散文的取材和写实风格指向。对于第一部

---

① 孙绍振：《审美、审丑与审智》，广东人民出版社2014年版，第219页。
② 周立波：《散文特写选（1959—1961）》，人民文学出版社1963年版，序言。

分而言，真情的抒发实际为一切文学体裁所具备的必要因素，非散文所独有。真情的内蕴应该说属于通约性的内容，钱锺书所言的"巨奸做忧国语"，显然包含着一种审美偏见在内，从内心世界构成的复杂性而言，巨奸有忧国之思，在人性逻辑上是成立的。比如《雷雨》中周朴园这个人物形象，若是给人物贴上阶级的标签，那么他的房间布置及开窗的细节，极有可能被解读为伪善的人格结构特征。若从人性立场出发，他的行为细节则指向"坏人"的情感指向，而不能从二元论思维出发，否认其人情感的真挚性。另外，就真情的表达方式而言，散文与其他文体也没有根本性的区别，或直切或温婉含蓄，或本色语或中性表达，这与个体的文化人格及情感投射方式有关，与文体关联度并不大。"真情实感论"立论的简便甚至是简陋主要集中在这一部分之上，因为并没有呈现散文文体属性的独特内容。而第二部分内容，则涉及了散文文体的独特属性，散文在取材上对真实性的要求非常突出，如果说小说突出虚构的能力，诗歌依赖想象力的开拓，戏剧强调冲突性的话，散文则以写实性见长。有些散文作家甚至将散文取材上的真实强调成一种"绝对的真实"，前面所举的周立波是这个态度，贾平凹在一次访谈中也表达了类似的看法。毕竟，散文是一种特别强调经验表达的文体，先验性和超验性的领域几乎构成了散文书写的禁区。散文对经验的依赖明显超过其他文体，经验的还原可能无法做到绝对的真实，但经验的真实性则是毋庸置疑的。当下的游记体式散文的写作之所以遭到诟病，就在于这种体式的写作业已具备了反经验写作的趋势。而近几年"还乡笔记"的大热，以及新时期以来纪实性散文形成的热潮的背后,皆可见到读者对散文真实性的寄予和要求。反观中国文学的传统,对写实的标举的也是一贯的,汉乐府之所以为后世所称道,恰在于其"感于哀乐,缘事而发"的特性。

"真情实感论"在理论建构上的模糊性,以及理论细化的缺失,皆是明显的。所谓理论的细化主要指对散文真实性的进一步指认之上,包括散文里的真实性与小说真实性的不同,真实性是否意味着经验的绝对真实,真实性与艺术真实的联系与区别等,在林非的理论陈述中,处于缺位的状态。随着1990年代散文步入多元写作的范式之中,其理论的弱点就暴露无遗。这也引起了诸多学者的质疑,其中代表性学者有楼肇明、孙绍振、陈剑晖三位。率先对"真情实感"论展开批判的是楼肇明,他在《繁华遮蔽下的贫困——九十年代散文之路》一书中总结古典的文论要言及现代散文理论观点精义的基础上,指出了这一理论的三大漏洞。他认为"真情实感"是一切文学艺术创作的基础,不能作为散文文体的规范性内容;这一理论过于普泛,没有设立必要的边界,将非文学、非艺术的因素也纳入进来;真情实感存在着不同的层次,这一理论观点并未对此做出清晰的界定。[①]进入21世纪,孙绍振对"真情实感论"展开了更为犀利的批判和清算,见诸其系列论文之中,其中包括《世纪视野中的当代散文》《建构当代散文理论体系的观念和方法问题》《"真情实感"论在理论上的十大漏洞》《从文体的失落到回归和超越》等论文。这些论

---

① 楼肇明:《繁华遮蔽下的贫困——九十年代散文之路》,山西教育出版社1999年版,第5页。

文具备了明显的理论辨析的特性,他将"真情实感论"视为新时期散文的"霸权话语",认为这一理论话语缺乏逻辑的系统性和历史的衍生性,并未触及散文文体的本质性特征内容,因而是粗糙笼统的。他在文章中举出了古典与现代的诸多散文作品,借以解构这一理论的审美维度。而在《"真情实感"论在理论上的十大漏洞》中,孙绍振则列举了这一理论的十大罪状,其中包括:从范畴论上未遵从心理学的基本规律,部分背离了情感的审美价值;未明确认识到真情与实感的矛盾关系和转化路径;过分强调了普遍性的实用价值,理论处理方式过于机械;没有解决真情实感和语言载体之间的内在矛盾;忽视了散文中审智与审丑的体式;在内容与形式的关系上趋于单向的决定论;学科范畴的密度和衍生性不足;等等。总体上,学理性不足与理论权威的现实间存在着错位关系,孙绍振最后总结道:"'真情实感'在相当时期拥有无上的权威,至今仍得到学界人士的广泛认可,只能说明这并不是林非先生的个人现象,而是国人思维的历史的局限。在这背后隐藏着一个思维模式,那就是线性思维。"① 比较而言,陈剑晖对这一理论的反思则为持中之论,他充分肯定了前两位学者对这理论问题的敏感和批判力度,又对孙绍振过犹不及的论断有所调整,并以知人论世的态度回到理论现场,在具体历史语境中考量"真情实感论"的理论得失。他还引述了林非在二十年之后对自我理论伸张的反思之语,并给予了充分的理解。因此,陈剑晖

---

① 孙绍振:《"真情实感"论在理论上的十大漏洞》,《江汉论坛》,2010年第1期。

的理论梳理更显得中正和平。其梳理主要见于《关于散文的几个关键词》(《文艺评论》2004年第1期)、《历史地理解散文的"真情实感"》(《名作欣赏》2011年第6期)两篇学术论文之中。

"真情实感论"之外，林非还提出了广义散文和狭义散文的概念，并做了区分。在他看来，广义散文侧重于议论性或叙事性，在一定程度上也融合了部分抒情性，广义散文包含杂文、政论、学术小品、序跋、回忆录、人物特写、报告文学、传记文学这些具体的体式。反观林非广义散文的定义，实际上，杂文、报告文学这两种文体在1980年代中后期就从散文中独立出去，而他的广义散文里还包括了实用功能突出的通讯报道即人物特写，又漏掉了纪实文学等体式。而狭义散文则侧重于抒情性的要素，部分融汇了形象的叙述与议论，狭义散文的具体体式包括小品、随笔、游记、日记、书信。实际上，照应其狭义散文定义的体式应该是抒情散文、游记，也包括具备文学性且情思浓郁的日记、书札。小品文和随笔皆以智性见长，对主体的思辨能力和文化品格皆有很高的要求，归入狭义散文的范畴并不恰当。在创作论层面，林非还提出了"四个目标尺度"之说。① 主要内容有：第一，散文创作的最高任务是真情实感的艺术境界在作品中的呈现；第二，散文作品中内心生活图景的展示，需要作者真诚地打开自己的心扉；第三，深沉的思索才会赋予作品更深层的内涵；第四，散文在语言传达层面应该具有流畅、单纯和洁净的美质。"四个目标尺度"之说指向判断散文好坏的标准，同时，也将"真情实

---

① 林非：《散文研究的特点》，《文学评论》，1985年第6期。

感论"拓展到散文批评的空间。综合以上的论述,需要承认的是,林非在散文的范畴论、特征论、创作论上皆进行了理论建构的尝试,尽管失之于清浅,但比照现代散文史上一鳞半爪似的理论陈述,其建设性意义还是有目共睹的。

总之,"真情实感"论作为1980年代影响最为深远的散文理论建构成果,其生成过程经历了必要的铺垫。巴金关于散文的一些观点看法,即构成了先声所在。"真情实感"论尽管简明扼要,且传播甚广,但在理论自洽、层级化与丰富性、理论边界的设定等方面,存在着明显的不足,这也导致了后续的争鸣和理论反思。"真情实感论"的理论意义主要集中在外部因素上,有初创之功,也形成了较大范围的理论争鸣场域。同时,在内部因素上,也带有反思语境下的时代局限性,理论架构的简单化,理论边界的模糊性,理论话语的薄弱性,这三个方面恰是这一理论构建不足之处。

第二节 对三大家散文的反思及"形散神不散"的论争

一、对三大家散文的反思

1980年代,文学话语实现了对政治的脱敏,逐步向着审美本体回归,再加上诸多西方现代性理论话语的纷至沓来,形成了波及范围甚广的理论争鸣以及多个文艺思潮。观念的更新,文学症候的转换,为散文领域内对十七年创作模式的反思与批判提供了必要的条件。从某种意义上而言，对三大家散文的反思贯穿了整个80年代，并延续到1990年代的话语场中。相关"形散神不散"的论争适时地楔入，两种话语在逻辑上呈现出统一性，但在朝向上有所分野。对三大家散文模式的反思所取得的成果主要集中于散文批评领域，进而推动了散文创作实践脱离陈旧的窠臼；而"形散神不散"的论争则聚焦于长期被奉为金科玉律的散文文体观念，通过进一步的审视和梳理，这一"大一统"的文体观念开始走下神坛，散文文体的辨认进入另外的通道之中。这两个问题的梳理在时间上也相互交叉，体现出某种互文性的特征。

  所谓三大家散文，指的是杨朔、秦牧、刘白羽的散文创作及其后续影响。杨朔在"把散文当诗一样写"的观念体系下，在政治话语规训、覆盖文学话语的惨淡局面之下，独辟蹊径，开拓了诗化散文的新路径；秦牧则将知识性、趣味性融汇到散文文本之中，在时代的大合唱中如履薄冰式地保留了散文的少许体温；而刘白羽则将革命乐观主义与革命浪漫主义结合在一起，渗透到散文的书写过程中，构筑了书写新生活、新天地、新景象的颂歌体写作范式。因三大家散文大范围地进入中学课文之中，其托物言志、借景抒情的艺术处理方式，隐在地配合宏大叙事的主题，很容易被效仿，这样就导致了大范围的流弊的发生。同时，在范本效应之下，也导致了散文观念的窄化。因此，无论是在创作实践上，还是在观念体系上，三大家的散文皆成了新时期散文上空的迷雾，更新观念，廓清写作道路，就成了某种必然的历史选择。

最先对杨朔散文提出质疑的是张远芬,其《不真,美就失去了价值》一文,主要对杨朔三年困难时期的写作提出了质疑。基于反对为尊者讳、为名作家讳的评论态度,认为不应该回避杨朔散文内容上的缺陷。1982年,《光明日报》文学副刊接连刊登了几篇文章,展开了对杨朔散文思想艺术特色的再认识。李炳银在《散文评论小议》一文中,小心翼翼地绕过主流话语的规定性,指出杨朔散文作品在主题模式上趋于雷同,而在艺术处理方面则有人工雕琢的痕迹。此后,张明吉在《谈杨朔散文的不足之处》中,则直言不讳,正面阐述杨朔散文存在的几个明显问题,包括结构上的重复性,表现手法的单一,情感表达有做作的嫌疑。尤其不满于其散文在内容上置当时民众的苦难(指1959—1961年三年困难时期)而不顾,大肆宣扬美好,尽管绚丽,却如同假花一般的存在。他对杨朔散文给了这样的判断:"在他文章的优美言词里藏着虚假,在那精湛的构思中渗有欺骗"①。这种批判火力在1980年代思想尚未完全松动的情况下显得非常罕见。此外,他在文章中还针对"杨朔体"盛行对散文写作的制约提出了批评。这种矫枉必须过正的做法,有其现实逻辑,恰如恩格斯指出的那样,片面性是历史发展的必要形式。也正是因为其批评过于犀利,引起了其他学者的反弹。刘淮在《成就与局限——也谈杨朔的散文》中,对杨朔散文之所以回避社会矛盾加以分析,并将杨朔散文在真实性方面的不足归因于认识不足。此后,丁力也著文为杨朔辩护,认为张明吉的判断主观性太强,缺乏足够的证

---

① 张明吉:《谈杨朔散文的不足之处》,《光明日报》1982年8月19日。

据和逻辑来证明杨朔散文的虚假。之后，浦伯良与吴周文之间也形成了不同的立场和判断。浦伯良认为杨朔创作于 1957 年之后的散文"大多打上极左的烙印"。而吴周文在考量杨朔三本散文集子的基础上，认为杨朔的散文作品中，有着左的痕迹的作品数量并不多，占比很小，不能因之全面否定。同期的《光明日报》讨论文章还有梁衡的《当前散文创作的几个问题》，他没有从个案分析入手，而是进行了提炼，将十七年时期抒情散文的结构总结为"物—人—理"的模式，并以"新八股"命名之。到了 1980 年代后期，佘树森以社会历史批评的范式论述了杨朔模式出现的原因。在他看来，1950 年代中期的"散文复兴"（指"双百"方针之后，散文领域有意识地放松禁锢恢复散文自身的丰富性的举动）运动以及 1960 年代初的"诗化"风尚，皆是对延安时期到新中国成立初年散文特写化、通讯化的一种反拨。受制于政治导向功能的强化，杨朔散文只能在有限的空间内施展拳脚，于是形成任众数而排个人的思想倾向，以及托物言志的表现方式和"三大块"的结构模式，进而导致了其"散文创作上题材的狭窄，真实品格的贬值，艺术形式与风格的单调"[①]。1985 年方法年开启之后，在大量涌进来的西方文学理论面前，学者们开始采用跨学科的方法，在一个更大的视野内审视杨朔散文及模式的得失，杨朔散文的否定性评价日益增多，尤其是在各种当代文学史的叙述中，杨朔散文成为特定时代下的特定现象，至此，其经典地位也

[①] 佘树森:《当代散文之艺术嬗变》,《北京大学学报》(哲学社会科学版) 1989 年第 5 期。

被动摇。此外,这个时期还出现了研究杨朔散文的专著,如吴周文1984年出版的《杨朔散文的艺术》一书,局限于作家作品研究,难以越出文本之外开拓出有效的理论提炼和批评指向,因此,不在理论梳理的范围之内。

虽然刘白羽也是三大家的一员,但在权重上尚难以与杨朔比拟。毕竟,杨朔既有自己的散文观,又依赖自身的创作形成显明的路数和创作模式。而刘白羽散文以抒发革命豪情见长,一旦语境面临转换,其散文中的情感内容和传达方式必然进入一种失语状态。因此,在反思十七年散文的整体语境中,其靶向性在三大家中处于最弱的地位,其人其文自然处于有意无意被忽视甚至是被轻视的态度。新时期文学伊始,在研究层面,以刘白羽散文创作为主题的论文逐渐深入,大多停留在风格论、艺术论的层面,而且多有肯定的声音。不过,这些赞誉显然疏离于当时的基本语境,因此,在批评场域几乎没有任何反响。比如吴周文所写的《肩负时代使命的刘白羽及其散文的正价值》,操持着革命话语,给以高度意识形态化的正面评价。类似这样的评论文章或学术论文,其学理性严重匮乏,更谈不上理论的提炼了。至于文学史的叙述,相关刘白羽散文的声音也极其微弱,在洪子诚的《中国当代文学史》中,涉及刘白羽的篇幅不到五百字,仅仅是做了简单的介绍加上略微引述作家原话,未给予丝毫的或正面或反面的评价。这其实就是一个重要表征,即弱化其人其作的倾向性。

秦牧在影响上虽然逊于杨朔,但在三大家中,他既有自己的散文观念,即海阔天空论,也在创作上留下疏离于主流话语的因素——知识性、趣味性。进入1980年代之后,秦牧散文也成为散文批评的着眼点。溪清与渝嘉在评析其散文中知识性和趣味性的比重之际，就曾指出，虽然在路数上秦牧并没有隔断与五四散文传统的联系，但一味地强调知识背景，实际上已经影响到了趣味的传达。此外，情思的呈现则是秦牧散文突出的弊病。到了1990年代中后期，刘锡庆的批评更加深入，指出其软性题材的特性，而根本性的缺点在于用"知识"取代了散文中的"自我"。因此，秦牧散文的自主性品格比较欠缺。而在林贤治那里，批评话语愈加锋利，他将秦牧定位成"教师和保姆"的角色，认为其文学地位的获取乃政治入侵文学的某种结果。并在此基础上对一元化的社会语境展开批判，这种论调，与周作人"小品文发达的极致是在王纲解纽的时代"的判断异曲同工。

总体而言，1980年代及其之后对三大家散文的批评，虽非清场式的举动，但也形成了有效的指向。一方面，这些异议和批评直面了十七年时期的病灶，对于消除三大家的负面影响，触发作家群体更新观念，以及推动散文写作走向多元话语的转型，作用无疑是明显的；另一方面，批评话语的建构也影响到了文学史的叙述，进而重塑了当代散文史的面貌。

二、"形散神不散"的理论争鸣

新时期文学以来，虽然散文理论在系统化构建上有所不足，但在理论场域内，始终伴随着争鸣。这其中，关于"形散神不散"的论争则是第一次散文领域内大范围的争鸣事件，参与者的众多与时间的持续性皆非常突出。

形散神不散理论作为对散文文体特性的归纳,出现在1961年。散文创作在这一年出现了异常繁荣的景象,许多被公认为十七年文学时期的典范性作品皆出现在这一年。《人民日报》顺应形势开辟"笔谈散文"的专栏,吸引了一批作家、批评家参与到话题的讨论中来。其中包括老舍的《散文重要》,李健吾的《竹简精神》,师陀的《散文忌"散"》,凤子的《也谈散文》,柯灵的《散文——文学的轻骑队》,蹇先艾的《崭新的散文》,菡子的《诗意和风格》,秦牧的《园林·扇画·散文》,许钦文的《两篇散文,两种心境》等文章。这些文章虽然体例短小,不过,难得的是回到散文自身来讨论问题,他们针对散文的文体特点,内容与形式的关系,散文的社会功能等,相对自由地表达了各自的判断。在散文"贵散"与"忌散"的对立性观点之中,肖云儒写了《形散神不散》一文,调和其中的意见。"笔谈散文"栏目虽然持续时间并不长,但产生了十七年文学时期两个著名的散文观,其一是柯灵的"轻骑兵"说(突出散文政治功用);其二就是肖云儒的"形散而神不散"说。尤其是后者,因其提纯的方式,因其隐在地配合时代精神,因而成为当代文学史框架内非常具有辨识度的散文观。肖云儒在文章中进一步对形散和神不散两个关键词做了解释。他说:"所谓'形散',指散文的运笔如风、不拘成法,尤贵清淡自然、平易近人;所谓'神不散',指中心明确,紧凑集中。"① 自此之后,"形散神不散"的观点大行其道,被写进各种教材和理论著作之中,成为白话散文史上广为流传的散文观点之

---

① 肖云儒:《形散神不散》,《人民日报》1961年5月12日。

一。并越过十七年文学,进入新时期文学的观念系统中来。

　　形神关系的辩说在中国古典源远流长。最早的时期,形与神作为对立的范畴出现在先秦时期的哲学思辨中,后来被广泛运用于文艺批评领域。重神而轻形以及"以形传神"是中国古典美学传统中一个重要的理论分支。如同意境理论一般,既经历了一个长期的起承转合的历程,又作为美学品格,与文学、绘画、建筑、书法等艺术形式密切相关,因此,它绝非单纯的文学理论的命题,其内涵和外延都非常宽广。形神论的源头可上溯到庄子的"得意忘形""得意忘言"的理论命题,并在此基础上提出了"心斋""坐忘"说,意思是人要忘却肉身才能去除烦恼,获得真正的自由。由此,庄子认为,对于个体而言,形体的存灭与美丑都是不重要的,最重要的是他的精神能够与道合一,这样,才能达到彻底的自然无为的状态。无为而无不为,神的确立涉及道的体认。之后,在魏晋时期品藻人物形成的"风神"论基础上,顾恺之提出了"以形传神"的著名命题。《世说新语·巧艺》记述了这样一则故事,如下:顾长康画人或数年不点目睛,人问其故,顾曰:"四体妍媸,本无关于妙处,传神写照,正在阿堵中。"这正是"以形传神"论的出处。后来,谢赫在论绘画之际又提出了"气韵"说,后世所言的有生气,气韵生动,生机勃勃等,就是从中而来。还有苏轼提出的"诗画本一律,天工与清新",皆是对"形神"论的进一步拓展。通过梳理古典美学史上形神关系的辩说就会发现,肖云儒的"形散神不散"说中的"形"与"神"概念,与古典之间似乎是隔断的。原因在于两点,首先,形神关系的讨论仅仅局限在散文领域,难以归属于文艺美学的范畴;其次,形与神皆为所指概念,而非能指概念。因此,从美学思想的承继关系来说,"形散神不散"说是有局限的。

回到历史现场来解读的话,"形散神不散"中的"形"的概念,指向散文的取材、结构、表现手法等外在的因素。散文在取材上的自由度确实是其独特的文体特征之一,在这个问题上,现代文学时期业已完成指认和确立工作,诸如鲁迅"散文的体裁,大可以随便的"观点,另外,林语堂在谈到散文的取材问题时,有过"宇宙之大,苍蝇之微,皆可入题"这样的表达。散文因其体式的丰富性及易于上手的特点,就决定了取材上的广泛和自由度。而结构和表现手法的自由灵活,与其他文体相比较的话,散文会表现得比较突出,但自由灵活非散文所专有。在同一个诗人或者小说家那里,艺术手法的自由灵活以及处理结构的能力,乃成熟作家的基本功,他/她完全有可能在不同的作品里尝试不同结构形式。就"神"的概念而言,在文艺思想体系内,本义为个体精神的自在自为、个体的灵魂投射能力或个体思想上的洞察力。然而在肖云儒的阐释下,"神"的概念越过了个体的边界,进入时代主流话语的场域之中,被改装成了中心思想或主题思想。这种话语的倒置无疑删改了基本的美学精神,在国家主义抒情机制及群体意识高昂的时代语境之中,很容易被看作是为意识形态干预文学而张目的举动。正是因为后来的学者敏锐地察觉出其理论漏洞所在,故而,从1980年代初期开始,围绕这个命题就已展开反思。另外,这一论题中的"散"字,对应了灵活性、自由、随便的内涵,与紧凑、集中形成对立关系。这与古典时代韵散的概念有所不同,韵散中的"散"主要指杂体文章,其中包含了诸多实用性文体。而肖云儒在这篇五百字上下的短文中，并未对此做出说明，只是采用了通用的含义。

"形散神不散"论在1980年代引发争议，在今天看来有某种必然性。首先，从社会大环境上看，思想解放的基本语境推动了社会结构各个层面讨论和反思，散文虽然迟滞一些，但"解冻"的氛围之下，推动着理论批评回顾与反思之前单一化的创作与理论模式，为散文提供一个更大且更自由的空间。这样的条件下，杨朔散文的诗化路线与"形散神不散"论就成了准确的标靶。对于前者而言是模仿者众多，对于后者来说，这个论题较为粗略，放宽散文史的视野，有很多话题可以围绕这个论题加以阐释。其次，"形散神不散"论是紧贴时代的理论标识，这一命题具备了特定时代左的和形而上学文艺思想的色彩。通过对这个标识的审视和梳理，实际上能够有效解决十七年散文的再评价问题，毕竟，这一论题客观上与当时的文艺政策及主导性方针紧密联结在一起，同时也照应了业已成为样板的三大家的创作，成为典型的理论与创作相互印证的散文现象。再次，在1990年代及之后散文所开启的个性化与多样化的写作潮流中，"形散神不散"虽无法涵盖散文的丰富性，但散文领域内依然存在着形式灵活主题集中的这一类型散文，这一命题依然有其适用性的场域，并非随着时代语境的转换，就完全丧失掉了生命力。时至今日，对这个理论命题虽然有了充分的讨论和审视，然而，当年那些具备此特点的典范性作品依然还有一定的市场，有些作品甚至一版再版。在有些散文史的著作中，"形散神不散"之论依然作为散文的基本的特征而被再三强调。如范培松所著《中国现代散文史》，在阐述散文的审美特征和本体内涵之际,就将形散神不散视为圭臬。这也从侧面反映出,对这个理论命题的再审视不仅属于1980年代,其时间的长度一直在拉伸。最后,中学语文教材上选择了大量现当代散文作品,并采取了一刀切的办法,完全用"形散神不散"而统摄之,这样一来,无疑将散文公式化、概念化,在鉴赏论环节,散文文体的自由与个性、洒脱与不羁、气韵与神采等皆被湮没了。因此,亟需理论的清理和还原。

最早对这一命题提出自己看法的是松木,他所写的《"形散神不散"质疑》一文刊于《语文战线》1980年第8期。这篇文章以散文文体为切入口,认为"形散神不散"的论述难以完全涵盖散文的特点。1985年,贾平凹在《文艺报》上著文,对这一论题做出了直接的批评。这一时期,散文界质疑的声音比较集中,虽然大家所选取的批评角度不一致,对"形散神不散"论题中的关键词的解释也有所出入,但价值判断的大方向上是一致的。如同楼肇明总结的那样,这一理论命题导致了散文文体的窄化,使得散文创作步入单一化、格子化的小格局,其观念呈现出封闭性的特征[①]。产生影响的批评文章有,王尧的《散文艺术的嬗变》(《当代文坛》1986年第5期),喻大翔的《散文观念更新谈》(《散文世界》1986年第7期)和《历史与现实:形散神不散》(《河北学刊》1988年第1期),叶公觉的《新时期散文发展浅说》(《当代文艺探索》1987年第1期),杨振道的《散文艺术

---

① 楼肇明:《繁华遮蔽下的贫困——九十年代散文之路》,山西教育出版社1999年版,第162页。

形象的形神统一》(《河北学刊》1988年第2期)。从这些批评文章的题目中可发现问题的集中以及求新变的导向。其中,王尧从自由天性的角度反思这一命题的弊端,并提出了散文"形散神亦散"的审美观点,他主张形的散化与神的开放可以避免立意的雷同,推动散文写作推陈出新。喻大翔则从古典美学体系中的形神间的辩证关系入手,批评"形散神不散"的论题将形神推向对立的关系,而没有认识到其中的转化,因此,这一理论命题乃历史退化的结果。不过,真正起到扭转风气之功的当推林非刊于1987年第3期《文学评论》上的文章《散文创作的昨日和明日》。在这一文章中,林非运用了社会历史批评的方法,论证"形散神不散"的论题与特定社会政治话语的契合性,实际上构成了"文以载道"的当代变体,以此分析其间的利害得失。在反思五六十年代散文创作所形成的框子和格套之际,林非将"形散神不散"论归结为影响最大的一种。他指出:"如果只鼓励这一种写法,而反对主题分散或蕴含的另外写法,意味着用单一化来排斥和窒息丰富多彩的艺术追求,这种封闭的艺术思维方式是缺乏马克思主义的辩证法所致。主旨的表达应该千变万化,有时候似乎是缺主题的很隐晦的篇章,对人们也许会产生极大或极深的思想上的启迪,这往往是那种狭隘的艺术趣味所无法达到的。"[①]他接着指出,只有冲破单调和模式化,散文创作才会百花争春。由于林非在散文研究界的旗手地位,再加上这篇论文刊发后,很快被《人民日报》《新华文摘》这两家权威媒体转载,对于消除"形散神不散"

---

① 林非:《散文创作的昨日和明日》,《文学评论》1987年第3期。

的流弊起到了根本性的作用。

到了新世纪文学开启后,"形散神不散"论提出者肖云儒应约回顾这一命题产生的前因后果,并以德国诗人歌德的《跳蚤之歌》为隐喻所指,说明这一论点业已落后于时代,同时将这一命题加以限定,限制在形制自由的散文作品上。由此可知,肖云儒对这一命题的清醒认知。而王兆胜在《新时期散文的发展向度》一书的第一章中,在谈及自我散文观的建构之际,又提出了新解,给出了"形不散—神不散—心散"的论点,在"形聚神凝"的散文观基础上,向前推导出"心散"的观念。所谓"心散"指的是散文的"自由心、宁静心、平常心、散淡心"①。王兆胜的这一提法,从某种意义上而言,是对"形散神不散"话语场争鸣的回应与补充。不过,"心散"的提法过于虚化,对于思想性随笔来说,作家主体心理的焦灼、痛苦与断裂,往往能够创作出非常有张力的作品。这个提法与弗洛伊德一切艺术皆是富于精神病特质的判断也大相抵牾。

总的来说,较长时段内通过对"形散神不散"论题的争鸣,散文界在对十七年散文的再认识上,对散文文体的特性的阐释上,有了长足的进步。不过,关于这一论题之后的理论深化,尤其是涉及散文的体式、结构、艺术手法、情思表达、思性因素等细部的再深化,却没有本质上的推进。理论界解决更多的是"散文不是什么"的问题,而非"散文是什么"的问题。

---

① 王兆胜:《新时期散文的发展向度》,广东人民出版社2014年版,第5页。

第三节　理论的外围：散文消亡论的论争

文章千古事，得失寸心知。在中国古典文学体式的演变史与蝶变史历程中。有的文体逐渐从辉煌走向衰落，而个别文体随着时移势迁则湮没于时间的灰烬之中。关于文学的源流变迁，刘勰有"时运交移、质文代变"的说法。尽管诸多古典的文体业已趋向博物馆化，但在文艺思想史上，尚无文学消亡论或者主要文体衰亡的危言。诉诸西方文学史，有两次文学消亡论的论调曾引起广泛的讨论，其中，较远的一次是1817年黑格尔在一次演讲中明确的"艺术终结论"的观点。在黑格尔的理论场域内，艺术、宗教、哲学是绝对精神的自我发展的三个阶段，绝对精神发展到下一个阶段，那么，艺术最终会扬弃自身转向更高的阶段。艺术—宗教—哲学，黑格尔勾勒了一个绝对精神的路线图。距离最近的一次，则是美国理论家希利斯·米勒，他认为电信时代的信息冲击消解了人们的感官和认知，传统的主客体二元对立的思维模式被取消了，在此情况下，他导出了文学消亡的论调，即"新的电信时代正在通过改变文学存在的前提和共生因素而把它引向终结"①。随着米勒的命题出现,国内文艺理论界就此激发波澜，以捍卫文学存在的合法性。而面对人类为什么需要文学的问题，

---

① 〔美〕希利斯·米勒:《全球化时代文学研究还会继续存在吗？》，国荣译，《文学评论》2001年第1期。

萨特曾诙谐地回应道:"人类完全可以不需要文学,但更可以不需要人!"

　　1980年代后期,平淡无奇的散文领域猛然涌出散文消亡的论调,这是文学消亡论调的降格化。很显然,这里考虑的是散文文体的前途命运问题,而且,视野仅仅停留在1980年代各个文体的不均衡态势上。事后回看,这一论调更倾向于情绪的一种表达,是一种文体焦虑的表现,与理论的焦虑及整体的文学观关系不大。情绪酝酿于散文文体的迟滞性和落后性现实上,在文学话语高歌猛进的时代语境里,散文居然充当了看客的角色,源于此,批评者生出"哀其不幸,怒其不争"的心理。在评论文章中扔出了这个话语炸弹,但出于散文文体边缘化的地位,这一炸弹的集束力量并不强悍。因此,从话语表达、讨论范围、心理指向这几个因素来考虑,1980年代后期的相关散文消亡论的论争与其说是在理论场域内展开的,不如说是一次散文研究领域内的交锋状态,视之为理论的外围因素,甚为恰切。

　　率先提出散文陷入衰亡论调的是青年学者黄浩,他在《当代中国散文:从中兴走向末路》①一文中,着眼于散文命运的思考,得出当代散文已经毫无前途的论断。他的论断依据在于各个文体在塑造改革开放整体景观的贡献度上,认为散文在其时仅剩下概念的存在,文学的实质功能已经完全丧失。新时期其他文学体式纷纷展现出结构社会的能力,而散文则江河日下,成了文学普遍繁荣下的"不和之弦"。他还从散文类期刊数量稀少、读者寥寥、

---

① 黄浩:《当代中国散文:从中兴走向末路》,《文艺评论》1988年第1期。

作家队伍萎缩的现实境况出发，借以说明散文文体的落魄态势。很显然，他在这里持一种社会功用为主导的功利主义价值观来判断散文文体的得失，如同甚嚣尘上的"读书无用论"一般，这种工具理性的表达即使比之古典的"载道观"，也是一种倒退。毕竟，古典语境中，在强调诗教和载道的文艺思想体系内，依然把服务于社会政治的作用视为诗与文的间接性功能。这种直接强调功用的话语表达，未经过理性的沉淀和逻辑的演进，因此显得躁急。此外，他还有消解散文文体的提法，认为散文是一个内涵乱七八糟，缺乏定论，且处处给理论界制造麻烦的文体概念；散文的文体内涵是非常贫乏的，对于文学而言，仅仅是个客串的角色。这一判断明显偏颇，早在现代文学时期，文学散文的概念就已经确立，无论是刘半农还是朱自清，虽然尚存有轻视散文文体的倾向，但已经完成散文成为四大文学体裁的建构工作。1980年代散文整体的冷寂并不代表着这一文体就丧失了合法性的根据。对于黄浩的论调，范昌灼与傅德岷分别著文，批驳其观点，认为1980年代的散文无论在创作上，还是在研究队伍上，皆不能得出散文已经走向末路的判断。其他，还有万陆《对当代散文命运一种破解的认识》，李炳银《散文"走向末路"之辩》，高建国《散文命运辩说——兼与"散文灭亡"论者商榷》，这三篇文章也站在反对黄浩立论的立场上。他们在承认散文在繁盛与话语参与度上确实弱于其他文体的基础上，进一步指出整个1980年代散文在创作与理论两个层面取得的共识和进步，比如跨代作家的"归来者之歌"，而在理论争鸣过程中，旧有的陈旧散文观念也得到了清扫和梳理，等等。

另外持有散文消亡论调的是王干和费振钟两人,他们在合著的《对散文命运的思考》①给出了散文趋于解体的论断。理由包括:首先是散文文体的滞后性;其次是读者以冷淡的态度对待散文;再次,"形散神不散"的命题无法形成对散文精准的理论提炼,使得散文在理论上空壳化。王干和费振钟皆是评论家出身,他们的论述没有像黄浩那样采取了激进的话语姿态,但得出的结论是近似的。针对他们的认识,林道立、汪帆、吴周文等分别著文为散文的现实情状辩护。从散文的创作队伍、基本阵地、读者接受、理论争鸣、文体建设等多个角度加以辨析,认为没有必要对散文的前途命运表示悲观。

如前所述,散文消亡的论调更像是义愤之语,他们背后的心理驱动力则是快速改变散文现状的诉求。这一次论争,也没有留下有价值的理论论述,只能视为散文文体变革在批评领域内的先声。实际上回过头来审视这一场论争,持散文消亡者,并没有完全顾及1980年代散文创作中出现的所有精品,晚年孙犁的散文的平和与练达,巴金部分散文的人格投射力量,杨绛的细致与苍茫,皆有可观之处。除了他们三位之外,贾平凹、冯骥才等青年新星也在冉冉升起。更重要的是忽略了汪曾祺这位作家,他的散文可谓1980年代最重要的收获,当然,1980年代初期汪曾祺以创作小说为主,因小说而名动天下,使得大家无意中忽略了汪曾祺散文中独特的精神气韵,他的《蒲桥集》首版于1989年,而散文消亡论及其论争发生在1986、1987这两年,在时间上存在

---

① 王干、费振钟:《对散文命运的思考》,《文论报》1986年7月22日。

错位关系。不过，在方法年、观念年之后，散文领域内已经悄然开启注重内心探索的散文潮流，到了 1990 年代这一潮流或命名为"新潮散文"，或命名为"新艺术散文"，总之，以"新"来别"旧"。但这一隐然萌动的新潮并未被评论家们勘查到。因此，一味地抱怨散文文体的守旧，很显然也是视野受限的某种结果。另外，1980 年代的散文理论建设虽然存在着"向后看"的色彩，不过，借助反思的语境，基本完成了对十七年散文中流行的"形散神不散"命题及固化的诗化路线相关的清算和梳理，同时也确立了"真情实感论"为核心的这个时代特色鲜明的理论建构工作。散文研究专著及批评文章，比之十七年也取得了突破性的变化。对于这些成就不能采取一概否认的立场，否则就会掉入非黑即白的二元论的逻辑陷阱里。对于事物的守常与变化，钱穆曾指出："中国文化以人生为本位，而天时在中国人心中，乃成为惊心动魄之唯一大事。所以中国人独能知常又知变，知变又知常。常与变融为一体。"① 从这里可以看出，常数与变数间既对立互补，又相互转化，不可简单地割裂两者关系。进入 21 世纪后，王兆胜著文阐发散文的常数与变数，在他看来，所谓散文的常数是指散文文体的自然、本色、平淡、自由。② 而这些审美要素常读常新。且散文文体相对稳定，常数更接近散文的本性。因此，新变的诉求与散文文本的经典化没有必然的联系。

1980 年代的散文理论建设总体上是平淡的，受制于理论话

---

① 钱穆:《晚学盲言》（上），广西师范大学出版社 2004 年版，第 80 页。
② 王兆胜:《散文的常态与变数》，《文艺争鸣》2009 年第 6 期。

语的薄弱，无论是散文批评领域还是散文研究领域，且不言中西对照的视野没有建立起来，就是古典的理论资源以及现代散文的创作与观念也没有被充分纳入观照体系中。进而导致了仅仅在反思语境中针对十七年散文的利弊做一些梳理工作。而面对蜂拥而来的西方哲学和理论话语，因为陌生而产生普遍的恐惧，以至于采取了直接忽视的态度。因此，在1980年代产生的散文理论批评文章中，甚至连生硬的嫁接都看不到。而在散文创作的领域内，被束缚手脚的情况也非常普遍，仅依靠一些老作家的创作充实台面，试想一下，若无新生力量的进入，那么，这一文体必然表现出迟滞的局面。而在后来者的理论梳理中，甚至把文献的整理工作成就，以及为大学写作课程而写就的鉴赏论，也归入这个时期的理论建设中来，这是不够客观的。比如陈剑晖等在《星垂平野阔 月涌大江流——新时期散文研究三十年》的长文中，将俞元桂主编的《中国现代散文理论》、佘树森的《散文创作艺术》、傅德岷的《散文艺术论》等著作，皆纳入这一时期的理论成果中来。虽然也直言这些著作的通病，如观念的保守，学养的不足，视野的窄化，所讨论的问题多停留在散文艺术技巧的分析上等。这其实涉及一个重要的问题，即学术建设与理论建设尽管有重叠的地方，但毕竟是两个领域，理论建设强调原创性、系统性、普适性，而学术建设则是点线关系，而非从一开始形成一个扇面。

第三章
文体内部的失衡与话语场争鸣

"文学场"理论是20世纪下半叶重要的理论突破之一，这一理论由法国社会学家布尔迪厄提出。他颠覆了之前的追求普遍性的文学理论，将新批评、实证主义、个人无意识理论、萨特的存在主义理论、福柯的话语分析等归结为或主观主义或本质主义的分析方法。在他看来，这些理论阐释的方式皆不同程度地将文学观念、文学实践和文本视为当然的现实，忽视了这种现实性为何在人们的头脑中得以建构。他试图超越二元对立的理论场域，于是建立了文学场（也称文化生产场）概念。这个概念的基本内涵是指文学领域内权力力量、经济力量、文学力量等通过系列权力博弈形成的一种真实世界不可见的场域。一方面，文学场与居强势地位的权力场的关系中处于被支配地位；另一方面，文学场又拥有自身的运行法则，是具备一定自主性的封闭型文化空间。作为结构性与功能性范畴，布尔迪厄认为："文学场表现为相互区别的场域逻辑与规则，独立自治，同时又与政治/经济场域紧密联系，服从于他治原则与自治原则的双重等级辖制。"[①] 对于布尔迪厄来说，文学场的隐喻对于文学与宏观社会之间互动关系来说，

[①] 〔法〕皮埃尔·布尔迪厄：《艺术的法则：文学场的生成与结构》，刘晖译，中央编译出版社2011年版，第95—98页。

是一种很好的阐释工具。

就1980年代而言，虽然思想文化界、文学界热闹非凡，实际上，整个社会的中心话语只有一个，即政治话语的存在。政治的观念转型以文学事件或者文学观念为载体，这一点从伤痕文学、反思文学、改革文学所引发的观念更新上表现得尤其明显，此后的文学思潮也充分地表达了社会结构性转型及"现代性"的诉求。因此造就了社会现实空间内以思想解放为关键词，文学场域内则形成了"再启蒙""人道主义""主体性"等关键词。到了1990年代，社会结构的转型开启了，然而文学话语一落千丈，退居到边缘化的位置。这一时期，社会话语由一元化步入二元化，政治力量与经济力量成为中心话语，文学话语的旁落引发了持续几年的人文精神大讨论。随着经济力量的渗入，消费主义的语境初步形成，欲望叙事开始规模性地在小说、诗歌文体中生根发芽，而散文依然呈现出某种疏离状态。在文学场领域内部，也产生了重大的分化，中心话语步入消散状态，多元景观开始形成，自上而下的话语分配机制开始向着协商式的对话机制位移。

1990年代，文学理论与文学批评迈入新的阶段，鲁枢元等在《新时期40年文学理论与批评发展史》一书中，以"受困与固本"[①]加以总命名。文学理论与批评的分化重组与这一时期政治社会生活的重大转折密切相关。1980年代末期理论批评形态的调整，造就了1990年代初期意识形态的强化和强力规训局面。以

---

① 鲁枢元、刘锋杰等：《新时期40年文学理论与批评发展史》，浙江文艺出版社2018年版，第63页。

1992年邓小平南巡讲话为标志,社会主义市场经济正式开启,在其深化的过程中,文学从社会话语的中心位置迅速后撤,文学的边缘化成为1990年代文学界常言常新的话题。大众文化的兴起极大地冲击了知识阶层的精英意识,人文社科领域内的知识分子由"建构者"的角色向着"阐释者"的角色加以转换。启蒙进程就此被迫中断,之后,发端于1993年的人文精神大讨论持续了几年,最后无果而终。文学理论与批评受限于时代话语的转折,无论是话语形态、主体的嬗变还是传达方式,在深层结构上皆产生了变化。

1992年,邓小平南巡讲话发表,当代中国由此进入大力发展社会主义市场经济的时代。中国社会由近代以来的又一次大转型就此拉开序幕,市场逻辑及其话语取代了曾经的革命话语、政治话语或文学话语,演化成为主流话语,经济学渐成显学。在市场经济重构社会秩序的过程中,文学话语迅速被边缘化。之前如火如荼的先锋及其他实验性写作纷纷掉头,纯文学在出版市场遭遇冷落,文学杂志或者停刊或者转型,理论批评与作家的声音共同体不复存在。面对陡然崛起的市场话语,文学理论批评手足无措,只能选择被动的退守。随着大众文化和通俗文学的流行,1980年代中期形成的以审美价值为中心的纯文学批评无力再引领批评的潮流,理论家、批评家不得不应对文化失范的局面,不得不对自己的定位重新加以考虑。也正是在这个时候,理论批评队伍经历了较大的震荡,他们纷纷放弃了之前选择的文化先锋姿态,选择向学院撤退。1992年,《学人》丛刊发起讨论,围绕学术规范而展开,人文领域的学术自觉取代了之前的开拓进取。随着主体性理论的衰落,文学理论在这一时期由人文话语的潮头位置大幅后撤，总体上呈现出消隐的特征。文学批评依托学院的相对独立的空间，在文学边缘化的大背景下，却能够独立成枝，其蓬勃之态远超文学理论。这一时期，对西方前沿理论的创造性转化和吸收难成规模，但在文学批评领域，介绍西方前沿理论构成了重要的一个流派，由此造就了独特的理论的移植的景观，而且这一景观持续到21世纪之后。

1990年代兴起的学院派批评，主要在一个专业的圈子里流通和共享。这是不得已的退守策略，为了抗争铺天盖地的市场话语的侵蚀，为理论批评留下一块阵地。而从中衍生的由理论向着学理的位移，过度的"象牙塔"化，也留下了很多的弊病。与1980年代的审美主义批评相通的是，1990年代的学院派批评同样在维护批评的独立姿态。审美批评反对的是政治的美学化，而学院批评则反抗商业功利主义的重压。源于对学理性的重视和强调，学院批评开始转向对理论史、学术史的梳理和总结。

出于"保存自我"的策略，学院批评采取了既疏离知识分子角色又疏离商业逻辑的中间立场，陈平原指出："我赞成有一批学者'不问政治'，埋头从事自己感兴趣的专业研究"，"学者以治学为第一天职，可以介入，也可以不介入现实政治论争。应该提倡这么一种观念：允许并尊重那些钻进'象牙塔'的纯粹书生的选择。"[①]学院批评从业者的心态和立场由此可见一斑。

人文学科在市场化的冲击下，迅速恶化的生存语境触发了1993年的人文精神大讨论，以《上海文学》《读书》等刊物为平

---

① 陈平原：《学者的人间情怀》，珠海出版社1995年版，第34页。

台,众多的学院派批评的代表人物皆热烈地参与其中。王晓明以"终极关怀"为旨归,同样是上海的批评家陈思和则强调"岗位意识",王彬彬推崇"绝对价值坐标",吴炫则主张个人的独立和个人的认同。这场大讨论曾有三个话语的高潮,前后持续了两年的时间,总体观之,在宏观的层面,即人文精神的内核层面,人文知识界有着复归启蒙传统的诉求,在具体的现象,比如关于"王朔现象""王蒙现象"的论争层面,则涉及文学批评的观念、价值立场和批评标准等问题。这场大讨论是作家、批评家的一次集体发声,也是少有的集中登场情况,自此之后,理论批评界进一步走向零散化。1990年代中期,文化研究兴起,文学在继边缘化之后,又遭遇文学泛化的挑战。文化研究的盛行,一方面与引进西方文化研究理论有关,另一方面与中国社会后现代语境初步形成有着联系。文化研究兼容了后殖民主义理论、新历史主义、后结构主义以及西方马克思主义理论等,这种跨学科的研究方式,冲毁了文本为中心的文学批评模式。在文化研究的基本模型中,"阶级""种族""性别"构成了其中的三个关键词,而底层民众、少数族裔、女性等边缘群体以及亚文化受到了极大的关注。共同体、身份认同、他者想象等逐渐成为热词,后现代文化的价值域在于消解价值、破除权威,所以,理论批评家们不再为启蒙传统的丧失而感到忧虑,他们确立了另外一种文化规范,即将自我从"立法者"调整为"阐释者"。李泽厚指出:"现代社会的特点恰恰是没有也不需要主角或英雄,这个时代正是黑格尔所说的散文时代。所谓散文时代,就是平平淡淡过日子,平凡而琐碎地解决日常生活中的现实问题。没有英雄的壮举,没有浪漫的豪情，这是深刻的历史观。"① 文学也好，理论批评也好，皆经历了降格化的震荡期，这些都是时代转型的必然产物。

  1990年代，特殊的人文语境造就了散文文体由沉寂走向热闹的局面。这一时期，散文思潮迭出，散文概念不断翻新，出现了余秋雨《文化苦旅》和刘亮程《一个人的村庄》两个现象级的文本。文化大散文、思想随笔、学者散文、都市美文、女性散文等多种体式轮番下场，各种主题性的散文丛书也相继推出。散文在题材的宽度和写法上的创新层面，皆取得了突破性进展。就这一时期的散文理论批评来说，也产生了新变，具体表现在两个方面，一个方面是散文理论研究队伍的壮大，另一方面则是散文理论的多样性开始形成。对于前者而言，散文理论及研究队伍逐步从业余队伍迈向专业队伍，形成了相对集中的力量，这其中的代表学者由林非、楼肇明、刘锡庆、吴周文等。他们基本上依托于学院，隶属于1990年代学院派批评的组成队伍，基于对传统理论及西方当代文学理论的消化与重组，他们的研究呈现出某种开拓性和创新性。对于散文理论批评的多样性而言，其实对应着不同的理论观点和声音单元的出现。散文理论批评在这一时期延伸到散文的多个领域，不仅仅围绕着散文是什么而加以展开，而且在多种维度上加以思考。有学者倾心于系统散文理论的建设，有学者致力于散文概念的界定，有学者则将重点放在散文类型的甄别或者散文本体内涵的探讨上，由此也形成了与创作现场相搭配的理论批评的百花争艳现象。

---

① 李泽厚：《世纪新梦》，安徽文艺出版社1998年版，第506页。

第一节　大散文观与净化文体之说

一、"大散文"与"艺术散文"的论争

1989年3月，诗人海子在山海关卧轨自杀，自此之后，这一时间节点被众多作家、学者不断阐释，并演绎成当代的"时间"神话。有人视之为理想主义陷落的标志，有人把这一事件解读为1980年代启蒙话题的终结，还有人将其作为审美逻辑到资本逻辑的转折点而看待。像诗人西川，就把海子的死看作"我们这个时代的神话之一"。王岳川则认为，1990年代是完成了从"诗性世界"到"散文世界"的过渡，精英文化逐渐被兴起的大众文化所取代，而海子的死就是标志之一。回过头来重新审视大家的解读，就会发现，更多仪式化的因素被赋予到这个事件之上，人们的凭吊不过是当代语境下"时间"崇拜的变体。这种过度阐释的倾向在托尔斯泰去世这件事上表现得非常明显。实际上，海子及另外一个诗人骆一禾的死，就当时的现场语境来说，即使是在诗歌界，也没有形成普遍性的关注。这一事件之所以形成仪式化的情感，与特定语境下人们对1980年代的怀念不无关系，也与精英身份丢失后形成的身份焦虑有关。

1990年代初期，为社会转型的前夜，思想文化领域内文化保守主义盛行，阅读市场上，诸多民国散文经典得以重新开印，无意中触碰了开关，开启了一个散文时代的大幕。散文由边缘文体一跃成为热门文体,散文的热潮呈现出某种持续性,各种命名也紧随而至,吴秉杰在此基础上将1990年代定位为"散文时代"①。客观而言,1992年之前,散文的阅读市场虽然已经进入预热阶段,但在创作实践层面,形制是依然受到"形散神不散"观念的制约,观念上也未脱"真情实感论"的窠臼,结构和主题也仍然单一,散文的文化含蕴与本色人格的敞开还处于荒芜的状态。而在这个特殊时期内,文化失范带来的价值观的混乱业已初显,人们对于精神旨趣、思想力、情思呈现有着更高的期待,也因此,将目光从小说诗歌转移到以真实为生命,结构自由,侧重自我个性表达且情思葱郁的散文上。时代语境所赋予的文化使命,推动着散文走出陈旧的框架,以品格、精神指向、思想为旨归。贾平凹的"大散文"就是在这样的背景下走向历史的前台。1992年,《美文》杂志在西安创刊,同一时期,专业散文刊物有天津的《散文》,北京的《中华散文》(后停刊),福建的《散文天地》(后停刊),河北的《散文百家》,广州的《随笔》。在发刊词中,贾平凹针对散文的现状提出了批评,他不满于处于文体停滞状态的现实,指出一些流行的概念渗入人们的观念体系中,导致了散文题材上的狭小与主题呈现上的苍白。而新开办的《美文》杂志将主打"大散文",进而实现对散文现状的超越。在发刊词中,他阐释了"大散文"的基本含义以及办刊的一些理念。他提出:"散文是大而化之的,散文是大可随便的,散文就是一切的文章。我们的杂志挤进来,企图在于一种鼓与呼的声音:鼓呼大

---

① 吴秉杰:《散文时代——读当前散文作品随想》,《当代文坛》1997年第3期。

散文的概念，鼓呼扫除浮艳之风，鼓呼弃除陈言旧套，鼓呼散文的现实感，史诗感，真实感，鼓呼更多的散文大家，鼓呼真正属于我们身处的这个时代的散文！"[1] 从贾平凹的主张可以看出，杂志以"美文"为名目，与五四时期周作人提倡的记述性的，兼具抒情与叙事特征的"美文"概念相去甚远，两者之间没有逻辑让渡关系。贾平凹提倡的"美文"实际上就是大散文，与先秦时期"文"的概念比较接近，基于散文文类的开放性，倡导写作者的多元，指的是散文写作群体要扩大边界，从专业作家群体之外去寻找散文的新生力量，他们的身份可以是科学工作者，也可以是艺术家，也可以是新闻工作者，等等，写作群体不设边界；此外，就散文处理的现实经验而言，贾平凹主张要善于化实用文章为美文，类似广告、论文、诉讼、答辩词、家信、便条等，只要主体精神靠近大散文，皆可以兼收并蓄，很显然，这里所呈现的是开放式的文章体式观。后来，贾平凹又进一步丰富了"大散文"的概念内涵，如其所言："大散文就是提倡大境界、大气象、大格局、大气魄的散文。"[2] 分析其话语指向，"大散文"的概念开始与散文的审美品格衔接。

针对作家的这一无限拓展边界的论调，引发了出身学院的刘锡庆的"不安"，他针锋相对地提出了"文体净化"说。在《当代散文：更新观念，净化文体》一文中率尔提出"净化文体"的论点，从散文史的历史实际出发，刘锡庆认为一部散文的发展史

---

[1] 贾平凹：《〈美文〉发刊词》，《美文》1992年第1期。
[2] 贾平凹：《〈美文〉三年——在编辑部会上的讲话》，见《散文研究》，河北大学出版社2001年版，第7—10页。

就是散文文体的净化史。散文从兼容实用文体、审美体式的文类概念演化到以抒情散文为主体,乃历史的大势所趋,抒情散文的确立也应该是迫切需要解决的现实问题,同时,这也是散文提升文学性的必由之路。刘锡庆将"自我性""内向性""表现性"视为散文文体的三大基本特征。他指出:"创作主体以第一人称的写法和真实、自由的笔墨,来抒发感情、表现个性、裸露心灵的艺术性散体短文,即谓之散文。……散文既是'自我'的文学、'性灵'的文学,那它必然又是'自由'的文学、'本色'的文学。"①由此看出,刘锡庆的散文文体观比之林非和其他人的狭义散文的概念还要窄化,内容上的抒情性和自我性,形制上的短小性,这种定位,可谓白话散文史上最为提纯的论断。而在涉及散文的审美风格的描述上,自我与自由来自白话散文的规约,性灵与本色则是古典文论的遗产,其中包含了他兼容古今的一些想法。为了固化"文体净化"的论调,刘锡庆在其他文章中不断强调抒情散文或艺术散文的主体性作用。这些文章包括《我看新时期散文》(《文论报》1993年第6期),《当代散文:发展轨迹、分"体"考察和作家特色》(《文学评论》1992年第6期),《世纪之交:对"散文"发展的回顾与思考》(《文学评论》1997年第2期)。在最后一篇文章的结尾处,刘锡庆给出了相关散文的四点理论思考,其中有两点与"净化文体"相关,他认为欲规范散文,高扬"文学"的大旗,首先要清理的就是"大散文"的散漫与驳杂。同时,在举证杂文和报告文学业已从散文大家庭中获得独立的情

---

① 刘锡庆:《当代散文:更新观念,净化文体》,《散文百家》1993年第11期。

况下，认为随笔、纪实文学、传记文学也最终走向独立，这个时候，散文的家族就剩下抒情散文这一种类型，具体体式则包括抒情小品、游记、风土人物记、散文诗等。如此，散文的文体净化就意味着完成。

提及散文的"净化"问题，在此之前就曾有过相关的表述。1987年，林非在《散文创作的昨日和明日》一文中，在总结五四新文学传统的后续之际，就认为王统照的"纯散文"概念，胡梦华的"絮语散文"的主张，甚至包括十七年散文确立的诗化路线，皆是某种文体"净化"的结果。他给出了"单纯地追求净化必走向狭窄的途径"的判断。从中可以见出，林非明确反对"文体净化"的表述。

"大散文"与"文体净化"的话语对峙，在1990年代的散文场域引起了广泛的关注。王剑冰、王聚敏、谷海慧、吴晓蓉等先后著文参与了这次讨论，甚至是拥有散文作家身份的余秋雨、韩小蕙等人也介入进来。在这一次的讨论语境中，甚少站队的情况，更多的则是人们不满"大散文"的粗疏，更不满于"文体净化"的狭隘论调。回过头来看，这场关于散文体式的论辩实质就是"文学的散文"和"文化的散文"两种散文理念的对抗。[①]可惜的是在理论建构的层面，无论是"大散文"还是"文体净化"说，皆是隶属于观念表达的形式，理论点位的丰富性是贫乏的，逻辑的推演也不充分，更谈不上体系性的建设成果了。

---

① 邓仁英:《新时期散文理论建设的流变、限度及可能》，淮北师范大学硕士学位论文，2011年。

先来探查"大散文"的概念,写作群体的无限扩大化以及对实用性文章的重新收纳,虽然不必扣上"复古"的帽子,但这一倾向无疑是反文学性的。文学与非文学的区分,文学性散文和实用文章的辩体,文学史上早已经解决问题。贾平凹在《美文》发刊词中的这一表述,考虑散文理论话语推进的因素甚少,更多是办刊及接收稿源的一种策略。就在前三年,源于大散文的提倡,《美文》杂志刊发的"破体式"散文相对集中,几年过后,受限于非专业写作队伍创作的不可持续性,渐渐地,这本杂志上刊发的作品与其他文学期刊上的散文几无分别,于是泯然众人矣。此外,就大气象、大格局、大境界的审美品格而言,在1990年代主要对应文化大散文与思想随笔这两种文体。而1990年代文化大散文的兴盛与思想随笔的崛起,与贾平凹抑或《美文》杂志基本上没有什么关联度。余秋雨现象及夏坚勇等人的文化大散文,是某种时代心理折射的结果,市场与作家作品形成了一种共谋关系。实际上,余秋雨于1988年开始就在《收获》杂志开设专栏,其中包括《文化苦旅》中的多篇文章,所引起的关注非常有限,也没有形成话题讨论。文化大散文崛起的真正标志是1990年代初《文化苦旅》及后续的《文明的碎片》的出版,图书迅速升温,并越过文学场域,进入社会大众的语境中。而思想随笔的兴起同样归功于系列图书与杂志的推举,若加以细化的话,张承志、韩少功、张炜、林贤治、王小波等作家,他们的作品得以广泛传播主要得益于系列文丛的标举上。这些作家学养足够深厚,见识也非同一般,如张承志接受过严格的史学训练,韩少功则是米兰·昆德拉作品的译者,王小波曾任教于多个高校,林贤治自身就是鲁迅研究专家。他们在消费主义语境中所秉持的"抵抗投降"的精神姿态,亦高而徐引。而刘小枫、谢咏、朱学勤等人的异军突起,则得益于杂志的推举。1990年代,《读书》与《随笔》杂志引领思想随笔的风潮,所刊载的文章,与《散文》《美文》《中华散文》等专业散文杂志比较,在审美质地上风格迥异。再回看贾平凹的散文创作,1980年代,他走的是性灵路线,将地方风俗、人情整合进灵动的语境中,《商州初录》《丑石》《月迹》就是这个时期的代表作品,整体上偏于"小清新"的美学风格,与当时盛行的怀旧悼亡之作比较的话,在内容与风格上皆大相径庭,显示出了青年贾平凹的独特性。进入1990年代之后,贾平凹散文创作数量明显减少,这一时期的代表性作品有《奕人》《我的父亲》《五棵树》等,"小清新"的风格在这些作品中得以纠正,他的散文步入"中年写作"的状态,叙述沉稳,情感内敛,有苍茫之感。总体上来说,这一时期的散文作品可归入叙事散文的范畴,与文化大散文及思想随笔基本没有交集。徐治平在《90年代中国散文扫描》一文中,将冯骥才、贾平凹也归入大散文的创作队伍中来,明显是不科学的。从以上分析可知,无论是贾平凹自身的散文实践还是《美文》的办刊内容,实际上,与"大散文"理念,皆有错位之处。

而回到贾平凹关于"大散文"较为完善化的表述上,他的阐述里包含三个重要的向度。首先,要求散文在取材和内容表现上要"大",散文要从封闭的自我小情怀、小感悟中走出来,创作要切入时代、社会的脉搏;其次,散文的审美境界需要气象阔大;最后,散文的文体形式可以泛化,不必拘泥于旧有的散文观念,文体边界要往广阔处拓展。

针对"大散文"概念及其所包含的三个审美向度,于祎以《贾平凹"大散文"观的理论误区与现实意义》一文予以商榷。他认为,在"大散文"的框架体系下赋予散文时代和社会的使命是不切实际的。"散文不能脱离时代社会成为一己之私的展览台,但也不能简单地要求散文成为时代、社会的代言工具,倘若没有个体体验的介入,不能将个人命运纳入到时代、社会中,这种写作将不是文学的书写,而是历史的书写、哲学的书写。"①这一判断,就散文的取材而言,可谓切中肯綮。19世纪的文艺理论家勃兰兑斯就把文学史看成心理学,本质上是灵魂的历史。而心理上的波动与流变于诗歌、散文来说,表现得尤其明显。散文对个人经验的依赖程度,远远超过其他文体,经验的呈现过程,需要融入情感内蕴或者认知深化的要素。因此,尽管作为文体的规定性,散文在取材上的自由度异常突出,但并非一味求大,就题材而言,"随便""自由""灵活"才是散文的特性,提倡"大"或者"小",皆容易进入认识的误区。退一步而言,历史大事记实际上对于任何一种文学体裁皆是不合时宜的。巴尔扎克宣传小说是一个民族的秘史,而秘史非正史。新中国成立初期形成的"题材决定论"(主要针对小说文体),是强化革命叙事与工农兵叙事的一种结果,在其后的实践过程中,流弊甚多。这一观念在新时期的文学理论建设,已经得到清算。1990年代及之后兴起的私人

---

① 于祎:《贾平凹"大散文"观的理论误区与现实意义》,《山东社会科学》2008年第6期。

化叙事、小叙事等潮流，皆是对宏大叙事策略的一种反拨。开掘时代、社会生活的大题材，意味着对本质关系与历史走向的深刻把握，处理好这个主题，需依靠既是思想家又是杰出小说家或者既是思想家又是杰出历史学家、哲学家这些人方得以完成。比如1789年爆发的法国大革命，尽管相关著述繁丰，但有两部书无疑给人留下深刻印象，一本是历史学家托克维尔的《旧制度与大革命》，另一本则是小说家雨果的《九三年》。总的来说，题材属性并不能给散文带来本质的改变，因此，就题材的大小来讨论散文的文体，其逻辑前提并不成立。

　　就第二个向度来说，倡导文学作品气象境界的阔大，并不为过。而结合贾平凹倡言的具体语境可知，散文在气象和境界上的开拓，由题材贴近时代、生活的精神主题而来，这种气象是一种时代精神在文学中折射的结果。在认识论上与刘勰"文变染乎世情，兴废系乎时序"的提法不谋而合。而在古典文艺思想史的脉络中，气象与境界为两个所指，人们在讨论气象的美学内涵之际会下意识地想到一个词——"盛唐气象"，国力的强盛与民族自信心的提升，会反映到各种文化形式上，形成独特的富于时代精神的气象美学。建筑、雕刻、音乐、城市布局、饮食、经济指标等，既包括艺术形式，也包括非艺术的文化领域。而境界一词，则是一个美学范畴，从刘勰的"隐秀"说到王国维的"境界"说，渐趋完整。"有真性情者谓之有真境界"，这是王国维关于境界说的一个主要论调。另外，再来对照他对李煜词作的一个评价，他说："词至李后主而眼界始大，感慨遂深，遂变伶工之词而为士大夫之词。"[①] 从王国维后续的阐述可知，他所看重的是作家的赤子之心，是深刻的个体悲欢与宇宙生命体的共振频率。经过上述的比照，可以侦知气象与境界的区别，前者是文化范畴，涉及公共性的领域，而后者则是美学范畴，指向个体的生命体验。也就是说，气象有大小，而境界则是深浅之分。贾平凹在原初的语境中并未对之加以细分，在学理上还存在漏洞。

至于散文文体边界无限延宕的观点表达，也不符合散文文体分化、独立的源流变迁的过程。散文的文类概念特征较为突出，而近现代以来，随着学科分工的细化与文体观念的自觉，在西方，亚里士多德的三分法逐渐向四分法过渡。而在中国现代文学的发生期，经过刘半农、周作人、郁达夫、朱自清等人的努力，不仅文学性散文的观念得以承认，散文作为四大文体之一也得到确证，这一点，在各种散文史和研究专著的论述中，都可以被证实。因此，散文面对新兴文体或边缘文体如何收纳？可以作为一个问题加以讨论，而在文体的拓宽上，不设边界，无疑是一种作茧自缚的举动。自由、真诚、本色及精神个体性的丰富，这些因素是散文的核心内容，载体会产生变化，形式也会产生变化，但能够形成审美品格与感染力，依然依赖这些核心要素。

"大散文"概念的粗放形态下，如果说刘锡庆给出了"文体净化"说的方子加以诊治的话，那么，这个"方子"又走向了另一个极端。这种无限的收紧，表达了理论上的"孤绝"姿态，疏离于散文史的实践，也疏离于当下的现实。持续至今的散文热也

[①] 王国维：《人间词话》，人民文学出版社1960年版，第261页。

证明了这一点,无论是在体式上,还是在题材上,皆形成了丰富而多元的景观。此外,1990年代,恰是抒情散文退场的时期,这一时期产生的代表性作品,基本上找不见抒情散文的例证。针对"文体净化"说,王聚敏在《散文"文体净化说"置疑》(《海南师范学院学报》2001年第3期)一文中表示,文体的净化对于散文而言,意味着散文之路愈发狭窄。陈剑晖的批评则更客观理性,他的论断主要集中在两个方面:首先,认为刘锡庆忽视了90年代散文创作的基本态势,即思想型散文的崛起和抒情散文的淡出,若执守如一,那么,90年代产出的众多优秀散文之作会被逐出散文的园地;其次,文体净化若被贯彻的话,散文必然走向单一与封闭,而"杨朔模式"殷鉴不远,因此,必须应该警惕之。①之后,就散文文体的规范问题,陈剑晖在散文文体历史演变的基础上,提出了新的文体分类理论。他将散文文体归纳为四种,分别为"文类文体""语体文体""主体文体""时代文体"。②既兼顾了散文的文类特性,又涉及散文的语言诗学、主体性等问题,进而将散文的范畴论研究往前推进了一步。

以"净化文体"说为契机,刘锡庆后来提出了较为完整的"艺术散文"的概念,并给"艺术散文"下了定义,如下:它一般采用第一人称手法,以真实、自由的笔墨,主要用来袒示个性、抒发感情、裸露心灵和表现生命体验的艺术性散体之作。③

---

① 陈剑晖:《新时期散文观念与散文论争》,《文艺评论》2009年第3期。
② 陈剑晖:《论20世纪90年代中国散文的文体变革》,《中国社会科学》2001年第5期。
③ 刘锡庆:《散文新思维》,河北教育出版社1998年版,第76页。

而在其后的论述中,他并没有将艺术散文的三个核心概念"自我性""内向性""表现性"丰富化,从范畴论的角度看,"艺术散文"的概念与其指称的"抒情散文"等同。这也暴露了新时期以来散文理论发展过程中的一个突出问题,即盛行的理论概念之下,往往名不副实,缺乏必要的理论拓展和理论架构。这一点,在1990年代初期出现的"新艺术散文"上,同样表现得异常明显。"艺术散文"也好,"新艺术散文"也好,其中"艺术"作为关键词,是指向审美特征还是指向功能特征,皆语焉不详。

相关"大散文"与"净化文体"的话语交锋,直接引发的一个结果就是应该把什么样体式的散文视为正宗。2002年,北京大学组织召开了第一届"中国散文论坛",与会学者就此也未达成共识。林非以徐迟的"塔尖塔基"论为基础,认为抒情散文构成了散文中的塔尖部分,而陈平原则提出了相反的意见,他认为智性散文更能代表散文文体的成就,并以周氏兄弟为例,论争其合理性。在这里,陈平原所使用的"智性散文"的概念与台湾散文界一直所倡导的"知性散文"的提法相近。具体文体样式上,对应了随笔与小品这两种。总的来说,何谓散文正宗的话题本身就是个狭隘的理论命题,这一话题本身很难获得一个明确的结果。

二、刘烨园的"新艺术散文"

散文作家刘烨园推出"新艺术散文"的概念是在1993年,主要观点凝结于《新艺术散文札记》这篇评论文章之中。对照刘锡庆于相同时间段提出的"艺术散文"概念,就会发现,两者之间既不存在继承关系，也不存在呼应关系，准确地说，两者之间呈现出某种并列关系，无论是概念所涵盖的内容，还是支撑概念的典型作品，皆无重复之处。刘锡庆的"艺术散文"概念本质上说对散文特质的一种重新厘清与体认，主张收窄边界，确立抒情散文的主体地位，视散文为表达情志的载体，其文统由古典时代的文学性散文一直延续到当代的艺术散文。而刘烨园的"新艺术散文"概念则是1990年前后涌现的"新潮散文"（也称为新生代散文或现代散文）在理论上试图有所建树的某种结果，彰显了在观念上尚处于滞后状态的散文文体的某种焦虑，意欲通过文体的变身实现这一陈旧文体向着现代性的转变。

  对于什么是"新艺术散文"，在《新艺术散文札记》一文中，刘烨园详尽地阐释了他的"新艺术散文"观。他指出："散文中最有文学性、形象性、生动性、才华性、灵魂性、色彩性的那些篇章，是多种艺术手法（诸如象征、隐喻、诗象、魔幻、意识流等）的融会贯通，并'吸收了现代音乐、绘画、建筑、小说、诗歌甚至大自然的原始气息等诸多的艺术新启示'，这是对'传统散文'从内容到形式的一次有力的反拨。他还强调散文的'密集型'信息量（即散文的浓度、厚度、深度、新度和密度）。"[①] 在散文语言上，他强调作家与语言是一种生死相依的关系，并提出了"诗象语言"[②]的概念，认为只有"诗象语言"才能寻求最生命最

---

① 刘烨园：《新艺术散文札记》，《鸭绿江》1993年第7期。
② 刘烨园认为，诗象的语言来源于内心的骚动和语言的饱和，同时也来源于悟性、个人的学识、经历以及表达的快感与和谐。因而它不属于表面的、定义的准确而属于灵魂的、艺术的准确。

血肉最人性最有力量的表达。综合刘烨园的论述,"新艺术散文"的组成大致有三个部分,即现代性修辞、密度、诗象语言。虽然"新潮散文"作为一种弱性思潮,在文学史上并不持久,其势头与当时大热的文化大散文难以比拟,但在创作实践上,一批散文作家致力于散文的新变。除了从诗歌领域引入诸多现代性修辞手段之外,他们还尝试着将更多的新手法引入散文的试验田里。刘烨园自己就曾尝试将意识流手法嫁接到散文作品里来,如他的《自己的夜晚》《人都是要死的》,时空的流动和随意的切割非常明显,这种向内转的写作方式,在当时无疑显现出其新颖性和探索性。而他所指出的散文对密度的追求,则是指在一定的字数或篇幅中尽量满足人们的美感要求的分量,它不是稀稀松松的汤汤水水。过去散文中的大段大段的描述或议论抒情,现在成了一个细节,一句话,在密度中追求深、浓、新、厚,让人回味、咀嚼,使人在很短的时间里得到最大的精神享受。诗象语言就是对词的感悟把握,它不求字典里的精确,它是一种极富包孕性并产生魔化力量的物象。正像在里尔克那里,苹果不是现实物质本身,海子的"麦地"不是北方平原的麦子一样,诗象的语言绝不会去寻求摹写现实事物,它创造的是一个与经验的事物截然不同的意义世界。它们既指向现实又超越现实,诗象的语言要求个性的展示,试图在散文语言上实现现代性的转身。

新艺术散文在1990年代的散文现场,既构成了一个弱性的散文思潮,也构筑了新颖的散文观念。也正是基于散文观念的更新,新艺术散文在后来的研究回顾之中,还拥有了"新潮散文""新散文"的命名。站在重返1990年代文学现场的角度加以观照新艺术散文，从思潮的角度来看，新艺术散文乃新时期文学中最早的关于散文文体变革的一次实验，是散文文体内部生成的先锋实验，这一实验是对1980年代中后期先锋文学和后朦胧诗的回应。虽然它是滞后的，但同样属于文体苏醒并自我调整的组成内容。从观念层面看，构成新艺术散文的关键词恰恰是"现代性"，而主体性和现代性是新时期文学所关注的核心问题所在，古老而连绵的散文文体如何表达现代性，一方面要借助大量陌生化的表现手段实现散文语言的重组和秩序的重建；另一方面，要给予主体的感觉系统重新加以赋格。陈剑晖对于新艺术散文在思潮层面给出了这样的总结，他说："它是以反叛的姿态向传统的散文创作和理论提出了挑战。这主要表现在两个方面，在作品的内容方面，新艺术散文一方面对传统散文话语进行反讽与解构；另一方面又表现了个体与现实世界的认同、对抗与疏离。他们既是现代文明的追随者和享受者，却又时时厌倦这个物欲横流、人欲膨胀的世界。新艺术散文更引人注目的特色是在散文文体方面的创新。在结构上，他们的散文打破了传统散文按开头、展开、高潮的时间顺序结构散文的做法，而是用'情绪'或'意象'来结构主旨，有的则是生活片断的随意拼贴。在叙述上，新艺术散文改变了传统散文作者与叙述者合一，以及第一人称全知全能的叙述视点，而是多种叙述手法并用，有的还吸收了小说、戏剧等其他文体的表现手法。在语言表达方面，新艺术散文走得更远。他们的语言不仅富于感觉、体验的张力，而且充满了隐喻、暗示和反讽。此外还有大量的奇特的词语组合，以及语言的扭曲、变形和夸张，正是这些'陌生化'的语体加上其他方向的艺术形式上的探索,新艺术散文思潮才有可能对现有的散文秩序产生了如此巨大的冲击。"①

时隔多年之后,在接受海林采访之际,刘烨园对"新艺术散文"又有了一些补充。他说道:"散文若与文学发生关系,就是散文中的文学性散文,即文学散文,十几年前,我曾把它称为新艺术散文。就像画一样,招贴画、广告画、宣传画都是画,但与真正意义上的美术作品是有区别的。散文就是如此。但如果我们把文学散文划到文学体裁中,问题也就随之出现了,因为文学散文与文学是有共同点的。十几年前,发生过一场大辩论——散文是否允许虚构。其中一部分人坚持不允许虚构,而我是同意虚构的,因为散文中的文学散文与文学是相通的,既然如此,它就允许大胆的想象与虚构。有些散文被当作经典散文,像庄子的文章,它就是虚构的。而文学性散文的美学要求、形象、情感等与其他文学现象的要求也是相通的。可以套用一句'人所固有的我无不具有'的名言来说——艺术所有的,散文无不可有。当然,那些纪实的、历史的、回忆录之类的散文,在主要内容方面,是不能虚构,不能太文学化的。"②

从上述的观点里,可以注意到刘烨园在观点表达上的回落,将新艺术散文简化为文学性散文,这种含糊的美学表达,其实也预示了"新艺术散文"自身的尴尬。总的来说,"新艺术散文"的提出在新时期散文理论史属于一闪而逝的情况,其局限主要体

---

① 陈剑晖:《论当代散文思潮的发展演变》,《广东社会科学》2005年第1期。
② 海林、刘烨园:《时间是有利息的——海林、刘烨园访谈录》,见万松浦书院网站。

现在两个方面,一方面,这一概念在"新潮散文"的潮流中属于一种个人的观点呈现,在弱性思潮内部也没有形成共识,其他新生代散文作家对于这个概念缺乏补充解释,甚至认可的声音也非常稀少;另一方面,构成这一概念的关键词与创作实践难以形成有效对接,只能作为个别的印记存在,因此使得这一新生的散文概念在整体上表现出主观性、臆造性的特征。

与此同时,"新生代"散文家在散文实践领域集体登场,标志性事件是《上升——当代中国大陆新生代散文选》《九千只火鸟》《蔚蓝色天空的黄金》三个文本的推出。其代表作家有祝勇、王开林、苇岸、张锐锋、冯秋子等。"新生代"散文的出现朝向的是散文话语的整体转型,其内部所呈现的却是多元探索的局面,其步调并不完全一致。"新生代"作家所强调的主体生命的体验与思考,散文形式方面所推崇的艺术风格多元化,毫无疑问是"新散文"概念提出的先声。正如宁肯在其散文作品《虚构的旅行》序言中所说到的:新生代作品是"新散文"概念的最重要依据,没有这些文本就不可能有"新散文"的提出。而且,一个有意思的现象是,一些"新生代"散文作家如祝勇、张锐锋、周晓枫等,在"新生代"创作沉寂之后,转而成为"新散文"的主力军。

尽管"新艺术散文"的概念并没有铺展成河,形成潮流,但是刘烨园凭借自身的艺术探索,确立了最早的一批具备先锋意味的散文作品。这一错位的结果,在后来的祝勇等人身上再次重演,也恰是文学史可堪玩味的地方。

第二节 文化本体论与楼肇明"复调散文"说

一、文化本体论作为研究方法

1990年代,散文研究领域内文化本体论的崛起一方面可视作1980年代文化热的某种"后移",另一方面也是对风头正健的文化大散文的正面回应的结果。就东方文化语境而言,本体论是一个舶来品,指西方哲学传统中的形而上学。其基本特征是将世界二元化,一为理念世界,一为现象界。前者表征着更真实、更本源的世界,后者则对应现实世界的林林总总。本体论的源头可上溯到柏拉图和亚里士多德那里,柏拉图在《理想国》里提出"理念"说来阐释世界的本源问题。在其认知体系内,拥有同一个名字的不同个体之间就存在着同一个"理念"。比如"树"这概念就是"理念"的一种表现,而现实界中,各种差异性鲜明的具体的树木则是现象。在他看来,"理念"代表着最高的存在,而现实世界不过是对"理念"模仿后的残缺的复制品,是一种影子。为了进一步说明"理念"的存在,他还创造出一个著名的比喻——"洞穴之喻",以此说明,普通个体往往沉陷在现象界中不能自拔,只有通过理性的培育才能走出洞穴,看到本质上的更真实的世界。从柏拉图直到19世纪末各种非理性主义哲学的兴起,本体论哲学在西方始终占据统治地位。而文化本体论作为一种方法论,广泛运用于社会学、心理学、文学等人文社科领域。

随着1980年代中后期兴起的文化热，各种文化观念在思想场域交锋，虽然立场不尽相同，但以文化为本体来阐释中国问题的局面业已形成。汪晖曾以"去政治化的政治"来描述1990年代文化语境的基本态势。在学界，源于一元化话语的解体，各种泛文化的话语策略开始兴起，正在这样的背景下，文化本体论作为方法论开始在散文研究领域内走向前台。

楼肇明最先使用文化本体论的方法论来阐释散文文体的精神属性，在他看来，散文发展与本民族的思维模式和文化性格处于同步的关系中，同时指出："散文自身的历史昭示了散文的质的规定性，这就是散文的文化本位性，与史学与哲学相绪接的思维性，以及在审美变革中的先驱地位……散文文化本位性的核心部分，即在于重铸民族的文化精神和文化性格，或者说旨在创造性地转化民族性格。"① 在这里，他将散文所蕴含的文化意蕴提升到文化本体论的高度，借以抬升散文文体的地位。在总结古典散文理论的学说之际，以南朝萧统的《文选·序》，明代公安派的"独抒性灵"说，清代桐城派的"义理、考据、辞章"说，这三大理论主张为旨归。在《关于散文本体性的思考》一文中，他又进一步指认了散文的三性，即散文的文化本体性，作家人格的主体性，审美领域中的普及性和先驱性。② 就散文的文本本体性而言，楼肇明认为正是先秦诸子的散文书写奠定了中华民族的基本文化性格，构成了中国散文史的第一个高峰，同时也是中国散文的源

---

① 楼肇明：《当代散文潮流回顾》，《当代作家评论》1994年第3期。
② 楼肇明：《关于散文本体性的思考》，《文艺评论》1995年第4期。

头所在。而作家人格的主体性则指向散文作家的职责和使命，散文作家的主体性是在现代散文形成初期解决的重要理论问题，进而确立了以个性化为写作方向和基本内容。个性化本来就是文化的产物，他认为散文作家的主体性，实际上就是作家自我文化人格的塑造。这样一来，散文作家就成为存在的问询者和文化的阐释者。至于审美的普及性，楼肇明认为这是由散文史的实践所形成的，而在审美感知的开拓与变革上，诗歌和散文这两种文体可等量观之，这恰是散文的审美先驱性所在。

楼肇明的文化本体论作为一种阐释方法，针对散文的文化属性展开了某种开放性的说明，作为一种研究方法，未尝不可。但若涉及理论性的提炼，则有明显的不足。首先，在散文的审美特征论和范畴论一直悬而未决的情况下，若仅仅围绕文化属性加以阐释，未免有隔靴搔痒之嫌。其次，在对民族文化的形塑上，文学还无法超越哲学、宗教、史学，成为最重要的力量，如勃兰兑斯所言，文学关涉民族心灵史的波折和激荡，更遑论散文仅仅作为文学的一种体裁而已，若将文学无限拔高，那么，在功能上，与古典的"载道观"的区别在哪里？最后，散文的审美先驱性在当代文学实践过程中落后于诗歌、小说，甚至是戏剧。因此，散文为审美新声之说，过于笼统，也不够准确。

1996年，王尧的《乡关何处：20世纪散文的文化精神》由东方出版社出版，这本散文研究专著是在1990年代后期"寻找精神家园"的文化背景下面世的。基于散文是文人的自由而朴素的存在方式这样的认知前提，他试图通过作家作品背后的价值立场、人文关怀，来透视作家的文化人格和话语方式，进而把握百年中国知识分子的存在方式和思想底色。因此,从大的层面来说,他尝试以文人的身份来替代传统作家的概念,以文化分析替代审美分析。散文研究在这里只是切口,20世纪知识分子的思想文化变迁,才是其着力把握的内容。

另一个文化本体论者喻大翔,则直接建立了一套操作性强的文化学方法论。他的专著《用生命拥抱文化》于2002年出版,而作为研究成果,实际上是在2000年以前完成的。这本书的内容以研究学者散文为主,针对这种散文类型,喻大翔建构一个自足的符号学系统。首先,他给出了散文"三圈四维"的结构理论,所谓"三圈",指的是自然生命圈(大圈),文化生命圈(中圈),文本生命圈(小圈)。所谓"四维",即散文的四个维度或者说轴的存在,即文化史、文化域、文化人或创作主体、文化文本这四种。"三圈四维"形成了一个动态的结构图示,可广泛运用于文化领域,揭示文化生产的深层逻辑。在此前提下,具体到散文研究层面,他将学者散文的结构功能分为四种——文本语言、人境事例、情场意阵、文化心理,并分别对应词指、象指、义指、心指。"三圈四维"无疑是一种新型理论,为了支撑这一理论的逻辑纵深,他还创立了诸多新的散文理论术语,如意阵、词指、自然重合圈等。从表面上,喻大翔所建构的新理论解决了散文理论一直处于薄弱环节的自洽性问题,同时,他也能够运用这一理论分析20世纪学者散文,触及深层次的生命意识问题。但无论从哪个角度来看,这一套理论系统都像是在自说自话。陈剑晖在评析这部著作时,在创新性上给了充分的肯定,但也指出其理论弊病所在。"他的概念术语的创设虽有新意却过于繁复,给人以眼花缭乱之感。此外,作者还缺乏一个既有较大的包容性又有分衍性的核心范畴,从而使得这些概念术语流于散乱。"① 除了概念术语的生硬性之外,喻大翔所创设的这一套理论几乎是一个孤立的文本,其理论的后续性和应用性,在21世纪以后的散文研究框架内,可以说是一种空白。我们只能将之视为1990年代理论话语过分增殖的某种结果。因此,把这本书及相关理论放在散文研究的层面展开讨论。

文化本体论的进入,为散文研究提供了新鲜的视角,在一个较大的文化参照系里观照作家的文化人格构成以及文本的文化含义,确实丰富了散文研究的意义生成系统。这种理论研究方法的兴起,源头在于1980年代兴起的文化热,从某种意义上,文化热贯穿着整个1980年代,随着再启蒙的终结和消费主义的兴起方逐渐落幕。文化热的心理驱动力在于,中国思想文化界希望通过中西方的各种"理论"与"主义"的资源,展开对中国历史文化的思想解读,反思"文化大革命"悲剧之所以发生的文化原型,同时,也试图对"现代性"诉求给出回应。诸多学术、思想团体,借助规模性出版的丛书,由对中国传统文化的再阐释过渡到全盘西化。这个过程,呈现出第二次中西文化对接的某种必然趋势,作家群体及学界中人,皆深受其影响。而文化本体论的弊端在于没有脱离二元思维的窠臼,忽略了散文的文体特性,因为强调文化本体而自动隐去了散文的审美个体性。此外,在文本本体论的

---

① 陈剑晖、司马晓雯:《星垂平野阔 月涌大江流——新时期散文研究三十年》,《中国社会科学》2009年第2期。

功能指向上，主观设定散文需要承担文化复兴及塑造民族性格的重任，无疑为揠苗助长的行为，也是一种工具论的预设。

二、楼肇明的"复调散文"说

"复调"作为文学理论术语在20世纪的大行其道，要归功于巴赫金诗学理论的独特阐发。追溯"复调"词汇的源头，最早在古希腊语中出现，基本内涵为"由许多声音组成"，通常情况下，作为专门的音乐术语使用，所谓"复调"，即"多声部的音乐"。后来，巴赫金将这一术语纳入诗学体系下，用来概括陀思妥耶夫斯基小说的美学特征，他在《陀思妥耶夫斯基诗学问题》一书中指出："有着众多的各自独立而不相融合的声音和意识，由具有充分价值的声音组成真正的复调——这确实是陀思妥耶夫斯基小说的基本特点。在他的作品里，不是众多性格和命运构成的一个统一的客观世界，在作者统一的意志支配下层层展开。这里恰是众多的地位平等的意识连同他们各自的世界，结合在某个同一事件下，而相互间不发生融合。"① 从巴赫金的阐释可知，复调小说中存在着多元且独立的声音系统，彼此间并不融合；小说中人物的思想与作者之间也非仆从关系；复调小说呈现出某种杂语性和对话性。因此，复调理论实际上是对小说文本内部对话关系的把握和追踪。巴赫金以复调理论的提炼区别于欧洲小说传统中"独

---

① 〔苏〕巴赫金：《巴赫金全集》第5卷，白春仁、顾来铃译，河北教育出版社1998年版，第4页。

白型"的小说叙事模式,他认为,独白型小说中全部的叙述都是作为客体对象加以表现,主人公看似有自为的语言与行动,实际上始终作为作者意识的客体而存在。

作为批评家,楼肇明曾与人合作编辑了《当代散文潮流回顾·写作艺术借鉴丛书》,对1980年代引荐过来的巴赫金理论相当熟稔,在复调小说的触发下,创建了"复调散文"这一概念,以期改变散文文体单调扁平的现状。这一概念首先出现在楼肇明与老愚合著的《散文:从单调走向复调》(《北京文学》1996年第6期)一文中。在此文章中,"复调散文"的概念还处于被倡导和呼吁的状态,其内容的充实性尚未得以充分论证,之后,楼肇明在部分图书的序言及所著的《繁华遮蔽下的贫困——九十年代散文之路》一书中,逐步完善了"复调散文"的基本内涵和所包含的基本类型。分析上述信息可知,首先,这一新的散文概念并非呈现在理论批评的专著里,也未呈现于长篇宏论形式的专论之中;其次,1990年代中后期恰是学术规范得以完成的时期,一种新的理论学说的出现,像过去的时代那样依赖某篇报纸文章或者专栏文章的形式,其现实意义与理论意义都将大打折扣;最后,这一新的概念在前推的过程中呈现出一种零散性。那么,何谓"复调散文"呢?楼肇明给出了四个层次的规定性:一是叙述维度上的多重性,不拘泥于一件事一种情感;二是主题指向上,隐含两个母题,每一个意象也应该包含两个缩影;三是时空关系和叙述视角上,宏观时空与微观时空并存,并嵌入双重的视角;四是叙述人要隐蔽在文本话语的后面。总的来说,如其所言"复调实际上是对完整的要求。艺术的根本原则是经济原则,复调散文就是要求在一定的篇幅内表达比较多的内容，它要求作者改变以往那种唯我独尊的写作态度，召唤读者参与作品的完成"①。根据他的描述，"复调散文"最终将打破写作者自我为中心的封闭模式，从而产出一种平等的文体。而他心目中理想的散文作者，则集思想者、学者、诗人的三重角色于一身，如此这般，思想、历史与诗性才能够熔铸在一起，能够形塑民族的文化精神和文化性格。

在《繁华遮蔽下的贫困——九十年代散文之路》一书第一章中，楼肇明给出了"复调散文"的三种类型。第一种类型，即传统的古典类型，或曰晶体结构的本体象征类型；第二种类型，则为散文的现代诗类型，这一类型也是反寓言的，它以隐喻敌讽喻；第三种类型，是散文的悲喜剧类型。②论证三个类型的过程中，理论话语的纠缠较多，缺乏古典与现代散文的示例，仅仅就80、90年代的散文创作，举证了一些作品。比如杨绛的《回忆我的姑母》，余秋雨《一个王朝的背影》《历史的暗角》，徐晓的《永远的五月》，鲍尔吉·原野的《骑兵流韵》，以上这些篇章。"复调散文"的提出按照楼肇明自己的说辞，乃挪移巴赫金复调小说理论的一种不成熟的权宜之计。两者之间在话语指向上有着显著的不同，巴赫金的复调小说理论指向文本内部不同人物间、人物与作者间形成的对话关系，而给予对话关系提供支撑的则是较为丰富的情节线索和场景结构。此外，巴赫金自己就曾宣称，他的这

---

① 楼肇明：《文化接轨的航程》，见《王朝的背影》，北京师范大学出版社1993年版，第5页。
② 楼肇明：《繁华遮蔽下的贫困——九十年代散文之路》，山西教育出版社1999年版，第15—17页。

一理论问题并不局限于文艺理论范畴内,对话理论同时也是一种哲学理论,而其后,哈贝马斯的话语沟通与对话关系理论也证明了这一点。反观"复调散文"概念,还属于未成型的理论话语,毕竟,散文的叙事性不是散文的全部,同时,散文中的叙事性相比较而言也比较薄弱,因此,只能以叙述加以替代。而散文又是个人化风格非常突出的文体,叙述的腔调、轻重、流向也许有变化,但改变不了叙述在整体上呈现出来的个人化色彩。而且,无论是主题指向、时空关系、叙述视角,尽管足以呈现多样化的面貌,但最核心的平等对话关系难以建立起来。无论是司马迁"究天人之际"的诉求,还是苏轼与江水、与明月的对话,抑或张岱与一场大雪的对话,皆非平等的关系,这是由古典观念体系下天道自然为"一",为最高的法则所规定的。退一步来说,如果"复调散文"仅仅指向叙述的多样性,那么,这一理论指认将会被置入模糊、不确定性的局面中。再看"复调散文"的三种类型,理论描述也缺乏清晰的界定,再深入点说,文学作为人学,西方语境中,对人的认知经历了多重维度的转换,而中国尚处于前现代与现代的转换过程中,如前现代的等级观念、社会达尔文主义等,尚未清除干净,对秩序的天然认同感,决定了作家在人与物、人与人、人与世界的关系上很难进入超越性的语境中。

  落定到具体的研究上,部分学者在评述相关散文作品之际,也引入了"复调"这一概念,比如对史铁生《我与地坛》的分析,比如欧阳江河对北岛散文集《失败之书》的评析。但在总体上,数量极为稀少。回过头来看,套用某种理论概念总是有生疏之感,如同翻译中的"直译"一般,理论的生硬移植很大可能会带来逻辑上的硬伤，进而影响到了理论概念本身的长效性和应用性。

第三节　真实与虚构的论争

一、真实的边界与虚构的可能

　　散文的真实性作为散文文体的基本特征，是在1980年代被确定下来的，它实际上包括两个向度——真人真事与真情实感。林非在《散文创作的昨日与明日》《关于当前散文研究的理论建设》系列文章中，对散文的真实性展开理论阐释，尤其突出散文创作的"真情实感"，并将其视为散文创作的基石。进入1990年代之后，余秋雨系列文化大散文中植入了诸多戏剧冲突的因素，使得场景叙事中史实的因素趋于松动，历史人物及其行动在心理指向上平添了不确定的因素。这也引发了散文在叙述历史人物事件方面是否需要绝对真实的争鸣，其散文作品里局部史实的硬伤所引发的争议与散文真实性无关，故不在讨论范围之内。另外，随着新潮散文或者新艺术散文思潮的涌现，一批侧重心理流与感觉流的作品开始出现，心理意识的不确定性同样动摇了散文真实性的基础。正是在这种背景下，"真实与虚构"论争成为1990年代理论批评领域内的一个焦点，一直持续至今。2018年《人民日报》开辟"评谈散文·真实与虚构"的专栏，刊发了四篇批评文章，分别是彭程的《真实是散文最基本的遵循》，王兆胜的《敞开的边界》，徐可的《拒绝虚伪》，谢有顺的《散文是在人间的写作》。而李朝全也在《中国文艺评论》第8期上发表了《试论散文的真实性》的学术文章。由此可见这一问题的集中程度和持久性。从某种意义上来说，关于"形散神不散"的论争与"真实与虚构"的论争，是新时期散文史上波及范围最广、时间持续最久的两次理论争鸣。

  古典文学时代，源于史传传统的强大以及左传"三不朽"说的影响，"文"的真实性问题似乎隶属不证自明的先验内容。因此，较少给予特别的说明。《史记》"贵在实录"的精神实际上是对秉笔直书的良史传统的强调，庄子"不精不诚，不足以动人"的命题，讨论的则是基本美学原则。文与质的关系、气韵、载道，这三个范畴构成了人们谈文论道之际常被论述的内容。到了现代文学发生期，散文的真实性内置于"为人生的艺术"主张之下，也没有单独列出作为基本的范畴加以厘定。相反，个性、文调、闲适与幽默、匕首与投枪等构成了散文话语场的核心词汇。论其根源，散文真实性寄寓于现实主义创作方法之下，现代文学发生期及之前，现实主义创作方法皆未达独尊之地位，新中国成立后，经过主流意识形态的规约及文艺理论体系的建设，恩格斯"细节的真实"及"真实地再现典型环境中的典型人物"的相关命题被充分经典化，并定于一尊，并由小说扩散到同样写现实生活的其他文体之上，进而奠定了真实性作为散文的基本审美准则的理论现实。在当下语境中，有必要辨析现实与真实这两个概念。现实与真实一字之差，其义却相去甚远。现实加主义，就构成了文学创作的基本原则，客观世界因此可以被系统化，理念也得以完整化。而真实这个词汇，就无法与主义相叠加，真实指向事件本身，指向事实本身，而现实这个词汇，源于卢卡奇总体性历史观的影响，在文学场域内就具备了某种整体性。2018年度，《光明日报》辟出专栏，重新阐释和发扬现实主义理论，从恩格斯的经典现实主义理论，到柳青的社会主义现实主义道路，再到当下新时代、新经验语境中的现实主义，各位学者挥毫泼墨，妙笔生花。进入21世纪以来，随着叙事的转向，应注意到散文在写真实（书写个体经验与经历）的基础上，大踏步地越过了藩篱，与小说一道进入书写现实的频道之中。一些记者出身的作者，诸多打工生活的记录者，系列表现乡土沦陷主题的散文写作，不约而同地选择了客观型叙事的方法，以进入现实的深处，提炼出社会学的多种意义。柴静、雷宇、丁燕、郑小琼、江子、江少宾等人就是其中的代表。而在此之前，在一些老作家身上，比如贾植芳、周同宾等人，我们同样可以看到其人其作对社会现实介入的力度和对历史展开反思的精神向度。当下，紧要的问题不在于散文笔下的现实能否与小说笔下的现实展开比拼的问题，而是散文这个高度强调个人性的文体，其现实书写的合法性以及边界在哪里的问题。散文的现实书写在实践层面，业已普遍性地生根，更进一步说，散文即人的命题之下，必然触及人的现实性问题，也回避不了对社会关系总和的透视，尤其是在系列写作业已解决时间的跨度和空间的宽度的情况之下，散文现实书写的合法性理应得到体认。而在书写边界的问题上，散文受限于写真实的通则，即使可以借鉴小说手法，融入有限虚构的因素，但在整体上，与小说文体通过虚构抵达更高的真实确实还是无法比拟。这实际上涉及另外一个问题,即文体有别的问题,散文因为真实,走向个体性的本真与敞开,越是优秀的文本就越是能容纳读者,而小说因为写现实,走向对历史必然逻辑的把握与对人类精神命运的深思,其中,那些非常出色的文本,仅针对少数人敞开。

"真实与虚构"的论争先是在散文内部生成,然后外溢到小说家那里,彼此立场各异。先来看散文作家和批评家的争论情况,散文的真实性经过周立波、林非等人的阐发,不仅作为散文文体的基本特征加以确证,并逐渐有绝对化的倾向,在林非"真情实感"论的理论框架内,细节、人物、事件、场景、情感、心理状态等基本要素,必须完全符合现实逻辑和真实性要求,不得越界。究其实质,乃崇奉"文学反映生活"下的再现论立场使然。再现论一直强调文学的客观性和现实性。作为人类最早的艺术观,再现论从文学的外部关系上看待文学的本质,强调现实生活的至上地位,在某种程度上忽视了创作主体的主观能动性和创造性,因此,在19世纪晚期之后,这一文艺观逐渐被扬弃。1992年,吕立易发表了《散文应允许虚构,散文需要虚构》(《中州大学学报》1992年第2期)一文,较早地触及散文创作中虚构的可行性问题。之后,还有部分文章阐述余秋雨文化大散文作品中场景的虚构性问题,甚至还有论者提及《左传》《史记》这些史传作品的虚构性,以此为散文的虚构寻找合法性的证据。散文作家韩小蕙也为散文的虚构性提出了辩护,她指出:"散文不但应该,而且当然允许'虚构',剪裁其实已经就是在进行'虚构'了……'不允许'已经好比过了气的老女人,又苍白又无力,已根本控制不住群雄并举、生机勃勃的创作局面了。"① 散文作家红孩也持有相似的意见,他认为在散文中做到绝对真实是不可能的。周彦文则直接宣称散文创作可以虚构,并以古今散文作品为例给以逻辑证明。比如陶渊明的《桃花源记》就是一篇纯粹的虚构之作,陶渊明给我们提供了一个虚拟的、想象性的空间,并演化成中国人心中的某种情结。而当代作家贾平凹的名篇《丑石》,若从客观实际出发,丑石是不存在的事情,它不过是作家内心的某种寄寓。在此基础上,他指出:"散文创作可以虚构,即作家在生活和思想积累的基础上,必须充分发挥想象力,要敢于'无中生有'。生活积累是有限的,想象力却是无限的。而且,没有想象力的照射,再真实的生活描摹也显得苍白无力,缺乏灵性。"② 作家王充闾也对散文的虚构表示认可,而他阐述的基点在于创作过程中的"想象"因素。他认为想象性是所有文体的共性,也是诗性的生长点所在,而想象与虚构则是相联结的,散文作为文学之一种,同样应给予想象以地位。他在分析了何为的《第二次考试》及部分史传散文的基础上,进一步指出:"散文创作无法完全杜绝想象与虚构……适度的想象与虚构有助于散文的创新与发展,可以推动散文的现代化。"③

1990年代末期,随着新散文运动的崛起,为散文虚构的合法性辩护的声音倏然变得集中起来。在求新求变的时代语境中,尤

---

① 韩小蕙:《90年代散文创作的八个问题》,见《太阳对着散文微笑》,文化艺术出版社2008年版,第71—72页。
② 周彦文:《散文创作可以虚构》,见《当代散文精品2001》,广州出版社2002年版,第429—431页。
③ 王充闾:《想象:散文的一个诗性特征》,《文艺争鸣》2006年第6期。

其是对以先锋姿态出现的新散文运动而言，颠覆传统散文的真实观就成了新散文诸家的某种共识。其中，这场运动的理论声张者祝勇采用了激进的话语姿态，宣称要将散文的"真实原则"修改为"真诚原则"，他指出："历史抑或记忆中的所谓'真实'，也是在不断变动当中的，昨天的'真实'就可能与今天的'真实'打架，今天的'真实'又可能与明天的'真实'过不去。散文将根基建立在'真实'上，显然是行不通的。事实上，散文界所坚持的所谓真实，本质上却只不过是组接、利用、想象，甚至……虚构。连体制散文家们自己，也无法贯彻他们所奢求的'真实'。""真实性先于艺术性被认定为散文的基础，这一原则在分出了散文与小说界限的同时，却模糊了散文与报告文学、新闻特写的界限，以此作为文体的界限，显然是不可靠的。"① 当然，祝勇在这里所质疑的散文的真实在其认知体系里，属于自然主义的真实观。而新散文的代表作家们，如周晓枫、张锐锋、钟鸣等作家，基于破体式的写作诉求，纷纷表达了捍卫虚构权利的主张。

当然，更多的作家、批评家、散文研究者仍然站在恪守散文传统的真实观立场上，其间只有开明与保守的区别。持保守观点的人们与林非的再现论立场保持一致，认可散文中的真人真事、场景细节、情思意绪皆不可动摇。比如林道立、吴周文合著的《散文"虚构说"的悖谬与"假性虚构"的阐释》一文，将散

---

① 祝勇：《散文：无法回避的革命》，见《1977—2002 中国优秀散文（一个人的排行榜）》，春风文艺出版社 2003 年版，第 332 页。

文的虚构视为典型的悖谬理论,认为虚构的进入破坏了散文的文化基因与读者的审美因袭,进而动摇了散文的生命根基,并将虚构性散文的盛行视为当下散文理论与创作的乱象的原因。李晓虹在其理论专著的第一章,对散文的本体论展开了建构,其中,她把散文的非虚构性与内心真实明确为散文观照世界的独特方式。[①]她认为散文无论是写人还是叙事、写景都讲求一个"实"字。持此类论调的还有杨立元、瓜田等人,前者著有《虚构:不属于散文——与散文"虚构说"之争鸣》,后者著有《散文当然不能虚构》。从他们的文章题目即可见反对散文虚构的坚决态度。2018年4月,中国作家网组织了一个专题,名为"散文作家十人谈",如同下半年《人民日报》(海外版)组织的评谈散文的专题一样,基本内容围绕着散文的真实与虚构展开。这其中有四位作家的态度立场站在明确反对散文虚构上面,分别为:《虚构是对散文初衷的背叛》的作者安黎,《虚假的散文是没有力量的》的作者何述强,《真实是散文的生命线》的作者陈纸,《关于散文是否可以虚构》的作者陈亚丽。由以上观点可以看出,新时期散文已经有四十年的历程,依然还有很多人恪守绝对真实的律令。而持开明立场的也不在少数,他们认可真实性作为散文的基本文体特征的说辞,同时也强调了散文中情感的真诚构成了散文的审美品格。而真实性并不一定导向真人真事的结果,艺术处理过程中想象与虚构的因素在不影响艺术真实传达的前提下,是可以被允许的。王兆胜、彭程、谢有顺等人就是其中的代表。

---

① 李晓虹:《中国当代散文审美建构》,海天出版社1997年版,第13页。

小说家散文是新时期散文的重要组成部分,在真实与虚构争执不下的语境中,一些小说家也进入争鸣的现场之中。王安忆对此有过这样的看法,大意是散文在情节和语言上都趋于真实,散文的情节和语言没有什么文章可以做,凭借的就是经历的深刻和表达的自如。而池莉也表达了近似的看法,她觉得自己在情感上更认同自己写的散文随笔,因为这些作品与小说不一样,更真实和本然。由此可知,王安忆与池莉两位作家都比较认同散文的真实感,且她们对小说与散文的分野有着自觉的意识。莫言则结合自己的写作经历,认为散文可以大胆地虚构,并且对福克纳的天马行空赞誉有加。唐小林专门就莫言的散文写了《散文:虚构还是非虚构》一文,考证了其散文中的诸多生活细节,对莫言编造的诸多细节给以严厉的批判。

在这场关于散文基本特征的话语争鸣过程中,还有些学者居中调和。他们根据古今中外的创作实践,并结合散文融会其他文体手法的实际情况,既不认同再现论范畴下的真人真事的观点,也反对探索性很强的作家们所倡导的无限虚构。韩少华在《散文散论》一文提出了"大实小虚"的观点,他认为散文在保持题材上的大体真实的前提下,在局部细节乃至某些次要人物的设置上,都可以采用虚拟的处理方式,而这种处理方式在散文史上是有渊源的。持调和观的论述中,陈剑晖的"有限虚构"说影响范围更广,也更具学理性。针对真实与虚构的争论,他专门著文对这一问题展开深入思考。他回顾了散文真实性在散文史上的相关陈述,也注意到新散文诸作家激进的表达,一方面,他认为在理论丰富的当下,在文学观念和艺术手法不断更新的文学现实里,再一味地恪守散文的真实性而故步自封,无异于作茧自缚;另一方面,他也批评了祝勇以真诚原则代替真实原则的理论表述,认为真诚原则是所有文体所恪守的基本准则,不能以此涵盖散文的文体特性。在此基础上,他提出了"有限的虚构"的观点,并结合具体的散文作品加以论证。他给出了这一论点的四个逻辑依据:"首先,所有的文学作品都离不开虚构,散文自然也不例外。散文从心灵的触动,到构思到进入写作的实际创作过程,都不可能没有虚构的成分;其次,由个人'经验'向'体验'的转型,为散文的虚构提供了可能性;再次,'即时性'与'回忆性'的错位,也使散文不可能做到'完全真实';最后,由于散文观念的改变和艺术形式的革命,散文也变得越来越自由开放,于是出现大量的'破体'之作。"①

亚里士多德在《诗学》中曾厘清了历史书写与文学书写的区别,他认为历史仅描写个别发生的事情,而诗则描写普遍发生的事情。因此,诗比历史更真实,更能够表现世界的本质。那么,诗或者说文学的书写是如何做到这一点的呢?这就涉及创作主体的虚构的能力,虚构同时是一种手法。从整体性上,虚构的能力是指主体通过拟话语场的重建来把握个体与他者、个体与世界的本质关系;从艺术手法上看,涉及局部或者细节,虚构又是一种常用的手法。美国的文学理论家韦勒克也将虚构视为文学的本质特征,所把握的恰是虚构的整体性建构问题。新历史主义的代表

---

① 陈剑晖:《诗性想象——百年散文理论体系与文化话语建构》,广东人民出版社 2014 年版,第 60—64 页。

人物海登·怀特认为历史书写与文学书写具备某种同构性，它们都可以赋予历史碎片以连贯性与合理性，其着眼点亦是话语场的重建能力。巴乌斯托夫斯基曾指出："优秀的特写总会有虚构的，任何东西都不如带有经过精选、闪耀着某种虚构色彩和时代热情的巧妙细节的事实描写更能揭示事物的本质。我的任务就是把纪实和虚构有机地融为一个艺术整体。"①他的立论，则指向虚构作为一种手法在创作中的运用。因此，提及虚构一词，需要探查具体的语境，以把握其具体走向。

综合以上所论，应注意到在散文领域里缘何会产生"真实与虚构"的论争，散文对真实性的过分强调源于历史与现实逻辑的支撑。新中国成立初期，文艺观念的左倾，使得想象与虚构与散文写作完全绝缘，散文的特写化与通讯化，加剧了散文的真实性向着绝对真实倾斜。而林非的散文观之所以也没有脱离"真人真事"的窠臼，在于涌进来的新的文学理论观念及体系尚未进入散文的园地，直到1990年代，方有"理论"的初步苏醒。而散文可以想象与虚构的观点正在这一背景下产生的，不过，站在虚构立场的学者、作家们进入了另一个误区，即将虚构与想象的因素混为一谈，实际上想象意味着创立一个新的空间，在此空间内，人、事、物皆有着独立的运行逻辑。而虚构则涉及话语场的重建，基于现实逻辑加以展开。从这个意义上而言，散文因为侧重于个体经验的表达，仍然是一种高度依赖真实性的文体，即使

---

① 〔苏〕康·巴乌斯托夫斯基：《纪实与虚构》，见傅德岷《外国作家论散文》，新疆大学出版社1994年版，第93页。

有突破边界的地方,也并不意味着拥有无限虚构的自由。笔者曾对此有过这样的论述:"文学既需要通过幻想、想象来达到虚构,又必须具备真实性,即与现实生活精神、特征相一致。再说真实性,在文学的世界里,真实应该区分为两个层面,一个是生活真实,一个是艺术真实。生活真实强调的是事件、人物、场景、细节的符合历史与现实的完全程度,而艺术真实则是'内蕴的真实和假定的真实',并不追求与现实的完全符合。艺术真实是进入文学场的必然入口,散文作为文学的一种体裁,其特性不可能与文学基本属性相抵牾。应该说散文作为作者对自我个性、主体人格的自由言说方式,'真性情'是散文文体的基本内核。'真实'是生命体验基础上的真实,而不仅仅是历史意义上的真实,故而真实的殿堂有多条抵达之途。"①

二、重审散文真实性

2018年,散文的真实性问题再度成为热点话题,并呈现出喷涌之势。4月,中国作家网推出散文作家十人谈的专题,推出了王彬、李一鸣、王升山、安黎、陈纸、朱航满、黄开发、陈亚丽、朱小平、何述强这十人的讨论文章。参与到这个专题的人员,散文作家的数量不到一半,多为评论家或者刊物编辑,这是其一。另外,所谈话题围绕着散文的真实性来展开,或拓展到对虚假散文的批判,或讨论散文能否虚构的问题。2018年10月,《人

---

① 参见本人的论文《新散文文体探索评议》,河南大学硕士学位论文,2008年。

民日报》(海外版)开辟评谈散文的专栏,围绕着散文的真实与虚构展开梳理,刊发了彭程的《真实是散文最基本的遵循》,王兆胜的《敞开的边界》,徐可的《拒绝虚伪》,谢有顺的《散文是在人间的写作》这四篇文章。各自立场有所差异,但在对散文真实性的强调上,却是一致的。此外,中国作协创研部的李朝全也在《中国文艺评论》第8期上发表了《试论散文的真实性》的学术文章,梳理文学史上不同时期作家、理论家对散文文体特性的认识概况。《福建文学》第12期则推出"散文之真"五人谈的专辑,参与者有王彬、李朝全、安黎、李一鸣、鲍坚这五人。

真实性被确立为散文的核心品格和文体特征是从新中国成立之初开始的,发展到林非的真情实感论,形成了某种总体性的原则,并一度演化为"真人真事"的绝对化律令。在此律令的逼视下,任何越过雷池的举动皆被视为对散文的冒犯,而且,对真人真事的绝对性强调直到今天依然有其市场。从上面引述的讨论现场及话题指向,可以看出这一点。

1990年代,在散文热的潮流中,余秋雨文化大散文在处理历史人物及事件之际,内置了戏剧冲突的因素,在两种或多种力量的对抗性过程中,作家在场景叙述的处理上加入了一些拟想之辞。这首先引发了人们对余秋雨散文历史真实的怀疑。之后,随着新散文运动的展开,想象与虚构的因素被规模性地移植到文本内部,散文的破体之势如燎原之火,所谓破体,主要指的是攻破散文真实性的城寨。这样的情势之下,散文真实与虚构的讨论与争鸣渐成一个跨世纪的话题,并延续到今天。回过头来看,在这个争鸣的场域内,有三个重要的问题需要厘清。

第一，真情实感论也好，对真人真事的强调也好，在理论底色上归属于再现论的范畴。而再现论是一种古老的相关文艺本质的本体论，发展到18世纪遭遇挑战，19世纪随着现实主义创作方法的大行其道，这一机械反映现实生活的论调进一步被扬弃，包括马克思在内，对再现论皆展开了理论清算。另外，现实与真实所指各不相同，现实逻辑也不等于真实性。现实性也好，现实逻辑也好，强调作家对生活的一种整体性把握，要透过现象看本质；真实性主要指向局部，如同恩格斯的经典论述那般，细节、环境、人物要给读者以高度的真实感。真实感与个体经验的契合度在各种艺术形式中，是一个基础性的法则，电视剧、电影的制作，无论是历史题材、现实题材还是超现实题材，在基本的场景设计和道具的链接上，所需要的硬功夫其实就是真实感的营造。

第二，在散文允许虚构的论调中，阐发者易于将想象与虚构混淆。实际上想象与虚构虽然相切，但两者不是一回事。想象力往往是才华的代名词，作为文艺创作的能力，它有高低之分，而高低与整体与局部关系不大。想象力的高度意味着文艺创作所提供的内容上的超验性与鲜艳性。举个例子来说，《西游记》虽然建构了一个规模宏大且体系健全的仙界、人界与魔界，其中的想象力也投射到器皿、食物、兵器、起居场景等因素上，但这并不意味着吴承恩的想象力在中国文学史上是不世出的，搭建三界的架构，是他必须要完成的工作。在想象力层面上，把他和李白放在一起比较的话，孰优孰劣，结果不证自明。作为世界级的大诗人，李白想象力的高度是由其诗作"想落天外"的特征所奠定,"明月出天山,苍茫云海间""狂风吹我心,西挂咸阳树"等句子,在超验层面上,在超越现实逻辑的层面上,给读者提供了无限的空间。"谪仙人"的称号可不是随便安插的,余光中评其"绣口一吐,便是半个盛唐"也并非虚夸,皆来自李白惊人的想象力。有人曾说,文学的最高境界是诗,那么,这种诗性恰是各种文体共通之处,形成诗性品格的基础,就是作家的想象力要素。文学史上庄子的散文,陶渊明的《桃花源记》,范仲淹的《岳阳楼记》等名篇作品,往往在论证散文虚构的合法性之际被拿出来示范,实际上是不恰当的。想象力乃一切文体的共性,这三篇作品能成为散文史上的杰出之作,是由想象力奠定的,它们共同遵循了一个逻辑,即诗性逻辑,这一逻辑为人们提供了更强大的精神能指,尤其是前两篇,为国人提供了少有的超越性的精神空间,足以安放人们的灵魂和精神皈依。正如下面这句话所描述的那样:艺术家不过是这样一种人,他为那些天赋条件和技能较差的人,构造了一条回归的旅程。虚构则是另外一个话题,舍斯托夫指出,文学虚构是为了使人们可以自由地谈话。如果加以细化的话,虚构在文学中的存在,有两种形态。首先,虚构在局部或细节上运用,主要指的是一种手法,比如说在人物序列上,虚构出几个次要人物,在家庭内部场景上,虚构出几把椅子,天花板上并未出现的裂痕,等等,这在文学描写中皆是常见的情况。散文也不例外,鲁迅《父亲的病》中的某些细节,冰心《小橘灯》中次要人物的设置,皆是这方面的例子。在整体性上,虚构则指向对世界的重建,是将碎片重新拼接、粘合、抛光上色,建构出一个整体性的世界,在这一世界里,人、事、物皆按照某种逻辑准则生活、冲突、斗争、妥协、对抗等。无论是局部还是整体，虚构皆以现实逻辑为旨归，而现实逻辑对应的则是现实世界的经验和感想，通过虚构，作家实现对外部世界的再解释和再指认，这一指认往往凸显作家个体的思想力水平。小说作为典型的叙事文体，近现代以来也逐渐演化为文学的主要文体，其中，讲故事就是小说家的基本能力，一旦想把故事讲好，虚构的能力必不可少。拉美魔幻现实主义崛起的背景下，马尔克斯、博尔赫斯、胡安·鲁尔福等作家，作为文学虚构的高手，举世公认，但有一点必须指出，即他们的创作根植于拉美地区四百年来的历史与经验。21世纪以来，随着叙事散文的权重越来越高，场景叙事成为常态，在这种情况下，除了准确的还原记忆与经验的能力之外，散文作家尚需借助虚构的手法，进而推动散文中的故事行进中的现实逻辑更加充分。因此，虚构作为艺术手法的调和，是有必要的，也是叙事艺术的内在要求。这个时候，若仍然强调真人真事的绝对性，无异于故步自封，类似于高铁时代里，仍要求人们必须匍匐前进一般，显得迂腐而陈旧。不过，作为整体性的虚构进入散文文本，根据我个人的判断，那就意味着越过散文的边界，进入小说或者其他叙事文体的领域中去。

第三，散文真实性的根基应是不可动摇的，这种稳固性来自叙述主体的不变与恒定。报告文学、传记文学、纪实文学，这三种文体皆是典型的客观型叙事文体，对象即叙述客体的真实性毋庸置疑。它们所涉及的数据、量化指标、故事进程等，其标准相当于真人真事的标准，出于渲染的目的，尽管也存在主观性描摹的细节，并不影响真实性的呈现。在散文的大家庭中，偏于纪实风格的作品所占比重并不大,非纪实性的散文创作,皆具备主观型叙述的特征,尤其是抒情散文这一类别,乃典型的表情艺术。所谓主观型叙述,指的是散文作品中,从始至终都是"我"在展开叙述,"我"或者是作者的明确所指,或者是作者的隐在所指。王国维先生曾将作家群体划分为主观诗人与客观诗人,他在《人间词话》中曾指出:"客观之诗人不可不多阅世,阅世愈深,则材料愈丰富,愈变化,《水浒传》《红楼梦》之作者是也。主观之诗人不必多阅世,阅世愈浅,则性情愈真,李后主是也。"[1]作为中西文论的汇通者,他所言的"诗"实指文学,"诗人"即白话文学语境中的"作家"。从观念的嬗变来看,重主体表现还是重再现客体,两种理论此消彼长,从古希腊一直纠缠到现在。主情一直作为古典文脉的主流而存在,虽然在当下,随着叙事因素的叠加,散文直接抒情的因素越来越趋于弱化的地位,但散文作为主观型文体的特色并没有改变。并奠定了散文的基本路线和指向,即散文由真实性,让渡到真诚与诚挚,再让渡到"不精不诚,不足以动人"的审美品格。

关于虚构因素的进入,陈剑晖先生提出了"有限虚构"的概念,关于叙述主体的真实与恒定,孙绍振等学者此前已有深入的认知,遗憾的是,理论批评与研究成果与创作实践的疏离状态,使得这些认识成果并未达到取得共识的程度。

散文是个人与世界相遇的一种方式,与重视"话语场拟建"的小说与戏剧相比,以及重视"超越与想象"的诗歌相比,它以

---

[1] 王国维:《王国维文学论著三种》,商务印书馆2001年版,第33页。

贴近现实与人心的言说打动着读者。这就意味着散文对真实性的依赖超过任何一种文体,余光中在《散文的知性与感性》一文中说:"在一切文体之中,散文是最亲切、最平实、最透明的言谈,不像诗可以破空而来,绝尘而去,也不像小说可以戴上人物的假面具,事件的隐身衣。散文家理当维持对话的形态,所以其人品尽在文中,伪装不得。"① 在文艺思想史上,"真"一直被当作散文的命脉加以强调,从庄子"不精不诚,不足以动人"的命题,到苏轼所说"真人之心,如珠在渊,众人之心,如泡在水",再到元好问的"心画心声总失真,文章宁复见为人?"就是其例。当然,在古典理论的框架里,此处之"真"主要是指创作主体人格的真诚。其实不独散文使然,对于所有文学体裁而言,其内核的真、善、美决定了主体人格真诚是必需的前提。

作为现代散文理论基石性的文章,周作人在《美文》中定义现代散文是"记述的,是艺术性的",所谓"记述的"的命题其实是提出了现代散文应具备的"场景性"因素。"记述"里能否包含想象与虚构,周作人对此语焉不详,在后来的散文实践中,"抒情"成了散文的偏至,尤其是十七年期间,左倾的话语空间下,不可能允许散文作者在想象与虚构领域内的尝试,散文成了特写,成了通讯报道,以至于散文的"真"被无限拔高,被坐实到"真人真事"的层面。1980年代,以林非先生为代表的"真情实感论"一度流行,它所针对的正是十七年散文"假、大、空"的文风,由于当时的散文理论仅限于在一个小的格局里展开,再

---

① 余光中:《散文的知性与感性》,《羊城晚报》1994年7月24日。

加上各种思想条件的束缚,因此所谓的"真情实感"并没有突破"真人真事"的窠臼,散文的想象与虚构性问题依然被搁置,这导致了大批的文学理论教材在讨论散文文体特性的时候,皆把真实性作为第一要素加以强调。基本上,1980年代中期之前的散文界坚守的是现实主义的观念,而现实主义文学的写实性掩盖了虚构的实质。虚构经常作为贬义词出现在现实主义美学描述中。虚构与真实处于绝对的二元对立状况,不真实的被看作虚构的;而真实的,则不是虚构的。钟怡雯曾说过:"在中国散文的接受史上,它一直被视为'真实'的文类(尤其相对于小说的'虚构'),读其文如见其人的诠释传统,让散文不仅可以承载作者繁复的思维活动,更可以支援一种没有心灵距离的双向沟通。"[①] 在散文领域内,讲求作者在文本中绝对真实的位置。因而,读者可以通过阅读直接与作者进行心灵交流,作者等同于文本中的叙述者。

1990年代随着散文热潮的到来,散文文体相对封闭的局面被迅速打破,各个流派竞相争艳,在不同维度上探索散文可能性的空间。人们也开始触碰散文虚构与想象的领域,文化大散文、历史散文中所设置的想象性场景引起了巨大争议,真实—虚构性问题作为散文理论研究的一个重要问题被推到前台。许多作家和学者就此展开了激烈辩论,比如对余秋雨《道士塔》中关于王道士的心理言行所作的描写所具备的明显的想象性的论争,三毛虚构的散文也曾引起同样的争议。作家冯骥才对此采取了包容的

---

① 钟怡雯:《散文巡航——八十八年散文出版概况》,见焦桐主编《八十八年散文选》,九歌出版社有限公司2000年版,第3页。

态度，他认为散文在特定的情境里是可以虚构的，延伸一下，达到特殊的审美效果。他还以自己的散文《珍珠鸟》为例，说到其中鸟可以勾住他的笔尖，可以跳进他的杯子里喝水的情节就是虚构的。在采访中他说道："虚构可以使内容更逼真。因为并不仅仅是表达一个事物，还要表现一些本质，这就需要虚构来表现深层的东西。虚构不是胡编乱造，也是需要才能的。我认为散文不但可以虚构，如果你会写散文的话，不应该让人看出来你是虚构的。"学者李洁非认为，散文引入虚构是一种更开放的写作方式，打破了过去纯粹的小说是小说、散文是散文的传统界限。而作家韩石山对于散文的虚构持否定意见，还专门写了《余秋雨散文的缺憾》一文来表达自己的看法。散文家赵丽宏也不太欣赏散文虚构，他认为散文是纪实文体，所描述的客观现实、作家情感都应该是真实的。2002 年在北京大学举办的中国散文论坛上，散文的"虚"与"实"的问题也被集中地讨论。到现在为止，对真实—虚构性的争议尚未停止，结果自然也不会有定论，看来，这个问题还将是个纠缠不清的理论问题。

  抛开理论的争议，回到原点，即把散文放在文学的架构里审视，考察想象与虚构之于文学意味着什么？这将是切入散文文体的很好的端口。先说虚构性，文学作为一种审美活动，作为人类精神存在的重要方式，是"再现"与"表现"的统一（艾布拉姆斯"镜与灯"的喻义即是如此），虚构性是其审美实践的基本特征之一，在韦勒克等的《文学理论》中，"虚构性"甚至被作为文学的本体加以提出。而文学的虚构性是借助想象来完成的，黑格尔在谈到艺术创作时说："如果谈到本领，最杰出的本领就是想象。"在文学的世界里,想象,并不只是一种话语表达的方式和手段,而是一种综合性的创造形式或形象的思维活动,如卡尔维诺所言:"想象力是一种电子机器,它能考虑到一切可能的组合,并且选择适用于某一特殊目的的组合,或者直截了当地说,那些最有意思、最令人愉快或者最引人入胜的组合。"① 总之,文学既需要通过幻想、想象来达到虚构,又必须具备真实性,即与现实生活精神、特征相一致。再说真实性,在文学的世界里,真实应该区分为两个层面,一个是生活真实,一个是艺术真实。生活真实强调的是事件、人物、场景、细节的符合历史与现实的完全程度,而艺术真实则是"内蕴的真实和假定的真实",并不追求与现实的完全符合。艺术真实是进入文学场的必然入口,散文作为文学的一种体裁,其特性不可能与文学基本属性相抵牾。应该说散文作为作者对自我个性、主体人格的自由言说方式,"真性情"是散文文体的基本内核。"真实"是生命体验基础上的真实,而不仅仅是历史意义上的真实,故而真实的殿堂有多条抵达之途。

真实性作为散文的基本品格无可厚非,然而一旦走向了反面,就容易沦为一种教条,反过来就会戕害散文文体的自由发展。在1990年代求新求变的氛围里,尤其是对于以先锋姿态出现的新散文运动来说,颠覆传统散文的"真实性"就成了重要的创作实践方向,理论旗手祝勇在《散文:无法回避的革命》里用激进的姿态公开宣称要将散文的"真实原则"修改为"真诚原

---

① 〔意〕卡尔维诺:《未来千年文学备忘录》,杨德友译,辽宁教育出版社1997年版,第57页。

则"。在消解传统散文真实观的同时,新散文的作家们明确地将"心灵真实"作为自身的创作追求,以纯粹的心灵化、精神化的审美追求来重构散文创作的真实内涵,强调作品必须服膺于创作主体个人的心灵真实以及对人类生存表达的有效性;另一方面,他们又在话语形式上彻底地放弃经验性、常识性的思维逻辑,使想象超越一切常识的状态,直逼种种奇迹般的可能性的存在状态,从而不断地将散文写作推向广阔的、诗意的创造性空间。对于散文所描述的事物本身,究竟能不能虚构,可不可以虚构?张锐锋的回答是很干脆的,那就是有,不仅有,并且认为如果没有反而不正常。他说:"从某种意义上说,我们站在一个被虚构的世界所包围的充满幻觉的立足点上,除了此时此地,周围都是迷蒙一片……我们应该对许多真实的东西进行怀疑,因为我们无时无刻不是生活在虚构的事物之中,这也是以虚构作为本质和动力的小说给许多读者以巨大诱惑的原因之一。"

  总之,出于矫枉过正的原则,祝勇欲以真诚原则替代真实性原则,实际上,真诚作为审美准则,适用于所有文体。新散文诸作家们为散文的虚构而辩护的话语姿态是可以理解的,但在散文中,虚构毕竟是有限度的,作为艺术手法调和进来,未尝不可,如果用来重构世界的关系组成,则无异于埋葬掉自我,雄心勃勃地向着世界的中心进发。如果是这样的话,那么,"你"将会脱去散文作家的身份外衣,很有可能,将会是另一个莎士比亚,或者另一个福克纳。福克纳多次吹牛自己的飞机驾驶技术多么高超,其实呢,他常年住在乡下,穿着破衣服局促在室内搞创作,但野心随时可以外溢到世界的任何一个地方。

三、命名的焦虑

美国批评家布鲁姆著有《影响的焦虑》一书，直面作家在写作时面临的危机与焦虑意识，如何克服前辈作家作品的规约，建构自我写作的独立性与超越性，就成了他笔下"焦虑"的主体内容。而对于中国作家而言，随着文言-白话范式的转型，"影响的焦虑"尚不明显，倒是在现代性诉求的总则下，文化认同与身份焦虑贯穿于一个世纪的起起落落。最近十年，代际概念成了描述作家群体的常用术语，身份焦虑附着于这一概念之下，批评家频繁使用这一术语来描述作家群体的概况。

如果说身份焦虑出自某种内在的精神的危机的话，那么，命名的焦虑则是显性的表征。1990年代的散文热潮中，命名的焦虑一直作为显性的要素存在，也是理论指认过于紧贴创作实践的一种必然结果。王虹艳在《20世纪90年代散文理论的争议和局限》一文中将命名的焦虑归因于批评家的急迫心境，因为缺少必要的理论沉淀才导致了命名的纷杂与随意。这一看法其实并不完整，1990年代散文现象纷呈下的命名的焦虑，实际上是市场力量、批评介入、媒介、受众辨认等多方力量合谋的结果。王光明曾于1999年在福建师范大学中文系主导了一次关于1990年代散文的对话，参与者有王光明、袁勇麟、席扬、黄科安、姚春树、汪文顶、荒林等批评家和散文研究专家，对话成果后来刊于《文艺评论》2000年第5期，总题为《公共空间的散文写作》。在这场对话中，荒林就曾指出，1990年代散文热的背后有着市场运作这一隐性力量的存在,图书出版市场上,以"构造系列"的形式推介某一类型或者主题集中的散文作品。像余秋雨的文化散文系列,就以"文化消费"的标签加以预置,生产与消费作为市场化的浪潮进入散文场域,营造了部分散文概念风行一时的文化景观。"文化大散文""小女子散文""青春美文""哲理散文"这四种命名概念的背后,皆有市场这只看不见的手在推动。精英文化系统中的知识分子式写作被艺术生产所取代,流行的散文概念催生了大批的生产者和消费者,又进一步生产了模仿者。除了市场力量的塑造之外,传统的力量即学术批评也占据一极,发出自己的声音。1990年代思想随笔的崛起以及学者散文的蔚为大观,从某种程度上,来源于人文精神大讨论及所形成的话语成果,推动着一批学者走出书斋,将学术底蕴转化为文学表达。而思想随笔与学者散文两种散文类型的喷发之势,也离不开出版媒介的助力,如辽宁教育出版社的《书趣文丛》系列对学者散文的推动,"草原部落"丛书与《读书》杂志对思想随笔的推动,即为其例。之后,再经过学者的研究阐释,这些概念逐渐落定,成为命名之一种。黄科安、喻大翔两位学者,有相关学者散文的研究专著出版。1990年代,随着女性文学研究成为学术话语构建的新潮,"女性散文"的提名顺理成章地在文学研究界内部生产,并指认了一批代表作家和作品,并将这一类别的散文的特征加以归类。这种命名的背后,可见独立的批评话语生产的过程。此外,文化大散文的热潮还催生了历史散文题材写作的热潮,而《美文》杂志适时出击,推出了"报人散文"的概念,并设立"报人散文奖",将颁奖场所固定在西安这座老城。1998年,云南的《大家》

杂志则策划了"新散文"专辑,既推发了于坚、王小妮、钟鸣、宁肯等人的散文作品,又配以批评文章,其概念生产的方式与现代文学史颇为接近。

综上,1990年代推出了文化大散文、历史散文、青春美文、小女子散文、哲理散文、新艺术散文、思想随笔、学者散文、女性散文、新散文等风行一时的散文概念。某些电光石火般一闪而逝的概念尚不计算在内。足以见出这个时期散文命名的纷繁,正是因为多方力量的介入,使得概念的命名缺乏统一性。这其中,小女子散文、女性散文、学者散文三种概念,出于性别或者身份,文化大散文与历史散文则指向题材区域,青春美文、哲理散文、新艺术散文主要出于风格上的辨识,思想随笔和新散文的命名与书写的内容有关。文学史的经验告诉人们,文学思潮及概念的命名,大多是后来追认的某种结果,而1990年代的散文热的背景下,众多命名皆是同一时期就得以完成,这也带来了两个问题。一方面,命名的草率与论证的欠缺使得概念的指向性并不明晰,不能有效建立理论的边界。就拿学者散文来说,身份的辨识并不能解决体式、风格、审美特性上的驳杂情况,学者散文从范式上还有成立的逻辑依据,而在具体体式上,就很难构成独立的体式。学者散文本身包容性就很强,有回忆往事的叙事散文,季羡林、赵园、张中行三位学者的作品中,皆有这一类别的存在。也有学理性突出的小品或者札记,也有学术随笔,还有杂文式的写作,比如陈四益犀利的短章。另一方面,这一时期的散文命名在准确性上也存在缺憾,对于从事多种范式写作的散文作家而言,就会出现命名的尴尬问题。林贤治是思想随笔的代表性作家,同时，他也是鲁迅研究专家，如果对林贤治的散文创作加以指认，归类于散文随笔作家或者学者散文的行列，皆不够准确。史铁生是1990年代散文的重要收获之一，他在小说中建构的"过程"哲学，在散文中同样有其踪影，如果将他的作品归入哲理散文，与周国平、林清玄等人作品并列，显然是不合适的，如果不归入，那么，史铁生作品中的哲思品格又非常突出。以史铁生为案例，可以看出这一时期概念命名的无力与尴尬。当然，越是难以归类的作家作品，其丰富性和立体性在审美价值的认定上愈发突出。

此外，这一时期命名的焦虑除了各方力量的立场和诉求不一致之外，也与这一时期散文思潮的演进状况密切相关。1990年代的散文思潮虽然层出不穷且热闹纷繁，但仔细考察这些思潮的具体运行情况就可知道，每一个思潮的覆盖面和时间长度皆是有限的。散文批评与研究的力量本来就很薄弱，再分散到这些思潮之上，必然影响到思考的深度、学理的钩沉以及理论的提炼。繁多促成了散文命名拥挤的情况，而浮光掠影的批评自然而然地导致了某种焦虑的后果。这一时期，散文命名的焦虑作为表象而存在，深层还在于理论焦虑的运行机制。而简单化的命名在21世纪之后被人们不加选择地接受，在未厘清概念内涵的情况下，就被普遍引入散文研究领域，进一步加剧了散文范畴论和特征论的混乱。直至今日，这种命名的焦虑依然在发酵，如何清除其消极影响，也是批评界需要直面的问题。

1990年代的散文理论场域，虽然摆脱了1980年代"向后看"的理论色调，部分学者也试图借助西方理论资源重建散文的话语场，但从总体上看，依然处于"前理论"的范畴内。空降型的理论成果难以与散文实践相契合,也难以准确指认散文热中产生的多个散文思潮。而文化本体论的研究方法,将散文的范畴论和特征论导向了泛化的境地,原本薄弱的理论建设变得更加模糊。"大散文"与"艺术散文"的观念之争,"真实与虚构"的话题讨论,客观上推动了散文界对散文类别、体式、文体边界的思考,以及对散文审美品格的认知。不过,理论成果的深入性,仍然带有不健全的特征。1990年代初期,发端于1980年代后期的"新潮散文"[①]借助主题图书编选之际,开始发出理论声张,集中于刘烨园1993年写就的《新艺术散文札记》和《走出困境:散文到底是什么》两篇文章中。前一篇较为完整地呈现了他的散文观,而后一篇则立足于"散文是一种生命体验方式"[②]的立场,为散文的文体优势辩护,在他看来,散文因为自由和浩渺的特性,紧贴人们的个性表达与灵魂诉求。并指出,散文的复兴在于人的解放和心灵的真实。

《新艺术散文札记》则较为完整地表述了"新艺术散文"这一概念的基本内涵,主要涉及三个方面:首先,在艺术手法上,他主张散文在艺术表现上要吸取音乐、绘画、建筑、小说、诗歌的手法甚至大自然的原始气息,这样才能够将象征、隐喻、诗象、魔幻、意识流等手法融会贯通,形成散文的特色鲜明的独特表达;其次,在散文的容量上,他强调散文的密集型信息结构,

---

[①] "新潮散文"的命名有多种,提倡者老愚将之命名为"新潮散文"或"新生代散文",刘烨园则命名为"新艺术散文",到了21世纪,王兆胜则将这一散文新潮命名为"现代散文"。

[②] 刘烨园:《途中的根》,漓江出版社1992年版,第232页。

文本应兼具厚度、密度与深度；再次，在散文的语言传达层面，他提出了"诗象语言"的要求，并指出"诗象的语言来源于内心的骚动和语言的饱和，同时也来源于悟性、个人的学识、经历以及表达的快感与和谐。因而它不属于表面的、定义的准确而属于灵魂的、艺术的准确"①。从刘烨园的理论陈述来看，新艺术散文探索性很强，其散文观念迥异于1980年代的散文观念，与1990年代的散文观也有着很大的区别。在新艺术散文的实践过程中，刘烨园、赵玫等人也在贯彻或者部分贯彻他们的理论声张，确立了某种由"实"转"虚"的创作倾向，更注重于对感觉、意绪等心理瞬间的捕捉。不过，回过头来审视新艺术散文的理论表达，其严谨性、自洽性的缺失如同"复调散文"一般，更多的还是停留在观点立场方面，其理论成果有着天然的局限性。艺术手法的突破并不能从根本上解决散文观念的保守和文体的滞后等问题，而对于小说文体而言，跨文体写作或者跨界写作，因其虚构的特征，不仅可以允许，还能够自由地切换。对于散文来说，手法的混杂会影响到叙述主体的变腔变调，进而破坏了散文的明晰之美。此外，手法的使用与叙述内容紧密贴近，若是陷入为手法而手法的境地，也易于导致舍本逐末的发生。至于增扩散文容量的提法，倒是切中了散文内容一向单薄的弊病，问题的关键在于，散文容量上的增大，是由文化大散文、历史散文、新散文完成的，向内转的趋势下，新艺术散文在容纳历史信息、现实生活上

---

① 刘烨园:《新艺术散文札记》，见王钟陵主编《二十世纪中国文学史文论精华·散文卷》，河北教育出版社2000年版，第357页。

本身受限。散文的"密度"之说,也并非新艺术散文的发明,早在1963年,余光中在《剪掉散文的辫子》一文中,就曾在推举"现代散文"之际,强调这一类型的散文在弹性、密度、质料上的与众不同,而其中的密度则对应了美感的分量,与刘烨园的说法有一些出入。

新艺术散文的理论谱系中,"诗象语言"这一提法弊端尤其突出。首先,"诗象语言"这一术语为生造的术语,刘烨园之后,这一理论术语随之进入失踪状态,就足以说明这一概念的生疏,一个没有理论生命力的术语基本上属于无效术语的范畴;其次,以"诗象语言"来改造散文的语言传统与散文的诗化路线截然不同,实际上,就是想通过反逻辑和超逻辑的陌生化诗学来改造散文的语言秩序,这种将诗歌语言直接嫁接到散文语言的理论诉求既违反了散文语言的传统,也违反了散文作为经验性文体的基本特性要求。就散文的古典传统而言,语言表达强调本色语或者行云流水的风格要求,而现代散文,则追求明白如话的审美效果,周作人曾有简单是文章的最高境界的判断,林语堂则在《平淡之美》中指出,平淡为文学最高佳境,天地间至文由平淡语构成。如果散文语言听凭陌生化语言诗学的改造,那么,散文语言系统必趋于本质性的改变,也会形成大量的阻隔和阻塞现象,其中的想象力与超验性因素也将改变散文的文体属性。

新艺术散文或者新生代散文在创作实践上主要通过三本图书的面世而发声,他们自身的写作实践与理论倡导间结合并不紧密,除了刘烨园个人的探索比较深入,并留下《自己的夜晚》这一特点分明的文本之外,其他文本皆很快地潜隐于散文热潮之下。他们姿态前卫的理论宣扬,因为与正在崛起的大众化语境格格不入,这一思潮尚未成型,便很快消散,而所建构的理论,却因为自身的不足,很快归于无声的状态。从某种意义上来说,新艺术散文的艺术探索,可视为新散文运动的先声。

第四节　自由精神的伸张

一、"另类批评"的确立

纵观新时期以来的散文批评史,源于学院批评的主体地位,使得批评话语的呈现整体上趋于温和。即使是在1990年代散文领域内争鸣与论争频仍的情况下,作家、批评家往往也会采取平和、理性的表达方式。然而,随着思想随笔的崛起与兴盛,借助于自身的写作及大量的编选,林贤治火力全开,以犀利的批评与绝对化的笔调,否定了新中国成立五十年来的散文创作,平静的散文湖面被扔下了一颗巨石,激起了层层浪花。

世纪之交,散文热点频出,一直在高位上运行。林贤治的批评声音如同浇下来的一盆冷水,在降温的同时,他的不同于文学史或者常态的批判内容,使得人们有机会从整体上反思新时期以来当代散文的诸多问题。当然,林贤治之所以横空显现,从其个人身份来看,他是一位思想型的学者和作家,他的知识分子研究独树一帜,比如其所著的《五四之魂》《人间鲁迅》《胡风"集团"

案：20 世纪中国的政治事件和精神事件》，皆曾传诵一时。作为棱角分明的思想者，其发声和表达的方式与 1980 年代的李泽厚，1990 年代的刘小枫、汪晖等皆有所不同。俄罗斯文学传统，尤其是俄罗斯文学中的知识分子传统的培育和影响，对鲁迅精神的继承，夯实了他的在野形象、平民意识、尖锐表达。1990 年代的文学现场中，与其比较接近的大概只有张承志了。在散文批评的切入角度上，他是以思想为准绳，这里的思想包含了独立、自由、平等、启蒙精神等现代性的内容。而思想恰恰是当代散文的软肋，这里面既有时代的原因，即文学与意识形态的纠葛与缠绕，也有着作家自身的原因，中国知识分子的依附性人格虽然历经百年的冲击，但未遭到彻底的清算和反思。且以巴金为例，他对极左思潮的反思和自我真诚人格的确立毋庸置疑，但在思想地图上，巴金倡导的"说真话"与鲁迅的"立人"思想及胡适对"自由、宽容"的提倡展开比较的话，差距非常明显。作为典型的在五四精神中成长起来的作家，巴金在思想探索层面与前辈相比，尚处于蜗居的状况。思想的贫乏与人格的卑弱，恰是当代文学的两大病灶，而散文尤甚。所以，当林贤治以现代性思想为尺度绳墨当代散文之际，必不会手下容情。此外，林贤治在 1990 年代，多次以编选散文文丛的形式介入到散文现场，客观上积累了大量的阅读和见识。早在 1993 年，他就与邵燕祥合作主编了思想性散文刊物《散文与人》，至 1998 年止，共出版六辑，刊发了大量的思想性散文，这些充满批判精神、理性意识、个性表达的文章，在 1990 年代的散文热潮中，可谓独树一帜。1998 年，林贤治和邵燕祥再度联袂主编《散文与人》丛刊新一卷——《宿命的召唤》,他们强调听从时代召唤,保持对社会现实关注,守望知识者精神家园,坚持独立思考,期待以深厚人生内涵与斐然文采兼备的散文,回应鲁迅在20世纪之初发出的"立人"的呼唤。这些作品不再局限于散文的小圈子,在内容上覆盖了历史、哲学、宗教、政治、自然科学等方面,具备显明的独立之人格,自由之精神。同一年,林贤治又主编推出了两辑思想性散文刊物《读书之旅》。他在卷首语《让思想燃烧》中指出:"思想何为?思想是以人类的生命热情、生活体验所消融了的知识。它是被激活了的,炽烈的,深邃的,流动的,也许博大,也许精微,却都同样含有毁灭性物质;但是,它在走向生成,因而不致僵化、凝固和死寂。""任何时代都需要思想,生气勃勃的思想。何况是方死方生的大时代!"① 引进这些国内鲜见,且代表欧美知识分子启蒙精神的国外思想散文精品,也可看出自比为"拾柴人"的林贤治的意旨所在。杂文家鄢烈山对此则首肯之,他认为这些文丛对于散文的矫正和发展皆有所裨益。此后,林贤治又策划主编了《二十世纪世界文化名人书库》《流亡者译丛》《曼陀罗译丛》《世界散文丛编》,充分传达了一个盗火者的道义担当。

1999年,林贤治写出了长达十一万字的批评文章《五十年:散文与自由的一种观察》,这篇文章与他的《90年代散文:世纪末的狂欢》《九十年代最后一位散文家》一起,虽然为数不多,但影响无疑是巨大的。尤其是他的长文,以撕面纱的方式,围绕着散文作家的立场、人格结构,展开道义上的批判,他的观点几

---

① 林贤治:《写在卷首:让思想燃烧》,见《读书之旅》(第一辑),广东教育出版社1999年版,第1—2页。

乎彻底扫荡了以往的既定说法。比如,他评价杨绛和宗璞的文章是一种"寄沉痛于悠闲"的文字,她们一生致力于一种安全感的寻找,而不是担当。又指出,王蒙的文章其实是近官的"京派"作家的余绪。"近官得食者其情状隐,对外尚能傲然。"王蒙提出的著名的幽默主义其实是一笑主义,是一种自我保护反应,那效果甚至更坏。贾平凹从农家子弟到文学名家,地位和文才都有了变化,但他的思想和文章质量是否有大的升华呢?林贤治说:"看官看得新鲜,其实那是陈货,库存既久且被众人所忘记罢了。"贾平凹曾经说:"咱祖祖辈辈都是平民,咋样弄,咱都去不了平民意识。"而林贤治一针见血地指出,贾平凹把平民意识和农民意识混淆了。平民意识是一种现代的民主意识,有着更大的容纳度。林贤治不仅批判了贾平凹的小农意识,还对他散文中的性别歧视和低级趣味展开了不留情面的批驳。

林贤治的批评观以自由意志为前提,以真实反映个体与社会为基准,或者可以这样说,自由意志和真实性构成了其批评观的核心内容。他以此出发,评述了新中国成立以来到1990年代末期的诸多作家作品。对待以孙犁、汪曾祺等为代表的立足于乡土的散文作家,林贤治欣赏他们对真实自我的展现,在真实的维度上,他们是走得深远的。他更推崇的是汪曾祺散文,赞赏其越到晚年越敢于为历史、为人性、为知识分子说真话的勇气。而对以杨绛、宗璞为代表的因出身和家庭环境而长期受高雅文化熏陶,更具有传统文化性格的散文作家,林贤治对他们既有批评也有肯定。在林贤治看来,杨绛对真实的展现是刻意与读者保持距离的,"由于作者原来就同他人的存在保持了距离,写作时又刻意制造一种美学的'间距',这样,现实在我们看来也就变成了不那么真切了"①,林贤治以为这是鲁迅所谓的"瞒和骗"的表现。但对杨绛先生《老王》《林奶奶》等散文,林贤治又言:"这份同情和自省,恐怕还是贵族式的忏悔心情;就是这样一种情怀,在今天说来,已经是很少有的了。"②而自由意志落定在散文中,则彰显了个体精神的丰富性。基于个体精神的维度,林贤治对张承志的思想随笔高度赞赏。并认为他是一位具备"自我意识"的作家,这种自我意识在张承志笔下又有着丰富的呈现。一是其底层意识,"正是凭着这底层对他的精神滋养,使他的灵魂壮大到可以独来独往,可以同一直浮在上层的中国知识界决裂,并有了嘲笑的权利"③。二是其抗争意识,根源上林贤治称之为"游侠精神",而内容上称之为鲁迅笔下的"水浒气"。三是对其民族和宗教情感,林贤治认为他是狭隘的。张承志根植于农牧文明的底层意识和宗教情感,让他对现代化进程和其他宗教及文明怀有坚决的抵触情绪,林贤治认为他"以野蛮为美,以残酷为美,以原始荒芜贫困为美",这是对现代化的"一种潜在的恐惧和对抗",而中国底层是需要从个人权利到社会富有的现代化的,这种人道需求是张承志没有看到的。林贤治所强调的散文的思想性中,除了批判与反省意识之外,还将人道主义的精神坐标纳入思想疆域内。基于此,林贤治对苇岸和一平的认可主要针对他们从人类泛化到自然的人道精神。而作家筱敏吸引林贤治的是她的从人道主

---

① 林贤治:《中国散文五十年》,漓江出版社 2011 年版,第 45 页。
② 同上注,第 46 页。
③ 同上注,第 71 页。

义角度对妇女和知识分子的审视。

在《九十年代最后一位散文家》一文中,林贤治充分肯定了刘亮程在散文上的贡献。"最后一位散文家"的名号也是由他的这一篇批评文章所奠定的。林贤治认为刘亮程因其文字间闪现的"乡土哲学"而被散文界惊喜地热议为"异类",这是一种由感情、思维和语言交织在一起的哲学表达,是一种特有的关于农村文化心理的表达。《住久了才算是家》中对家园和生命关系的领悟,《寒风吹彻》中对生命悲剧的感知,《城市牛哞》中自我在乡村和城市之间的迷失,都是刘亮程生活的土地之上诞生的哲学。这种乡土哲学其实就是一种生活态度,就像盐溶解在水里一样,散布在日常生活的每一个细节,每一个地方。同时,林贤治认为这种"乡土哲学"内在是矛盾和对抗的。乡土在遗失,城市在扩张,富足将是必然,人性完善和人类进步却是未知,在霸权的建立过程中,"作为弱势者,无论群体或个体,独立和自由的丧失将变得无可抵御"①。

与真实相对立的则是虚假。林贤治确立了两个虚假散文的标靶,一个是贾平凹,上文已有所述,另外一个则是余秋雨。首先,林贤治痛批余秋雨对历史的不真实展现。他批判余秋雨在《一个王朝的背影》和《大义觉迷录》等文中对清帝从文化生态角度对汉文化、汉民族认同的表述,认为就历史的客观存在如文字狱而言,这是不真实的,甚至是不道德的。他批判余秋雨擅自夸大文化的价值,在《流放者的土地》《千年庭院》中美化当时

---

① 林贤治:《中国散文五十年》,漓江出版社2011年版,第111页。

的意识形态传播,认为"在这中间,官方意识形态对人性人格的消蚀和破坏,知识传授者其实也就是说教者的奴化心理,则根本不曾引起余秋雨的注意"①。其次,林贤治对余秋雨散文中情感的缺席极为不满,就其《吴江船》中用美遮掩悲剧和罪恶的文字而言,他认为余秋雨缺乏对苦难的最基本的恻隐之心。这种基于思想准则和真实性原则的批评,可谓毫不留情,与酷评风格的朱大可相得益彰。

马克思曾有过"深刻的片面"的命题,恩格斯也曾自道,片面性是历史发展的必要形式。林贤治对五十年散文的批评在总体上具备了突出的"深刻的片面"的特性。丁晓原在谈到林贤治的散文批评时指出:"林贤治是一个典型的率性散文批评家,面对他的批评对象,他怀具自由的心志,心有所想,形诸笔端,全无遮拦,因而显得特别的真实,是一个典型的率性散文批评家。作为一个率性散文批评者,具有一种只基于内心感受,不顾及'面子'的实话实说的批评勇气。这在相对'甜蜜化'的批评环境中,显得难能可贵。"②林贤治的批评面目虽然以另类的方式出现,但其深刻性应该说远大于片面性。首先,从影响力因素而言,他的《五十年:散文与自由的一种观察》越过了散文甚至是文学研究的界面,进入当代思想文化的场域之内。纵观新中国成立以来的散文批评和散文研究文章,皆具有自闭型的特征。源于理论的无力及散文文体的弱化现实,关于散文的争鸣和论争也仅仅限于

---

① 林贤治:《中国散文五十年》,漓江出版社 2011 年版,第 68 页。
② 丁晓原:《论林贤治的散文观及其批评实践》,《文艺评论》2008 年第 2 期。

散文领域，很难突破自身，进入大的文学场之中，成为公共的文学话题。在1990年代文学已然边缘化的现实条件下，林贤治的散文批评能够引起知识界、思想界的侧目，仅此一点，新时期以来的散文批评唯有此例，可见其锋芒所在。其次，林贤治的散文批评与他的知识分子研究一脉相承，他的散文作家主体性批评与透析独树一帜。将每一位散文作家皆放在现代知识分子的层面加以考察，以思想、个性、人格结构为具体准绳，烛照出了当代散文作家普遍的软弱、自我欺骗、妥协与自我保全的精神内质，其指向是犀利的，其开掘是深沉的。也正是恪守了知识分子研究的视角，使得他的精神观照系统能够从白话散文的传统中脱离出来，走向更为宽广的哲学和艺术，尤其是近两百年来哲学和艺术中关于自由、独立、个性、自省与怀疑等因素的指认性成果。最后，在具体作家作品的评析上，林贤治往往具有惊人的洞见能力。他的这种能力得之于其对阅读的本初感觉的忠实，他不会像其他批评家那样面面俱到，或者充分考虑非文本之外的因素，而是直奔作品，洞察幽微，在作品中钩沉作家的精神倒影。对真实的"第一感觉"作某种"自我意识形态化"的改写，这是林贤治之为林贤治的根本所在。如同小说批评中的特征化和典型化一样，他通过局部和微观层面的细读与分析，往往很快获取到一种整体把握的能力。爱憎皆分明，此外，涉及林贤治散文批评的片面性也是一个突出部所在。其批评实践过于强调知识分子观念，因此，从形态上呈现出"俯视"感，也必然会带来强烈的主观性。文本是具体的产物，而观念则是一种绵延的存在，应时性与永恒之间，永远存在着矛盾关系。另外，批评的本体应该是文学性的辩护和评析，如果本体被植入其他观念，那么太多的散文作品会"破绽百出"。

二、自由精神

林贤治是一位思想型作家、学者，在野和体制批判的立场决定了他的批评方式，也决定了他对学理性、体系性批评话语建设的主动性疏离。从理论到理论的演绎方式恰恰是他所反对的，考察其批评话语中的几个关键词，如自由、真实、个性，皆非其独创的内容，而是白话散文批评史上常说常新的内容。如果说自由、真实、个性构成了他的散文的基本内容的话，这三个要素在林贤治看来不可分离，处于一种内在联动的状态中。源于此，丁晓原指出："自由是散文的基本精神，真实是散文一种品格，而个性则是它的一种境界。自由是散文写作的前提，没有自由，就不可能写出真实的、具有个性的散文。"①因此，在散文理论的建设上，林贤治并非一个立法者，他在散文理论上的贡献主要在两个方面：一方面是他给出了"散文对自由精神的依赖超过所有文体"②这个命题；另一方面，则是他对散文真实的实践性的建言，在对散文真实性的认知层面，林贤治拥有不同于往常的格局。

先谈自由精神，在林贤治之前，前辈学人、作家也曾多次叙及。比如周作人言及的小品文的兴盛与自由环境和思想自由的密

---

① 丁晓原:《论林贤治的散文观及其批评实践》,《文艺评论》2008年第2期。
② 林贤治:《中国散文五十年》,漓江出版社2011年版,第47页。

切关系,鲁迅所言的散文是大可以随便的观点,比如对散文结构自由的认识等。总体而言,提及自由,人们往往从散文的取材、形式特点、技法等着眼,然而自由在林贤治这里,得到了前所未有的强调。自由精神是整体观照的一种结果,既包括作家主体人格的指认,也包括对散文作品精神气质、风格才性的指认。很显然,林贤治的"自由精神"有着强烈的五四精神的背景,与陈寅恪的"独立之人格,自由之思想"有着精神上的承继性。在所著的批评长文中,他引用洪堡特的判断,对散文与自由的关系做出了具体的阐释。"洪堡特在比较诗歌和散文的时候,说得很有意思:'诗歌只能够在生活的个别时刻和在精神的个别状态之下萌生,散文则时时处处陪伴着人,在人的精神活动的所有表现形式中出现。散文与每个思想、每一感觉相维系。在一种语言里,散文利用自身的准确性、明晰性、灵活性、生动性以及和谐悦耳的语言,一方面能够从每一个角度出发充分自由地发展起来,另一方面则获得了一种精微的感觉,从而能够在每一个别场合决定自由发展的适当程度。有了这样一种散文,精神就能够得到同样自由、从容和健康的发展。'精神不断地发展和提高自己,无论其表现形式如何千差万别,都是从自由天性出发与外部世界相联系的。对此,洪堡特判断说:'如果一个民族的智能特性不够有力,不足以上升到这一高度;或者,如果一个文明民族在智力方面走上了下坡路,其语言脱离了精神,即脱离了它的强大力量和旺盛生命的唯一源泉,那就决不可能构造出任何出色的散文;而如果精神创造变成了一大堆平淡无奇的学问,优秀的散文就会濒于崩溃.'"① 这里需要甄别的是,洪堡特所言的散文与白话散文的概念有所出入,但其观点里面,文化环境的宽松与写作主体的自觉,却是林贤治所认同的。

林贤治曾非常赞赏鲁迅从客体到主体的批判方式,批判对象从客体到自我的扩大无疑是对精神展现的更高要求,也是批判深化的必要前提。自由精神的双向性就在于对作家、作品的整体观照。文学艺术经常遭遇自由与限制的悖论,对于作家而言,能否克服来自外部与自我的限制,构成了考验其自由精神成色的标准。具备了自由精神,散文作家才能够进一步去书写真实,"写真实本身是一场文化批判,削肤剔骨,势必在主体和客体内部同时进行"②。歌德曾经说过,伟大的艺术就是在限制中寻找自由。林贤治对政治话语、市场话语、娱乐话语等外部强势话语入侵文学场域的情况,有着高度的敏感,他也认识到具体历史情境中作家主体人格的普遍塌陷。在散文中高扬自由精神,实际上也是他知识分子话语表达的组成部分。这一点,他与叔本华、马尔库塞对知识分子的认识异曲同工。

其次,在散文真实性问题上,在林贤治看来,散文的真实不应该作为理论问题加以讨论,而应该是一个迫切需要解决的实践问题。他认为真正的散文是不戴面具的,他指出:"真实是重要的,但要正视它和表现它并不容易,在今天来说将变得更加困难。今天生活的最大危险是,随着资本、物质、市场的扩大与增

---

① 林贤治:《五十年:散文与自由的一种观察》,《书屋》2000 年第 3 期。
② 林贤治:《中国散文五十年》,漓江出版社 2011 年版,第 3 页。

殖，耽于幻想的未来，而放弃了对过去的错误、罪恶、缺陷，以及产生这一切的责任的追究。"① 由上述所言，可以看出，林贤治是在一个更大个的格局和视野上来看待散文真实性问题的，即作为创作主体的作家，需要具备清醒的自我意识，需要有辨别真实的能力，因为对于文学而言，真正的真实不仅容易被意识形态话语所遮蔽，在当下的时代里，还容易被物质主义、消费主义所遮蔽。呈现真实不容易的地方恰恰就在这里，真实不仅仅是事件的真实，更准确地说，它指向社会关系本质的方面。基于这个认识，林贤治认为1990年代的散文在以下三个方面缺乏或者回避了真实。第一，散文界存在的"个人化"写作现象，比如小女子散文或者都市美文，就是忽视社会现实存在的一种结果。第二，用心于"上层"的真实，而忽视了底层的"问题真实"。第三，过于注重外在的真实，忽略了作为主体的个性的真实。林贤治对这三种"伪真实"的批判也彰显出来其散文真实观的具体内容，即社会性真实、底层真实和个性的真实。

自1980年代中后期开始，文学界和学界对以诗化模式为代表的当代散文模式展开了反思，到了1990年代的楼肇明那里，批判得以进一步的深化。不过上述的批判和反思主要集中在结构、表现手法的僵化层面，也有个别学者的文章触及诗化模式对真实性品格的消解问题。对当代散文艺术模式和思维观念的陈旧的彻底批判，则是由林贤治完成的。立场的分明和表达的尖锐之下，是林贤治对当代散文的某种否定，在他看来，思想的被禁

---

① 林贤治：《90年代散文：世纪末的狂欢》，《文艺争鸣》2001年第2期。

锢，个性的被钳制，导致了当代散文的贫血症候。当代散文的思想观念和艺术表达之路，实际上背离了现代散文的基本精神，正是因为背离，方导致了当代散文的固化和迷失。他的批评声音对于"当代散文可以与现代散文并驾齐驱"或者"当代文学各文体中惟散文超越了现代散文"的观点泼了一盆冷水。在当时散文越来越热甚至趋于虚妄的语境中，林贤治的散文批评无疑起到了"止热"的作用。

如同当年的鲁迅有着强烈的置身无物之阵的感觉一般，林贤治的散文批评尽管掷地有声，尽管也有着少量的回声，但在整体上，他的批评依然遭受了置身无物之阵的命运安置。如海绵状的文化传统始终不声不响地耗掉光芒和锋芒，而文学批评现场的"广场效应"（朱大可语），设置了一个总体性的无意义的符号矩阵，在这个矩阵里，奉行的是不回声、自说自话、意义消解、假作真时真亦假的逻辑规则。尼采说过，飞着的人是遭人嫉恨的。这句话基本适合中国社会话语现场的诸多不按规矩出牌者。因此，林贤治的散文批评及其声音传达被忽略被淹没似乎就成了某种必然的命运。《五十年：散文与自由的一种观察》之后，林贤治将更多的精力放在思想随笔的写作和鲁迅研究之上，其思想随笔的重量级作品《一个人的爱与死》就是在21世纪之初面世的。

进入21世纪之后，整个文学批评现场进入一个"学术凸显批评淡出"的局面。批评的样貌尽管随着新媒体的涌现而产生了非常大的变化，但是从内容产出来看，批评家越来越隐藏到幕后，呈现在公众面前的则是作为公共知识的理论、理念、观点。批评家的自我隐藏，不仅导致了个性、锋芒的缺席，更重要的是使得文学批评的生产走向了可怕的自闭，在一个闭环里自我生产、自说自话，也因此，才有了"没有文学的文学理论"这样的命题的出现。英国诗人华兹华斯曾经说过："诗是强烈感情的自然流露。"强烈的感情不仅是文学创作的强大内驱力，对于文学批评而言，同样必不可少，在此方面，别林斯基就是一个最好的例子，这位宣扬"俄国文学是我的生命，我的血"的批评家，始终葆有强大的激情。正是基于激情和强烈的正义感，才会在冰天雪地的舆论场中，一个人单枪匹马挺身而出为处于孤立无援和茫然恐惧中的果戈理辩护，进而使得俄罗斯现代文学中的现实主义道路走向立定。以此反观新世纪文学批评现场，学理的凸显以及论文模式的生产主体，将批评的个性与激情逼到了墙角。尽管还有着类似唐小林"深刻的片面"式的批评声音，但从整体上俯瞰，批评个性与激情的全面退却构成了不争的事实。墨西哥作家帕斯在《批判的激情》里曾说："今天的文学商业被一种单纯经济观点所左右：最高价值就是购书者的数量。赚钱是合法的；为'伟大的公众'生产书籍也是合法的，但如果中心意图是出版'畅销书'、娱乐性作品和通俗读物，文学就会死亡，社会就会堕落。"

21 世纪之后，随着散文热的降温及散文思潮的弱化，散文的"弱势文体"现象愈发严重。本来就稀少的散文批评声音，在基本走向上，大多归于学院，部分则趋于消隐。学院批评的主体地位所带来的后遗症，不仅与文学批评现场的病灶重叠，而且其数量的稀少和内容上的分散性，使得散文批评作为独立的文体批评的地位岌岌可危。这个时候，我们回望一位独立而个性的批评家，自有一番意味。

世纪之交，林贤治以思想批判的角度进入散文场域，爱憎的分明，价值判断的直接，批评的勇气等等，给人们留下深刻的印象。虽然在散文理论的建构上并没有带来体系性的内容，但在批评风格上，为散文界带来了一种新的风气和活力。1980年代学界提倡的重写文学史的话题，在林贤治这里得到了真正的实践，尽管有意气和独断的成分，但他勾勒出的散文地图经纬分明，让人耳目一新。

第四章
散文理论的可能性与新气象

进入 21 世纪，全球化的进程明显提速，以加入世贸组织为标志，中国与世界之间进入深度合作的模式，一体化的世界潮流使得全球文化呈现出你中有我我中有你的境况。21 世纪的第一个十年，可谓是各种"后学"大流行的时期，后现代、后理论、后工业社会、后资本主义等，各种后学概念纷至沓来。就文学领域而言，文学的进一步泛化，文化研究的偏至之境，加上以互联网为标志的新的媒介革命的到来，在这一时期引发了两个命题，一个是关于文学消亡的命题，与之对应的是希利斯·米勒的文学终结论的提出，他指出："电信时代的到来，不仅仅是改变而且会确定无疑地导致文学、哲学、精神分析甚至是情书的终结。"① 他的这一论断在世纪之初文学泛化的中文语境里激发巨大的争论。另外一个就是"理论之死"的命题，这里所谓的"理论之死"并不意味着理论的消亡和终结，而是指传统意义上的理论已经失去其生存土壤，新的理论形态开始产生。如同黑格尔的绝对理念，卢卡奇的总体性原则，在社会语境的嬗变中，逐渐失去其理论生命力。"理论之死"这一命题主要针

---

① 〔美〕希利斯·米勒：《全球化时代文学研究还会继续存在吗？》，国荣译，《文学评论》2001 年第 1 期。

对西方的语境，标志着西方哲学、文化、文学的发展新阶段，同时，这一命题也与文学审美的重构相关，按照德国美学家沃尔夫冈·韦尔施的分析，当代审美业已实现了分层，从日常生活的审美化到技术和传媒的物质审美化，再到生活实践和道德的审美化，最深的层次则是认识论的审美化。[①]审美之所以会重构，主要是源于作为审美对象的现实生活不再是独立而稳定的客体，变量和衍生推动着认识论的转向再转向，这当然也加速了"理论之死"。21世纪之初，国内理论批评界围绕"日常生活审美化"的系列争论，就和审美重构有着密切的关系。而"理论之死"则直接照应着"后理论时代"的登场，其基本标志就是推动新世纪文学理论从本质主义转变到建构主义的理论形态，也触发了理论的自我反思与自我批判。其实这种转向不独在中国是这样，全球性的文学理论同样受到各种"后学"的挑战，伊格尔顿的著作《理论之后》其实就是对"后理论时代"到来的一种回应。

21世纪的中国文论实际上有两个重要的起点。第一个就是世纪之初文学的剧变，这一剧变可以从两方面来看。一方面，就纯文学来说，进一步下落，可以用坠入谷底加以形容。下落的最重要的标志就是文学阅读的急剧衰退，纯文学期刊的订阅量，文学类图书出版的发行量，皆极为惨淡。新世纪文学二十年，文学阅读经历了三次撤退，第一次撤退发生在文学与大众之间，随

---

① 〔德〕沃尔夫冈·韦尔施：《重构美学》，陆扬、张岩冰译，上海译文出版社2002年版，第40页。

着娱乐方式的多元化，随着信息供给机制的丧失，随着对审美深度的抗拒，纯文学在 21 世纪之初，很快消失于大众的视野之中。第二次撤退则发生在文学阅读与中文专业师生群体的脱离过程中，学术兴起，量化指标加上目标考核，使得闲暇的文学阅读时间丧失殆尽。第三次撤退则发生在作家与作家之间，同代人之间的阅读在平行的轴面已经不再。而这第三次撤退是正在发生的事情，也是文学阅读深层危机的结果显示。文学阅读的急速衰落不仅影响到当代文学的传播和接受，也深刻地影响到文学产出的代际转换，最终会像人口的负增长一样，画出一道不可逆的线条。另一方面，随着互联网的普及以及手机作为信息终端的出现，媒介的迭代催生了蓬勃的网络文学写作，类型写作，商业化运营模式，文学 IP 的转换，从根本上改变了文学地图的构成内容。如果说在严肃文学场域内，衍生了"没有文学的文学理论"的话，那么，在网络文学现场，理论与批评的生存机制则被抽空，从某种意义上来说，网络文学根本不需要任何理论批评的互动或者指导，理论批评基本上被驱逐出类型写作的现场，尽管从体制层面还有着加强网络文艺评论的声音，但在实践层面，除了网络文艺研究作为新兴的文学研究的一个支脉，拥有其合法性之外，任何自发的理论与批评皆会迅速被海量的信息覆盖。

　　第二个起点是发生在文学理论内部的，即持续十年之久的中国当代文论的自我反思。自我反思生长于各种理论话题的争鸣过程中，其中包括文学研究与文化研究的边界论争，日常生活审美化论题的争鸣，文艺学的学科反思，审美与意识形态的论争，文艺学的本质主义与建构主义的争鸣。这些论题基本上发生在文学理论内部,以学术话语的商榷为表现形态,学术商榷给争鸣带去了理性平和,这也恰恰是理论话语自我调适的某种结果。21世纪的第二个十年,当代中国的理论与批评凸显出几个明显的特征,曾军就此总结道:"其一,对20世纪后半个世纪以来的'当代西方文论'学术地图的重绘。如面对已经进入'理论之后'的西方文论,中国学者开始有意识地增强对20世纪西方文论局限性的分析,试图破解其创新动力的枯竭、思维局限的暴露、文化实践的悖反等诸多症候的思想根源,试图从总体上把握当代西方文论的最新发展趋势,并对此进行审慎的价值评估。还有一批学者继续及时跟踪、梳理和把握西方文论最新出现的学术思想,聚焦并绘制1990年代之后的西方文论学术图景。其二,在对西方文论局限性反思的基础上,立足于中国思想资源和文化现实而生长出来的具有原创性的中国文论话语也正在不同的文论知识领域中逐渐成形。如曾繁仁在与西方'生态美学'的对话中,从中国古代美学中提炼出'生生美学'的话语建构,赵毅衡一反西方'叙述符号学'理论而开创出以'符号叙述学'为特点的'广义叙述学',傅修延基于中西叙事传统比较而不断深描'中国叙事学'的内在理路,赵宪章基于中国古代直到当代的图文关系史的梳理而提炼出的图文关系理论,曹顺庆基于跨文化交流与传播的普遍规律而提出的'比较文学变异学',张江从中国古代的'阐''诠''解''释'思想而生发出来的有别于西方解释学的'中国阐释学'等一批具有原创性中国学者的学术成果陆续推出。其三,新世纪中国文学的新变提出的新议题正在转换为文论新话语。继'视觉文化''媒介文化'进入新世纪文论话语之后,'数字文化''后人类''人工智能''数字人文'等新议题也正在从边缘走向中心,这不能不说是新世纪文学剧变带来的文论话语革新。"①

总的来说,21世纪二十年的文学理论界处于一个调整期,这一时期,文论的学术转向和文论与批评的脱钩同时发生,在调整过程中,当代中国文论的话语体系建设被提上日程。

进入21世纪之后,散文继续在高位上运行,散文的创作队伍基数依然庞大,优秀佳作也不断涌现。尽管遭遇了文学边缘化、文学大众化的冲击,但在散文界内部,依然产生了一些现象级的作品,比如彭学明的《娘》,龙应台的《目送》,李娟的阿尔泰系列等,这些作品的受众有一种显著的"溢出"效应,即从相对狭窄的文学读者外溢到社会大众层面的阅读。当然,现象级与经典化并不重叠,现象级基于市场力量的锤炼和认同,而经典化之路则需要借助批评、研究的不断阐释、不断巩固。也因此,"好散文"与"优秀散文"在21世纪之后出现了明显的分野,这实际是一种好事,意味着散文从相对的封闭走向开放,评判标准也愈加多元。另一方面,散文研究与批评在当代文学研究与批评的系统内无疑处于弱小的层次,在近些年来诸多学术刊物推出的专辑内容来看,也很少见到散文的话题。散文研究的弱化,研究内容的分散,观念生产的不通约性,是当下散文研究与批评领域

---

① 曾军:《古今中西视野下新中国70年文学理论的演变(1949—2019)》,《广州大学学报》2019年第5期。

内突出的三个问题。很多散文研究与批评的内容，一直以来总是围绕着文体边界、真实与虚构、散文概念（如学者散文、女性散文等）加以展开，对散文的"当代性"研究明显不足。此外，源于白话散文理论的贫乏以及古典散文理论的模糊性，以及西方文论的移植一直处于尴尬的情况，使得散文研究的理论凭借和方法论问题没有得到有效的解决。是重视理论解析还是文本细读还是史料整理，也制约着散文研究的范式的生成。研究与批评的弱化，使得诸多当代散文作家处于双重的焦虑之中，一方面隶属布鲁姆所言的"影响的焦虑"，另一方面则来自当下文学场域中文体秩序的高下布局。

新世纪散文二十年的积累，散文界内部产生了诸多话题，这些话题主要表现在以下几个方面：首先，从媒介载体的角度而言，新媒介尽管对散文的内容生产并未造成实质性的影响，但在作家队伍、接受方式、文体拓宽等层面，则产生了明显的改变，而有些改变则是实质性的。比如论坛写作对散文作家成长方式、交流方式的实质性改变。当下散文写作的主力军，基本上来自2000—2014年的论坛写作产生的散文新军，新散文论坛、散文中国、天涯社区散文天下等专业散文论坛起到了重要的推动作用，周晓枫、塞壬、格致、江子、阿贝尔、王族、傅菲、陈蔚文、谢宗玉、沈念、杨献平、耿立、桑麻、吴佳骏、阿微木依萝等作家的成长历程，基本上以论坛写作为基点，然后外扩到相对传统的期刊、出版、奖项层面。从代际上看，论坛写作涵盖了从60后到90后的代表性作家。而在交流方式上，传统期刊塑造的上-下的交流和影响方式为对等型的交流方式所取代，跟帖中的赞誉、批评、反对、指东道西等内容因为匿名性而使得声音的表达趋于真正的真实。另外，随着博客、微博、微信公众号的兴起，对于散文文体的扩容和认定也产生了诸多挑战。因此，媒介新变与当代散文的生产构成一个值得关注的话题。

其次，就散文场域内部而言，21世纪以来的散文关键词与1990年代的散文关键词相比的话，发生了很大的位移。1990年代的关键词与文化、思想、散文思潮、丛书息息相关，21世纪与散文有关的关键词则让渡到散文奖项的涌起、各种散文年选选本的出位、散文年度排行榜及年终盘点的发声、新媒介对散文生态的形塑这四个方面上。关键词解读为近年来文学理论界的热点所在，新世纪散文场域内的关键词解读同样也构成了一个有意义的话题所在。

最后，创作层面上，从散文的体式与题材来看，21世纪以来的散文处于蓬勃状态的有两种体式，一是叙事散文的勃兴，一是随笔的繁荣。1990年代产生的一些散文体式逐渐边缘化或者退缩到某个领域，比如哲理散文、青春美文的萎缩，游记体式随着旅游热的开启加速进入无效写作的通道。而就题材而言，乡土散文的持续兴盛，与加速度的城市化进程构成了明显的错位关系。这二十年，中国的城市化之路可谓狂飙突进，至2020年年底，城市化率基本近百分之六十的水平，与之相应的则是家庭结构的剧烈变化。而散文的应激反应明显滞后，乡土散文占据了期刊的很大版面，亲情散文紧随其后。如果提及散文是一种典型的记忆性文体，乡土散文暂时的繁盛尚可理解，然而，一个奇怪的现象在于，大量的亲情散文皆发生于乡土的时空之下，亲情散文一旦与乡土产生较大的交集，一种具备时代症候的苦难叙事就出现了。因此，苦难叙事不单是小说的制衡点位，对于亲情散文来说，苦难叙事的批量产出附着了"贩卖焦虑"的不良后果，"苦难"为何会演化为几代散文作家的集体无意识？这是散文界一个非常值得深思的话题。与之相应，21世纪以来的散文，城市题材的散文写作远远没有达到自成一体的境况。小说界曾提出小镇青年、县城写作、都市景观这些话题，反观散文界，皆无对应的提法。

总体而言，新媒体与传统期刊成为制约和影响新世纪散文的两种主要力量。而在散文场域内部，无论是创作、思潮，还是批评与研究，皆产生了新变，对于由此衍生的新的话题，大体具备接着说或者深化的价值。

21世纪二十年的散文理论源于散文研究与批评的增量而趋于相对繁盛的阶段。与1980年代、1990年代相似的地方在于，散文理论的突围并非是对文学理论现场的热点以及文论建设的成果的直接吸取或者转化，散文理论依然走向一种文体自为发展之路，进而体现出强烈的封闭性和向内的特征。这一时期，出现了展开体系性理论建构的尝试，孙绍振的"审美、审丑、审智"说，陈剑晖的"诗性散文"理论，就是其中的代表。而在研究范式上，也有新意的提炼，王兆胜的"形不散—神不散—心散"之说堪称典型。

第一节 "新散文"的标举及争鸣

一、文体革新

发端于20世纪末的新散文运动以鲜明的文体实验为标识，极大地冲击了原本保守和滞后的散文场域。"新散文"的命名也贯穿了白话散文的发展历程，而命名作为理论的先声，可由此观照这一新生散文思潮的整体行进态势。在后续的理论标举过程中，源于散文理论总体性的贫弱及可资借鉴的理论资源的贫乏，出现了系列疏漏，这也制约了思潮的深化及散文理论自身的合法性。由新散文运动这一窗口，可窥见散文思潮弱性的特征及散文理论贫血的当代现实。

散文作为"文类之母"和古典文学的"正宗"，在古代中国一度取得了极高的成就，与诗歌并举，"诗文大国"的称谓由此而产生。进入现代史后，在中西文化深度对接的背景之下，经过西方"essay"体与晚明小品文的相互植入，以及周作人、郁达夫、鲁迅等诸公的文体实践与理论探讨，现代散文观念得以确立，并在文本创作上达到了另一个高度，成为新文学创立过程中最为成功的一个文学范式之一。

总括一下现代散文所建立的基本观念，代表性的有三种，一是周作人的"美文"观和"大闲适与小闲适"说；二是郁达夫在《中国新文学大系·散文二集》导言中所提到的"个人的发现和表现的个性";三是鲁迅先生的"投枪和匕首"说。以上三种理论恰恰构建了现代散文文体的内在规定性,使现代散文的精神品格在三个向度上充分展开。而随着新文化运动的落潮和时局之变,1930年代后期,散文逐渐走向式微。与小说、诗歌等其他文体相比,无论是十七年文学还是新时期文学的第一个十年中间,散文的沉寂有目共睹。新中国成立之后的散文实践,政治的、历史的、时代的以及个人的因素导致了散文"范式化"的创作格局。"形散而神不散"的局促,卒章显志的定型手法,"文眼"的设置,诗化的语言,都在某种程度上禁锢了散文的创造。较长时间段内,人们已经熟悉并接受了以前那些结构单一、主题单一、语言陈旧的散文,认为散文别无他途。

　　文体的单一化与模式化所造成的不利影响是不言而喻的,散文丧失了最基本的自由精神和作为文学的想象力品格。"文体是对常规的偏离",这是对文体的一种深刻认识,它强调了文体与个体的关系。而"常规"的一个潜在含义即一种对于所有个体的统一要求,一种无声的对于差异的排斥和拒绝,这对于以个体性为生命的散文而言,是一种深重伤害。十七年恰恰是一个崇尚常规的时期,当时群体意识主宰着散文创作,作家们自觉地将各自不同的生命体验纳入统一的公共情感轨道,形成了"颂歌体"与"抒情体"这两种特定的时代散文文体。问题的关键在于,十七年文学的流弊一直持续到新时期文学开始的几年,散文在取材、抒发情感、思维方式、表达方法、文体样式等方面被人为地限定在一个狭小的范围内,抒情散文扶摇直上成为散文的正宗,导致本该活跃和最有创造力的散文文体成为当代文学中最沉闷守旧的一部分，这使得散文文类的包容性与开放性以及散文内在精神的自由性受到严重的限制。而同一时期，小说、诗歌、戏剧这些文体在艺术思维和方法的创新方面有了很大的突破，小说界的方法热和观念热，诗歌界的朦胧诗运动，戏剧界的实验话剧，皆显示出强烈的实验姿态。正是在这种情况下，散文界开始了认真地反思，首先是对十七年散文尤其是三大家散文的总结和批判，林非和佘树森等学者就此展开了系统的评述，比如佘树森先生对十七年散文三大块结构的分析"第一块：文章开头，旨在引人入胜；第二块：文章重心旨在使思想意境不断开拓与升华；第三块：文章结尾，旨在直接点出所载之'道'，强化读者的理解"①。"三大块"结构作为十七年散文的典范结构方式在此遭到有力的清算。其次是对泛滥的抒情文体的批判，作家孙犁、董鼎山等皆对此有过尖锐的批评，其中汪曾祺先生的观点尤为鲜明，他在1988年为散文集《蒲桥集》作序时强调："二三十年来的散文的一个特点，是过分重视抒情。……散文的天地本来很广阔，因为强调抒情，反而把散文的范围弄得狭窄了。过度抒情，不知节制，容易流于伤感主义。我觉得伤感主义是散文（也是一切文学）的大敌。"②

散文文体的自我窄化，导致散文界中一些人甚至发出散文即将解体和消亡的悲观论点，也就是在这个时候，许多人认为散文应在文体上，在艺术表现形式上有大的革新，必须对传统散文固

---

① 佘树森：《中国现当代散文研究》，北京大学出版社1993年版，第56页。
② 汪曾祺：《汪曾祺散文选集》，百花文艺出版社1996年版，第250页。

有的格套进行根本性的改革和超越。散文家们对于散文创作的现状终于有了深刻的不满,开始大声疾呼散文的"变革"。作家斯妤在 1992 年谈到散文革新时一针见血地指出:"我认为新时期散文发展到今天,已经面临着一个形和质的飞跃,无论是十七年间形成的'三家'模式,还是现代文学史上的百家手法,都已不够,甚至不能很好地、完全地反映当代人的思考、探索、焦虑、苦闷,传达现代人的复杂情绪与丰富多变的心灵。散文必须在思想上、形式上都有大的新的突破,才能和这个急剧变化的时代相称,和这个时代日益丰富复杂的心灵相称。"因此,她认为散文家应该具有强烈的创造意识,不因循守旧,不墨守成规,广采博收,从 20 世纪丰富绚烂的文学成果中汲取营养,立志在文体上、形式上、语言上创新拓展,创造出真正属于当今时代的"新文体"和"新形式"。①散文家张锐锋从文学史的角度这样认识散文革新的必然性:"从文学史的角度看问题,一切都是正常的。以古代文学为例,诗从四言发展到七言,然后到长短句,不仅是一个字数变化的问题,它涉及诗的一系列美学特点和内在结构的变化,我们必须看到,其中渗透了深刻的质变过程。散文也是如此。它也在变化的过程中不断地呈现自己。如果我们看不到这一点,就意味着创造已经停止了,散文已经变成了只代表过去的木乃伊,我们今天谈论散文也仅仅意味着谈论过去。实际上,散文应该永远是活着的东西,它不仅有过去,有现在,而且有未来。"②以上

---

① 斯妤:《散文需要新的思考、新的活力》,《散文百家》1992 年第 7 期。
② 张锐锋:《自白》,见《新散文九人集》,中国广播电视出版社 2003 年版,第 222 页。

这段话语集中呼应了古典文学观念中的"通变"之说。在几次有关散文的研讨会上，张锐锋还多次强调，过去的散文与读者之间存在着普遍的教育关系，而非审美关系，所以要改变传统散文讲道理的方式，重建其审美品质。而从创作上来考察，从1980年代中后期开始，一批青年散文家就开始创作带有先锋意味的新潮散文，其文体探索集中在艺术手法的多元并举，以及对他种如绘画、音乐、建筑等艺术形式的兼容与借鉴方面。不过从阵容的角度来考察，本次散文探索的方阵中，如果把台港散文家去除之后，大陆方面的参与者在数量上并不算太多，主要有祝勇、王开林、苇岸、张锐锋、冯秋子等作家。其实验的成就也仅仅集中在三部编选的散文集中。而且，若从时间段上来审视的话，其持续的过程也仅仅集中于1980年代后期和1990年代初期这几年的光阴，所以无论从覆盖面、影响的深度还是实践成果来看，这一次新潮散文的崛起皆难以称得上是一次大规模的散文革新运动，只能看作是散文变革的先声。

　　1990年代，随着意识形态的松懈和淡化，市场经济的高歌猛进，整个中国文学的思想文化语境与以前相比，发生了翻天覆地的变化。散文迅速地由冷变热，文化散文、大散文、学者散文、思想随笔、女性散文、新散文等争相登场，建构了多元的阅读空间和数量庞大的消费市场。这在文学不断边缘化与泛化的整体背景下，显得尤为出众，因此，吴秉杰称1990年代是一个"散文时代"。散文家韩小蕙形容这次散文热为"太阳对着散文微笑"。

散文的繁荣持续至今大约有二十个年头，但仔细考量这次热潮所发生的"场域"就会发现，并非因散文文体的突破和散文理论的建树有多么卓然之故，而是时代契机和散文话语策略调整之因素，使得散文这一文类切合了众多读者的胃口。这样一来，散文表面的强化是以自身的弱化为代价换取而得来的，比如说，散文由原来的意识形态的整合与训导走向了对大众的迎合，由原来的僵硬姿态转向了如今的深度软化。散文经过多年的困顿之后终于有机会去除了身上的镣铐，然而令人遗憾的是，它在今天又迅速被戴上了"市场化"这一镣铐，这一现象确实值得深思。散文热的另一面是散文的泛滥化，面对日益高涨的"文化化"与"世俗化"倾向，散文的原创力正走向萎缩，商品化与模式化再度挤压了散文话语转型的空间，新散文的文体革新和探索正是在如此背景下产生的。

新散文现象，发轫于1990年代末期，至今业已十几个年头，其先锋性、探索性、实验性逐渐得到散文界的注目和认可，当然也因其前卫姿态招致了一些学者的质疑。其代表作家有祝勇、张锐锋、周晓枫、格致、宁肯、庞培、钟鸣等，他们的反叛发轫于对过去散文的地位和写作模式的不满，试图重新建构散文的审美品格，其探索方向主要集中在对传统散文文体的冲毁、超越与重建之上，他们以特立独行的话语方式和多向度的精神追求也许预示着一场较之诗歌小说迟来的文体革命。新散文的写作者们不满于新时期以来传统散文这个"常量"给散文文体带来的束缚和禁锢，着力于对"变量"的探索，把散文当作一种创造性的文本经营，而不仅仅是记事、传达思想的工具。在艺术表现上新散文作家们呈现出自觉的开放姿态,锐意实验,像诗歌和小说一样不排斥任何可能的表现手段,并试图建立自己的艺术品位。其探索姿态和先锋意识,使散文有了更有力的表现手法和更广阔的艺术空间。

作为一种文学现象,新散文的出现并非偶然,它是1980年代中期以来"艺术散文""新生代散文"等创作潮流的延续和伸展。立足于1990年代散文热的大背景和思想文化界"去中心化"的社会基本语境,是散文界努力"恢复个性"的集中体现,在这一点上,也与五四散文传统遥遥相应。在具体实践中,他们致力于重新确立散文的话语秩序,在文本的叙述姿态和语言创新上走得很远,某种程度上具有拓荒的文学史意义。并在多个层面上对传统散文文体形成挑战和冲破的局面,新散文诸作家有着自觉的文体探索意识,个别作家甚至走得非常遥远。

散文文体自身的开放性与多元性,为新散文的文体探索奠定了理论基础,而新的思想文化语境又为散文的求新求变提供了相应的社会基础。新散文的文体探索体现在创作实践中则是多层次的,具体表现在:其一是跨文体写作方式,新散文写作兼容了小说、诗歌的质素,呈现出一种开放的姿态。这种写作方式的敞开恰恰表征了散文自由写作的本体特征;其二是新散文在体制上的突破,众多长篇散文的出现,改变了传统散文"短、小、轻"的弱小格局,提升了散文的气象和境界。几万字甚至几十万字的散文作品在新散文写作中集中登场,不仅跨度很大,更重要的是,题材方面也从个人情感处突围开来,延伸到历史、人文、记忆、集体叙事的疆域;其三是消解了传统散文的真实观,融入想象与虚构的品格，使散文的表现力有进一步的拓展，文本内部的张力也得到扩大；其四是对散文抒情的纠偏，调整了散文的描述方式，把叙述推到散文描写的前台，在叙述的推进上，新散文作家普遍采取了底层叙事的视角，让写作回到大地之上，用生活或历史本身的复杂逻辑去构筑作品，在某种程度上，重建了散文的审美个性；其五是新散文采取了物象并置的结构方式，新散文文本在结构上的充分敞开，人们已很难用主题学的研究来探察文本，他们并置式的营构使散文在各个角度上向世界敞开，这无疑增加了散文在结构上的自由性和包容性；其六是个人性话语秩序的建立，突出了散文文体对个体性的倚重，让语言回到事物本身，致力于恢复散文话语的活力，冲破既有的散文语言的编码秩序，借助隐喻手法充分发挥词语的能指功能。并充分调动散文话语的内在感觉化，发掘语言的质感，追求语言的陌生化功能。总之，新散文文体探索对当代散文写作形成了一次不小的冲击，其鲜明的主体性色彩及新颖的散文文本的营构对旧有的散文观念也形成了巨大的挑战，留给读者和散文研究者很大的思考空间。

二、概念辨析

源于对先锋性、探索性、实验性的强调，新散文运动特意使用了"新散文"这一概念标签，以示与散文传统即十七年散文和1980年代散文的决裂。而作为概念的使用，"新散文"的运用可以上溯到白话文学初期。周作人首次使用了这一术语予以证明白话散文的合法性，同时也用来区别新旧散文不同的话语体系和审美表达。他在编纂《中国新文学大系》时强调:"新散文的发达成功有两重的因缘,一是外援,一是内应。外援即是西洋的科学哲学与文学上的新思想之影响,内应即是历史的言志派文艺运动之复兴。假如没有历史的基础,这成功不会这样容易,但假如没有外来思想的加入,即使成功了也没有新生命,不会站得住。"[1]由此看来,周作人使用"新散文"这一概念借以表达一种新的文学史观,对应的实际上为他所倡导的"美文"概念。这一时期,散文从语言载体到思想内容皆产生了代变,白话散文迅速崛起,并在20世纪20、30年代迎来了第一个高峰期,进而打破了白话文不能做美文的迷信。因此,周作人所使用的这一术语并无特别的含义,仅仅用来指称散文领域迭代转型的情况,后来,郁达夫、朱自清在接续《中国新文学大系》散文卷的编纂工作之际,就没有继续使用"新散文"这一概念。

"新散文"这一概念的再次使用则后推到1980年代后期。1989年,李孝华所写的《新散文的审美特征和成因》一文发表于《散文》杂志第2期,以"新散文"这一提法指认前面两三年,散文界出现的一些在艺术手法、主题表达上有所突破的作品。而随着新潮散文在1980年代中后期的涌现,附着其上的各种命名五花八门,"新散文"就是其中的命名之一,《文学评论》1993年第1期刊发了秦晋的《新散文现象和散文新观念》,所分析的就是新潮散文。再后来,学界使用了"新生代散文"的概念取消了

---

[1] 周作人:《中国新文学大系·散文一集》,上海良友图书印刷公司1935年版,导言,第10页。

命名混乱的情况，专指新潮散文。2006年，段建军、李伟合著的《新散文思维》出版，两位作者在梳理散文史之际，将新时期散文统称为"新散文"，并指认巴金的《随想录》，余秋雨的《文化苦旅》，这两部散文集为"新散文"的代表作，以此与十七年三大家散文相区别。

  以上关于"新散文"的命名或者提法，提出者皆未对何谓"新散文"给出界说，也未对概念内涵和外延加以论证，故缺乏本体论意义上的建构，概念的使用基本上在约定俗成的范围内。真正为这一概念注入新质，并充分阐释，以使"新散文"的命名获得理论上独立，要归功于新散文运动对这一概念的立法与阐释。1998年，云南的《大家》杂志有意识有目的地做了选题策划，并于第1期开辟"新散文"专栏，明确了"注重散文文体的自觉探索，注重审美经验的独到发现的写法"这样的宗旨。"新散文"的概念被隆重推出，集中刊发了张锐锋《世界的形象》、庞培《旋律与对位》、于坚《翠湖记》、宁肯《沉默的彼岸》、马莉《思想与细语》等作品。同一期，还配发了编者的按语，内容如下："模式和模式所带来的文本流行，导致的是散文创作的千篇一律和文本意义的普遍丧失。当松懈的创作者们依然沉溺于消费性散文创作的繁荣的虚假中时，诗人身份的张锐锋、庞培、于坚、钟鸣等人开始了他们对散文文体的自觉探索。一种'新散文'的创作现象正在形成。对这种'新散文'现象该如何评说？作为一种探索性的文体形式，'新散文'具有怎样的特点？它和传统散文的差别何在？'新散文'是否具有一种明确的文体界限？等等，都需要理论界思考、分析。"

部分学者著文对"新散文"的内涵专门加以阐发,陈慧指出,之所以使用这一概念,源于对散文场域内新的集体性语体转向的概括和描述,如果说传统散文重视"工具性"的话,那么新散文作家们基于个性化的表达将散文写作引入一种创造性的装置中。因此,"新散文"的探索性意义就在于"抛却了先于文体和文化的种种成见,探索着散文写作的多种可能,使写作真正成了一种对文学的实践法则进行思考的永远开放的陈述活动,提示着写作的真正自由"①。与作品推介同期跟进的还有,刊物于这一年开展了"新散文"专题讨论,推出的讨论文章有程光炜的《怀旧、伤痛与童年记忆:评庞培、张锐锋的新散文》、李森的《文本中的时间之谜:张锐锋的"新散文"》、老昭的《迷失在时间的交叉小径》、陈慧的《新散文:写作中的散文》、施战军的《新散文的艺术视域》等。这些批评文章一方面对新散文文本展开阐释,另一方面也论述了"新散文"概念的内涵和基本特性。作为标志性事件,《大家》推出的新散文作品序列客观上搅动了散文的话语场,为散文写作注入了新变,同时也推动了"新散文"概念的确立。

作为先声,如果说"新生代散文"致力于重构散文的话语秩序,却因个体的差异导致了艺术探索的不完整性,那么,新散文运动的参与者则在探索步调上显得更为统一,其力度与取得的成果也相应地远远高于"新生代散文"的文体实验。作为一种整体性的推进,"新散文"概念在后续过程中进一步拓展,并演化为

---

① 陈慧:《新散文:写作中的散文》,《大家》1998年第2期。

新生的散文思潮。《大家》之后，一些重要的刊物如《人民文学》《天涯》《山花》《作家》《十月》等也加入推介新散文作品的阵营中。主题性图书随之推向市场，如"深呼吸散文丛书"就收录了周晓枫、张锐锋、宁肯、庞培、钟鸣、祝勇这几位新散文代表作家的作品。南帆、周晓枫主编了《7个人的背叛——冲击传统散文的声音》一书，收录了格致、朝阳、方希、吕不、刘春、雷平阳、黑陶这七位散文作者的作品，由人民文学出版社推出。持续时间较长且影响较大的则是由韩忠良、祝勇主编的《布老虎散文》书系，不间断地推出新散文作品，此外，祝勇还主编了《一个人的排行榜》《新散文九人集》这些主题鲜明的图书。这一时期，论坛写作方兴未艾，为诸多民间的作者提供了更广阔的平台，新散文、大散文、原散文、散文中国等网站，成为专业作家与民间作者竞技的舞台。尤其是新散文网站，持续存在了近十年的时间，将探索散文写作的多重可能性作为口号，试图将散文写作的边界无限推远，成为吸纳新散文写作新生力量的重要平台，当下散文的中坚力量，有一多半皆曾游历于新散文网站，如江子、范晓波、黑陶、宁肯、格致、蒋蓝等人。网站创办人马明博依托传统媒介，分别于2003年和2005年编选了两部散文集，《新散文十五家》与《新散文百人百篇》，将"新散文"的标识高高悬挂。

2002年，祝勇写出了长达一万五千字的论文《散文：无法回避的革命》，从正面建构"新散文"理论体系，这篇文章也可视作新散文运动的理论宣言，标志着新散文由创作层面向着理论自觉转移。2004年，新风格散文研讨会在北京召开，新散文的代表作家们纷纷建言，张锐锋总结散文传统的得失，认为过去的散文往往包含了强烈的宣教意识，作家与读者之间是一种教育和被教育的关系，而新散文则致力于营造平等主体的对话关系，由过去的教育关系转向审美关系的建设。周晓枫则明确指出，新散文是不断被更迭的概念。不是新散文会成为潮流，而是求新、求变、求丰富一直是潮流和趋势，任何文学都是这样。随着新散文新人新作的不断涌现，相关理论探讨与研究也在及时跟进。当代散文研究的知名人物孙绍振对这一创作新潮大体持肯定的态度，在其论著中提出了广义新散文与狭义新散文的划分。其中，广义新散文作家群体包括新生代散文作家与新散文作家，而狭义新散文作家群体则专指新散文作家。评论家吴义勤主编的《中国当代文学五十年》作为文学史教材，也吸收了新散文探索的成果，其中辟出一节讨论新散文运动及作家作品。

　　如前所述，1990年代流行的散文概念的命名方式，或者出自题材内容，或者指向性别身份，相对简单草率，后续的理论归类处于缺位状态。而"新散文"的命名方式更多地指向散文文本内部，概念的形成也是在批评、创作实践、媒介推举多方力量的整合下形成的，这一点，与1990年代的命名方式有根本的区别。与这一概念契合的地方在于，新散文在文体上的新变动摇了传统散文的话语秩序，内质上的焕然一新也提供了有力的逻辑支撑。祝勇曾经指出，在'散文'前面加上一个'新'字，不仅是想强调时间的意义，更强调观念的区别，这句话较为符合客观的实际。笔者曾在一篇文章中总结道："作为一种文学现象，'新散文'的出现并非偶然，它是80年代中期以来'艺术散文''新生代散文'等创作潮流的延续和伸展。立足于 90 年代散文热的大背景和思想文化界'去中心化'的社会基本语境，是散文界努力恢复个性的集中体现，在这一点上，也与五四散文传统遥相呼应。在具体实践中，他们致力于重新确立散文的话语秩序，在文本的叙述姿态和语言创新上走得很远，某种程度上具有拓荒的文学史意义。并在多个层面上对传统散文文体形成挑战和冲破的局面，新散文诸作家有着自觉的文体探索意识，个别作家甚至走得非常遥远，显得异常'前卫'和'先锋'，自然也引起了散文界的侧目。毫无疑问，'新散文'在文体探索上留下了太深的脚印，这对散文文体的拓宽以及由之而来的对散文内在精神的重新审视方面，提供了许多宝贵的启示。"①

三、新散文的理论场域

进入 21 世纪之后，散文思潮的弱化构成了文学思潮整体趋于弱性的一种表征。近二十年来所产生的两个散文思潮，新散文运动与在场主义，所呈现出的弱性内容虽然不一，但在理论伸张的自洽性上，在思潮的铺展面和持续性上，皆存在某种本然的缺失。2019 年 3 月，"新散文二十年"座谈会在北京召开，一批重量级新散文作家聚首于北京第二外国语学院，张锐锋在会上做了"文学大坐标上的新散文"的主题发言，祝勇写出了《"新散文"

---

① 参见本人的论文《新散文概念的落定：从新生代散文到新散文》，载于《学理论》2009 年第 16 期。

何以活力不衰》这样的总结性文章。

经历了二十年的震荡，重新梳理新散文运动的起起落落，该如何对这一散文思潮做出整体性的判断，又该怎样去考辨其理论标举的得失，如何去理解新散文的"新"，作为一个理论课题，摆在散文研究者的桌面上，等待着理性的回应和钩沉。

《大家》杂志打出"新散文"的旗号，虽然也配发了编者按语以及跟进了一些批评文章，但仅仅是解决了概念的确立的问题。所谓观念的新指的是什么？新散文的文体探索又体现在哪些层面？新散文的审美指向包含哪些内容？等等，这些基本的理论架构是在 21 世纪初，经过祝勇的集中阐发方得以初步成型。考察"新散文"的理论内涵，祝勇写于 2002 年的《散文：无法回避的革命》为不可绕过的理论文本。尽管新散文的一些代表作家针对新散文的处理方式有过观点的表达，然而毕竟是局部的、细节上的。而祝勇本人在其后继续通过访谈、著文的形式为新散文的合法性辩护，终究属于修补性质的工作，理论表达的充分性，2002 年所写的这篇文章堪称典型。

《散文：无法回避的革命》由两个部分组成，第一部分主要为对处于依附性的散文历史与现状的批判，集中于散文以独立性的丧失换取对体制的迎合上；第二部分阐述新散文为散文写作提供的变数，并列出对应的几个指标，论证了新散文不同于"体制散文"的新的质素。文章的开头，祝勇对于操控文学史写作与散文选本的话语拥有者表达了强烈的不满，在他看来，正是因为他们对大众需求的迎合，造成了具备先锋性、独立性的文本被遮蔽的事实。基于先锋性的话语策略，祝勇以激进的话语姿态将散文观念的滞后与文体的僵化归因于"体制"的存在上,将"体制"视为"散文背后的手"①。对于"体制"的存在,他做了进一步的细分,具体包括:一是权力体制,政治权力话语作为最活跃的社会力量,对于偏离常规的文学写作始终起着规训的作用,在20世纪后半叶的散文创作上,体现得尤其明显;二是文学体制,文学体制的存在是权力体制在文学领域内的伸展和延续,掌握话语权的人很容易染指门槛较低的散文写作,或者横加评议,或者直接涉足创作中,利用身份地位获取名誉。祝勇以"政治家散文""学者散文""艺术家散文"这些标识为例,指出这样一个事实,"散文发表和传播的主要渠道都把持在一些重视身份轻蔑艺术的人手中……至少他们的趣味在一定程度上干预了散文的方向"②。言外之意,散文被外部因素过度影响,导致了失位的现象,只有回到散文内部,才有革新的可能;三是市场体制,指的是正在兴起的大众文化体系,这一体系以流行与否为评价指标,进而隔断了超拔之作的问世之路。他甚至断言,几乎所有的畅销散文,在艺术性皆无可取之处,散文创作应该有一种抵抗的精神,以免被大众文化淹没;四是技术体制,所谓技术体制既非本雅明所批判的机械复制时代,也不是海德格尔对工业技术崇拜的反思性内容,1990年代至今,思想文化界对流行的技术主义、物质主义、消费主义皆展开了反思和批判,以上三种,也构成了工业化社会的基本病灶。祝勇所言的技术体制,

---

① 祝勇:《散文:无法回避的革命》,见《一个人的排行榜》,春风文艺出版社2003年版,第322页。
② 同上注,第323页。

主要指文学史业已形成并根深蒂固的艺术处理方式,即陈旧的表述体制依然对当代散文形成规约作用,而支撑这一表述体制的主要内容有两个,唐宋散文的文以载道和明清小品的性灵闲适。中国当代散文并没有建立起新的话语体系,仍然在陈旧的表述体系中打转。

通过对体制的规训力量的分析,祝勇将当代散文五十年来的创作装进一个笼子,并以"体制散文"命名之。在他看来,所谓"体制散文"是指"它们更多地表现出附庸性,是以庸众的价值代替文学自身的去向,用利益权衡取代文学规律"[①]。并认为形制的一致使得散文放弃了文体的自觉和超越性之路,在此基础上,他检点了中国散文史传统的惯性作用,将杜牧的《阿房宫赋》,范仲淹的《岳阳楼记》,杨朔的《荔枝蜜》,皆归于曲终奏雅的模式化写作之路。并将批评的锋芒一直延伸到余秋雨的文化大散文上,认为他在散文作品中采用的三突出的叙述方式与主题升华的惯用招数,与杨朔模式并没有本质上的区别。最后,他总结道:"而在这所有特性之上,个体性是最关键的一环,散文首先尊重的便是个体的情感和价值。个体与内心世界的错综复杂,又使表达呈现出极强的不确定性……"[②]

祝勇对散文传统的梳理建立于散文业已丧失了艺术标准的认知上,这也是他提出散文必须革命的前提。体制的四个层级构成了散文的"定数",使得散文场域存在三个致命的问题,即"体

---

① 祝勇:《散文:无法回避的革命》,见《一个人的排行榜》,春风文艺出版社2003年版,第327页。
② 同上注,第330页。

制"对散文文体的钳制,真实灵魂的消隐以及既定的艺术处理方式对散文话语表达的制约。解决了对散文史传统的清障工作之后,祝勇将理论陈述转移到"新散文"在文体上给予当代散文提供的"变数"上来。如同前例,他也列出了几项指标,以证明"新散文"的实践所带来的革命性变化。具体如下:一是长度,古典散文竹简精神的养成与书写工具的制约有很大关系,新散文在长度上的拉伸意味着容量的增大,有利于表达现代人丰富的内心经验。二是虚构,对散文真实性的质疑与颠覆,新散文的文体实验无疑行进得最为深远,基于历史与记忆甚至是当下的"真实"的不可靠性,文学真实性的鉴别无法采取科学论证的方式,而应该凭借情感和想象,因此,祝勇提出以"真诚原则"替代原有的"真实原则"。在"真诚原则"的前提下,散文文本可以纳入想象与虚构的因素。三是审美,"体制散文"的表达,往往经过公共语言的消毒,它们会追求美感形式,而非审美自身。新散文力避优雅、情趣、崇高这些泛道德化的审美范畴,通过痛感的书写形式来书写苦难,以表面上的"审丑"抵达真正的审美。四是语感,"体制散文"的框架内,词语间的关系被单线条所统摄,词语的自由组合被破坏,意义空间的生成也必然受限。新散文则致力于对词语活力的恢复,"散文语感的提升方法绝不在于生僻词语的运用,关键在于词义的开发和组合方式的寻找,使语言走到'公共词汇的人迹罕至之处'"[①]。因此,引入诗歌的话语机制

[①] 祝勇:《散文:无法回避的革命》,见《一个人的排行榜》,春风文艺出版社2003年版,第335页。

是有必要的。五是立场，传统散文观中，真、善、美为先行的观念，必然要求散文短小真实、浅白易懂，易于导致主题先行的发生。新散文需要回到自身立场的张扬上，主题表达不再受限，形成去中心主题化的写作范式，使得局部的主题在文本中有无限多的可能性。

  以上两个方面的陈述，构成了新散文基本的理论宣言内容。立场的反叛，极端主义的话语表达，非此即彼的二元思维对立模式，使得祝勇的新散文理论建构打上理论冒险的印记。这种不破不立的理论勇气类似于五四诸贤为确立白话文的地位而展开的对古典文统尤其是桐城派的清算工作。如果放在新时期文学观念的演变史中来考察，"新散文"的理论标举实际上是承续了小说领域内的先锋文学，诗歌领域内的非非主义、口语诗运动，话剧领域内的实验话剧这些不同文体的观念重置或者"革命"的举动，只不过，源于散文文体的保守，其理论呈现只是在时间上有所后延而已。在系列实验性的文学思潮发生过程中，"矫枉必须过正"的话语呈现方式是一致的，"新散文"的理论声张也不例外。不单是实现去政治化或者回到文学自身这样的目标，这些实验性的文学思潮，还有着更深层的考虑，即对接西方当代文学，成为当下世界文学中前卫的一部分。谢有顺曾经说过："先锋并不只代表艺术的前卫性，它更重要的是指精神上站在时代最前列的人，先锋不仅是艺术的，更是精神的，他们是一些有勇气在存在的冲突中为存在命名的人。"[①] 从新散文运动的发展进程来看，存在实

---

① 谢有顺：《先锋就是自由》，山东文艺出版社2004年版，第75页。

践在前理论在后的情况。因此，尽管祝勇的话语姿态偏离于常规，一方面，新散文在文体上的探索为其理论表达提供了充分的证据；另一方面，这种革命性的理论话语表达也照应了文学史的某种必然要求，与1990年代理论话语的直接移植的方式还是有着很大的区别，其理论主张的鲜明、话语的独特以及逻辑上的自成系统，在新世纪散文理论中可谓独树一帜，其意义应该给以充分肯定。

如果要谈到"新散文"理论建构的缺陷，最大的地方其实并不在于情绪化的表达上，而在于学理性的欠缺上。祝勇并非出身学院派的专家学者，也不是理论研究者，在学理的呈现上，相关"新散文"的理论陈述带有天然的局限性。学理缺位的重要表现之一就是理论场域的封闭性，人为制造了一个理论自循环的系统。这一系统既不向散文传统敞开，也不向同一时期散文其他体式敞开，与新散文无关的散文创作，统统归于"体制散文"并展开批判。这种绝对化的倾向是不符合文学史实际的。因为"体制散文"是否存在尚是一个问题，为了攻取理论的"山头"，向着一个虚空的目标集中炮击，这种设定假想敌的方式与学理性无疑产生了抵牾。散文创作并非两极化存在，1990年代以来散文场域多元景观的境况被祝勇有意识地忽略了。在论证新散文提供的文体变数的指标上，多次征引诗人的诗句作为理论备注，诗人的先锋性的表达往往具备"此时此地"的特性，很多时候，无法构成文学的准则加以通用。论证过程也失之于简单，每一项指标下，大多缺乏足够的文本作为论据，以验证其合法性。其次，二元对立的思维模式的存在也消解了"新散文"理论建构的生命力。祝勇在他的散文作品《劫数难逃》中曾自行做出反思,"这种简单的两极对峙,使我的大脑一开始就处于二维状态,这种非此即彼的认知模式应当说是一种先天不足,我至今还在为这份债务偿付着利息"。"体制散文"与"新散文"的两极设定尤其明显,也非常容易引起他人的非议。最后,"新散文"的理论建构还缺乏必要的沉淀,进而导致了对新散文文体探索内容的总结不够全面。或者可以这样说,祝勇所列出的五个指标还存在虚化的情况,诸如长度这个特征,非新散文所专擅,历史散文与思想随笔两种体式皆在散文的长度上有明显的突破,此外,上万字的叙事散文在最近几年的刊物上比比皆是,但它们不一定就是新散文。就虚构而言,周晓枫确实堪为代表,格致的部分作品也吸纳了虚构的手法,但在虚构上,走得最远的是甘肃散文家杨永康。而审美和语感上的个性化,恪守小品文传统的冯杰亦是个性鲜明。审美与个性的回归对于新世纪散文来说,乃主潮所在。就新散文文体探索的成绩而言,具体表现在如下几个方面:其一,跨文体的写作范式的确立,在对其他文体要素的吸收和化用方面,新散文的探索力度要远远超过新生代散文,祝勇的《旧宫殿》与张锐锋作品即为范例;其二,并置性结构彻底突破了"一事一议"的扁平式结构;其三,多重主题的设置,使得新散文文本趋于多义性;其四,大量的场景叙事的融汇,推动了新世纪散文叙事的整体转向,并居首功;其五,个性化的表达更为鲜明和充分,在对公共语言体系的警惕上立场一致,各自采取了差异性的选择。以上五个方面,基本涵盖了新散文对散文文体的超越性阈域。

《散文:无法回避的革命》之后,祝勇又写了一些为新散文张目的批评文章,如《我们对散文仍然很陌生》《散文的恐慌》《散文的新与变》等,学理欠缺的问题没有得到改善,而在论述的完整性、逻辑的严谨性上,皆弱于这一篇长文。因此,提及新散文的理论建设,这篇文章几乎成了孤本。从这个意义而言,新散文依然未能摆脱新时期以来散文理论场域难以深化的惯性弊端。2006年随着在场主义的崛起,新散文运动逐渐式微,丛书的停滞,刊物的停止跟进,即为表征。

四、后续的争鸣

新散文运动深入过程中,因理论标举的越界而显得标新立异,引起了一场争论。不过,相关"新散文"的理论争鸣呈现出两个特点,一是持续时间较短,主要集中在2006前后,随着新散文运动后续的式微,争鸣话语自动终结;二是范围和规模远远比不上此前的争论焦点,参与的学者也并不多,争鸣场域也仅限于几个媒介。在这场争鸣中,除了祝勇之外,其他新散文作家皆保持了沉默。因此,话语场所掀起的波澜比较有限。

争鸣首先由当代散文研究界的代表性人物陈剑晖所发起,他在2006年5月13日的《羊城晚报》上刊发了《新散文:是散文的革命还是散文的毒药?》一文,从多个层面批评新散文文体探索的误区。报纸又后续跟进,在同一月,刊发了林炜娜的《为新散文澄清概念》,佃国春的《新散文写了什么》,庄航的《新散文是自由的舞者》,以及祝勇的回应文章《为"新散文"背上的三宗罪辩护》。上述文章立场各不相同,审美判断有针锋相对的指向。报纸的评论文章往往受限于篇幅,学理性和逻辑论证皆有其局限性,因此,集中于《羊城晚报》上的争鸣,虽然引起了散文界的侧目,但影响毕竟有限。后来,陈剑晖进一步丰富了自己的思考,在《文艺争鸣》上发表《新散文往哪里革命?》一文,深化对新散文的批评。此次争鸣的过程中,还有一个小插曲的存在,即孙仁歌于2007年著文《"新散文"是一朵正在凋谢的玫瑰》,所取题目甚大,实际内容却是与张守仁编辑商榷,批评其选发了一批文体形式"怪异"作品,对新散文运动并没有展开整体性的梳理,仅仅针对格致散文的虚构性展开批判。通读这篇文章,可见作者观念的保守和滞后,更关键的是,作为一篇学术文章,整体思路被自我情绪所左右,因此,其观照意义并不大。

  陈剑晖的批评既针对祝勇的"新散文"理论宣言的疏漏,又针对新散文写作实践中暴露出来的问题。其批评主要集中于三个方面:一是认为祝勇"体制散文"的归类过于粗暴武断,是一种霸权话语的体现,他指出,体制的内外并不能决定人性和道德水平的高低,更无法保证文学的优劣。二是认为新散文的个性化写作已经越界,走到了"伪劣个性"的地步。陈剑晖首先指出新散文"为个性而个性"的写作范式,使得散文中的个性写作走到了危险的边缘,即私人性的个性表达,这种拒绝社会性的个性化表达不仅趋于自恋,而且破坏了文本真正的审美个性。他以祝勇所赏识的刘春的《简史》为例证,作家笔下的生活场景因为意义被解构,成了丑陋、粗鄙、恶劣个性的集中罗列。在此基础上,他总结道:"在我看来,散文的个性应从两方面来理解:一方面,个性是对自我世界的体验,它忠实于自己的心灵和感受,是个体的感情和人格的自由自在的释放;一方面,个性又联系着社会、时代、历史、大众甚至整个人类。"① 在对个性的理解上,陈剑晖将个性与个体性区分开来,把个性放在社会性的区间内展开考察,其基本思路与白银时代的思想家别尔嘉耶夫相近似。三是指出新散文形式上的标新立异实际上是一种技术主义崇拜的反映。他认为新散文的"文体革命"主要集中在形式的新奇方面,包括词与词的排列呈几何级数增长,诗歌中常用的隐喻和象征手法的挪移,主题上的拆解以获取意义的不确定性等方面。最后他也做出预言,认为新散文虽然热闹,但不可能走远。

陈剑晖的批评话语较为集中,可谓切中肯綮,新散文文体实践中暴露出来的细节沉迷、词语迷恋、伪劣个性的问题确实对这一实验性的散文思潮有着很大的制约,在审美个性上剑走偏锋之举,最终将难以为继。他的批评声音虽然在理论批评界反响并不大,这缘于散文弱势文体的身份地位,但在正勃发的新媒介平台上,比如论坛和博客,引发了广泛的讨论,这也是由新世纪散文理论场域外扩的基本景观所决定的。

2007 年,黄雪敏在《文艺评论》第 2 期上刊发了《论"新散文"文体变革的艺术得失》一文,主要针对新散文的理论建构内容展开批评。她认为祝勇所倡导的"无界限写作"否认了散文文类的特殊性,将会带来文本结构支离破碎的结果,必然会消解掉散文文体的独立地位,如是这般,就走向了反文体的极端。对于

---

① 陈剑晖:《新散文往哪里革命?》,《文艺争鸣》2006 年第 5 期。

新散文的理论架构,她指出其内在的矛盾性和对抗性的思维逻辑,构成了理论缺陷的主要内容。

祝勇回应批评的文章及后续访谈中对自我理论表达的辩护,仍然没有脱掉"凡文学观念革命必然正确"的绝对化立场。而且话语也不够集中,因此,这场关于"新散文"的争鸣最后便无果而终。

总之,百年白话散文史上,尽管多次出现"新散文"的命名,不过,涉及散文的破体、文体的创新、结构模式的突破窠臼等,"新散文"作为文体新概念是在21世纪前后的新散文运动中完成的。也是文学场域内形式实验在最后一个文体上的震荡和回响,在此之前,小说、诗歌、戏剧皆完成了技术和观念层面上的革故鼎新,由某种封闭的状态走向敞开,汇入世界文学的交响乐之中。如果以逆向思维加以考察,也足以说明散文文体的保守,足以验证散文作为一种弱势文体的特性内涵。在论证新散文理论合法性的过程中,一个人独唱的形式,作为载体的单篇或者系列单篇文章,矫枉过正的语言表达,学理性欠缺所导致的逻辑自洽性的丧失,指认创作现实的无力和混乱,凡此种种,构成了新散文理论疏漏的内容。当然,新散文运动后来的落潮及零散化,并非由理论标举的疏漏而来,恰恰相反,其理论生命力的式微,乃散文思潮整体趋于弱性的伴生品。时运交移,质文代变,紧随着新散文运动而崛起的在场主义,在实践和理论层面,遭遇了同样的困局,因此也很快落入窠臼之中,散文的活力及弹跳性,由此可见一斑。

第二节 "在场主义"：理论建构的得失

一、"在场主义"的缘起

21世纪以来的散文场域，在写作实践环节，持续了1990年代兴起的"散文热"局面。参与者甚众且趋于广泛性，非体制化、非职业化的色彩愈发显明，写作体式上，诸多杂语体、微语体不断涌入散文的园地，形成杂花生树的景观。社会结构转型过程中紧—松的基本语境，以及新媒介的迅速更迭，主要指论坛—QQ空间—博客、微博—微信的过渡模式，乃制约上述写作实践的基本因素。随着大众文化的兴起和深入，涉及各种文化载体的读者、观众的争夺战越来越激烈，包括文学在内，这些文化载体的受众如同整个社会结构的格式化一般，逐渐步入固化的模式。而且在文学内部，比如散文诸体式之间，各自的受众群体也经历了分化组合的过程，然后逐渐稳定下来，情感美文、哲理散文是这样，人文、思想随笔是这样，小品文是如此，在场主义也是如此。虽然，其间也存在一定的流动性，但是受众固化的端倪依然清晰可见。就散文思潮、流派的形成而言，21世纪以来的基本态势则如散漫的滩涂，缺少明显的凸起部，可以就此指认思潮、流派的客观存在。新散文运动作为跨世纪的散文现象在2006年左右步入落潮期，后续理论的空档，代表性作家的分流与认同感的薄弱，同仁刊物的缺失，从根本上制约了这一运动向着思潮、流派的深化与完成。新媒体散文的口号也仅仅是偶尔见诸报刊，未成雏形，业已烟消云散。细数下来，唯"在场主义"风头强劲，纵深度与不同的剖面因素兼具，不过，至于是否越过现象层面，业已抵达思潮、流派的完成，尚需要进一步的观察。

"在场主义"的先声为2005年在四川眉山召开的以新散文批判为主题的笔会。经过进一步的酝酿和准备，2008年3月8日，周闻道、周伦佑等十八位散文写作者，联名在天涯社区发表了《散文：在场主义宣言》，正式打出"在场主义的口号"，倡导散文的无遮蔽性、敞亮性、本真性。2010年5月5日，散文界奖金额度最高、拥有强大评委阵容的在场主义散文奖，由在场主义创始人、散文家周闻道和企业家李玉祥联手发起，于北京正式设立。再之后，《在场》杂志创刊，在场主义专题网站得以建设。迄今为止，在场主义散文奖已经举办了六届，相关的理论建构文章也陆续推出，《文艺报》《文学报》等报刊陆续推出专版介绍"在场主义"，为批评与争鸣提供话语场地。此后的理论演变过程中，"在场""去弊""散文性"成为"在场主义"的三个关键词。作为一个散文界的自发性话语运动，"在场主义"从提出到今天，已经接近十年光阴。从文学运动—文学思潮、流派的演化规律来看，有几个因素明显区别于文学传统。首先，这场运动的理论宣言并非诉诸刊物或报纸，而是寄托于新媒介语境下文学论坛这一新兴载体之上；其次，诸多文学流派、思潮是在文学史化过程中被后世追认的结果，而"在场主义"则主动宣称自己是当代文学进程中第一个自觉形成的散文流派，激昂、悲壮的语调背后,则为散文文体不断弱化,散文话语被全面压制的尴尬现实;最后,这一散文运动在越过地域性框架,超越单一载体,向着"全国性"层面进军的主要力量,并非依靠作家作品的途径获得认同,而是通过奖项活动的覆盖面、话语场效应取得反响。

考察"在场主义"运动的基本轨迹,有两个焦点问题亟需解决。一个是广受质疑的代表性作家、作品问题,仅仅依靠理论指导写作,或者理论照耀写作则很难解决这个难题,需要写作主体的高度自觉,才能够找到准确的契合点。另一个则是理论建构的模糊性问题,针对"在场主义"的理论建设,范培松曾撰文指出:"经历了历年在场主义散文的评奖,人们也有颇多的疑惑,许多理论问题也就浮现了。虽然,在场主义散文有明确的理论主张,但是实际的评奖结果对在场主义散文理论似乎体现得不够鲜明,缺乏理论的自觉,评奖的对象没有'在场主义'的限制,当年有影响有特色的散文作品全部在列,在场主义散文的印记不鲜明,和其他散文难以区别开来,在场主义散文评奖渐渐蜕变成一般意义的散文评奖。……在场主义散文的流派形成还有很艰巨的工作要做。而当务之急,在我看来,在场主义散文理论建设显得尤为突出了。"[①] 相关的理论争鸣中,针对"散文性"是否合乎情理的问题,争议甚大。周伦佑作为"在场主义"理论的主要建构者,曾著长文阐发"散文性"的基本内涵,何谓"散文性"?在他看来,所谓"先秦散文"和"广义散文"的概念皆为谬误,并提出

---

① 范培松:《浅析在场主义散文理论的三个问题》,《文学报》2014年2月19日。

散文应该具有的四大标准分别为"非主题性""非完整性""非结构性"和"非体制性"。① 具体地说就是"随意""片断经验""散漫""发散"和"自由表达",而最终极的追求应该是思想上的自由。针对周伦佑的理论伸张,在散文研究方面卓有建树的陈剑晖著文加以批判,系统反驳"散文性"这一提法。②

撇开"先秦散文""广义散文"并非散文的文体概念而不言,"散文性"能否独立出来,根据白话散文理论的发展脉络来看,尚缺乏必要的逻辑支撑。一方面,如果将"散文性"当作"在场主义"散文的文体特征,那么,"在场""去蔽"与"散文性"之间并列关系是否能够成立?"散文性"是否为"在场主义"作品所独有?在周闻道、周伦佑关于"散文性"的理论建构过程中,皆语焉不详;另一方面,如果将"散文性"视为当代汉语散文流变过程中的一个根本特性,从而与诗歌、小说等其他文体,与传统散文及白话散文区别开来,是否具备理论的自洽性,则多有存疑。提及戏剧这个文体,或许人们会阐发间离化、冲突性,然而戏剧性作为文体总特征是不能够成立的。提及小说这个文体,则涉及故事、情节、人物、结构等要素的归纳,"小说性"这一提法尚未见之于世。对于诗歌而言,"诗性"这个提法是存在的,但"诗性"非诗歌这一文体所独有,乃一切优秀作品所具备的精神特性。总而言之,抛开文学性、审美现代性这些总体性理论命题,"散文性"的存在在理论指向上是模糊的,在内在逻辑演绎

---

① 周伦佑:《散文观念:推倒或重建》,《红岩》2008 年第 3 期。
② 陈剑晖:《巴比伦塔与散文的推倒重建——驳周伦佑的〈散文观念:推倒或重建〉》,《文艺争鸣》2009 年第 6 期。

上则趋于某种自我断裂。

"在场主义"的理论建构尽管存在一些问题，比如粗放性问题，逻辑推理不够严谨的问题，但就新时期以来散文理论建设长期偏弱的局面来说，"在场""去蔽"这些概念的提出，一方面，触及散文界长期悬而未决的散文主体性问题，散文理论建构的聚焦由文体边界问题，由作品风格特性问题，转向认知主体、实践主体的统一问题之上；另一方面，其初具规模的话语场效应，对于推动批评界对散文文体的关注与争鸣，对于散文创作实践中解决谁来写和怎么写的问题，皆有建设性的意义。

二、"在场主义"的核心理论概念

"在场"概念首次进入当代散文场域，还要从"新散文运动"说起。在纠偏抒情传统的过程中，"新散文"的文本实验有着明显的叙事转向，即以叙事为主体，取代国家主义的抒情模式或者个人情思传达的抒情模式。出于突出叙事的目的，部分新散文作家非常强调"在场感"，所谓"在场感"指的是笔下事物的冷静呈现，是对日常生活场景的真实还原，既非事物的简单罗列，更不是主体感觉、判断、情绪的覆盖。宁肯在其《虚构的旅行》中谈道："我一再强调状态（在场）与视角，是因为这两个词在散文叙述中非常重要。……散文是一种现场的沉思与表达。散文应该像诗歌那样是现在时，至少是共时的，而不是回忆过去时。"[①] 他

---

① 宁肯：《说吧，西藏》，北京十月文艺出版社2013年版，序言。

的《天湖》《沉默的彼岸》《虚构的旅行》等作品,在叙述上采取了影像语言长镜头推进的形式,作者自己在其中充当一个冷静的凝视者角色。对"在场感"的营造意味着创作主体更多地采取了旁观者的位置,这自然也导致了叙述视角的变化,即第一人称向第三人称叙事的转化。一个可堪玩味的事实为,"在场"这一概念在"新散文"主要理论建构者祝勇、林贤治那里,却处于一种缺位状态。从这个意义上而言,"在场"之于新散文的文本实验,尚局限于叙述视角的丰富以及叙述主体的有效进入这两个因素之上,并未通过归纳进入理论命题的通道。

毋庸置疑,"在场"作为一个散文理论命题的完成,要归功于"在场主义",并逐渐落定为这场散文运动的核心支点。"在场主义"的理论伸张很多时候就从"在场"这一概念入手,在理论渊源上,将其上溯到德国古典哲学那里,而主要对接点在于海德格尔的存在主义哲学及部分现象学成果。"在场主义"在推出理论原点演绎的路线图上,虽然搬出了康德的"物自体",黑格尔的"绝对理念",尼采的"权力意志",歌德的"原现象",笛卡尔的"对象的客观性",以上这些概念,但在笔者的理解,实际上是某种"烟幕弹",其真正用心发掘的是海德格尔为代表的存在主义哲学王国中的"存在"概念,以解决认识论维度上写作主体与写作对象(客体)的浑融与统一问题,而《在场主义宣言》中对"在场"的进一步生发则为"面向事物本身",这个论调的直接理论来路则为现象学中的一个著名论断"回到事情本身"。"面向事物本身"也好,"回到事情本身"也罢,诸如此类说法,皆指向一种方法论。而认识论和方法论的契合,方能够抵达作为本源的

"去弊",即存在的"敞开"状态。毕竟,海德格尔将美视为无弊的真理的一种现身方式。

19世纪以前的西方哲学,真伪二元对立的思维模式,主客二分的认知模式,一直占据主导地位。现象学实现对主客分离的消解之后,关于存在和认识的位置关系的界定与之前相比就发生了一百八十度的反转,人的认识的局限性暴露出来。如何解决存在的困境问题、意义丧失问题?海德格尔的哲学应运而生,他的存在主义可以说是建立在对传统哲学存在这个概念的批判上的。在传统形而上学中,存在被当作一个名词,研究的是各个存在者之间的逻辑关系。而在海德格尔看来,这个对存在的理解是从柏拉图开始,而在前苏格拉底时期,存在有着更为丰富的含义,存在意味着聚集,所以海德格尔说形而上学的历史是对存在遗忘的历史。在他看来,哲学源于惊讶,这个惊讶的东西是有一个最高的存在者,将所有的存在者全部聚集到一起,这个最高的存在者是什么,即形而上学考虑的问题。而在海德格尔看来,不应该只考虑存在者,更应该考虑这些存在者是如何被聚集,如何存在着的。接下来一个重要问题是从何处入手追问存在的意义?对于存在来说,总是存在者的存在,所以必须从存在者入手追问存在的意义。这种存在者能够追问存在并且因为它的存在而使得存在显现出来。这种存在者就是我们向来所是的在者,海德格尔称之为"此在"(Dasein)。"此在"一方面以去存在的方式显现存在,另一方面还具备"向来我属性",即是一个未成定型的、始终面对可能性筹划自身的开放的在者。海德格尔曾使用"林中空地"这个具有象征性的图景加以指认存在、存在者、虚无、敞开这些概念。其中，那片充满阴影与光亮的地方就是作为宇宙的"存在"，形而上学的"存在"，那光亮之地就是人的认识能力可以达到或已经达到的关于"存在"，而处在明处的人，具有认识能力的人就是存在者，此在。而作为人类没有能力认识到，还没有认识到的宇宙存在的暗处，这就是"虚无"，即尚未达到的处于暗处的存在。在暗处的虚无，有一部分是人的认识能力可以达到的，但尚未达到，对于人来说处于遮蔽的状态，而"敞开"就是人对处于遮蔽状态的虚无的认识和揭露，某种程度上说，敞开的虚无就是真理。具有认识能力的处于明暗交错的林中空地的宇宙中的人，就是"此在"，这个概念为能指，而非所指，以此更好地表达出有认识能力的人在存在中动态的存在状态。

通过上述对存在、此在、存在者的理论梳理，再结合"在场主义"关于何谓"在场"的论断。"在场"就是直接呈现在面前的事物，就是"面向事物本身"，就是经验的直接性、无遮蔽性和敞开性。以及周闻道在系列文章和访谈中进一步明确的"在场"内涵，包括他在《在场主义散文中的在场精神》一文中对在场精神的阐发："散文中的在场精神包括五个维度，即在场写作的精神性、介入性、当下性，以及发现性与自由性。"[①] 就此可以判断，"在场主义"中的"在场"概念所对应的恰恰是海德格尔哲学体系中的"此在"概念。"在场"为"此在"中国化的结果。

海德格尔的"此在"观以及后期的语言观的确立，在认识论上，无疑标志着新的认知维度的确立。受其影响的"在场主义"

---

① 周闻道：《在场主义散文中的在场精神》，《四川经济日报》2015年8月24日。

理论所要解决的既是认识论转向问题,也涉及21世纪的散文话语能否实现突围的问题。回首当代汉语散文传统中所确立的基本维度,要么在情感上,要么在家国关怀上,要么在语言诗性上,要么在叙事上。这些维度集中在审美价值判断以及形式载体因素上,主体的精神自觉,即谁来写的问题刻意被忽略。而"在场"的提出,则意味着散文在认识论层面有了明显的转向,即转到认知维度上来,谁来写和怎么写、写什么的问题归并到一起。"在场"意味着写作主体要建立一套新的认知系统,在此系统下,经验、感性、认知三个要素偕同如一,认知越深入,对暗处,对虚无的认识越深入。"知其白则守其黑!"那么,主体对人自身、社会、家国、自然的感知就越靠近真相和诗性的真实。由此可见,此"在场"指向一种写作主体与写作对象相互激发的状态,进而与"新散文"作家笔下的"在场"视角与"在场"姿态有了根本的区别。

三、散文的主体性

"在场主义"理论建构过程中,"在场"意味着肉体、精神、世界的多重在场,"去蔽"则意味着审美的完成。"去蔽"是"在场"的完成式,"去蔽"即敞亮,即本真性的获取。

面向事物自身,通过去除遮蔽获取诗性的真实,获取人和对象(自然、社会、族群)存在的本相。这注定是一条艰难之路。尤其是在当下散文写作的基本生态之下。其中的困难主要表现在以下几个方面:其一,因权力的无界限性所致的话语、观念被全面删改，事实真相被无限延宕问题。即使是在信息时代里，能够对这些携带病菌的话语、观念保持足够的警觉，注定是一件极具考验和风险性巨大的事情；其二，古典诗文与艺术双重浸染下写作者不自觉形成的阴性柔美欣赏心理如何得以克服的问题，切断文化心理同构的要素，转向现代性为标识的心理认知系统，其中大转折的难度，可想而知；其三，回到散文内部的生态系统之上，传统的机构、刊物、奖项依然对散文写作形成根本性的制约，非审美的因素仍然极大地干扰着对散文自身的价值判断。实现对上述因素的超越，取得散文写作的独立性与自由精神，诉诸当下，寥若晨星。

克服上述的困难，单靠勇气以及承受孤独的能力，显然远远不够。这个时候，呼唤散文写作主体的高度精神自觉，就成了某种必然。尤其是"在场精神"中的精神性和自由性的问题，离开了主体的自觉，很容易被虚化。而散文界关于主体的认识，受特定条件的限制，长期以来无力加以陈述。外师造化，中得心源，如何取得其中的心源？这需要主体要具备黑格尔所言的精神完整性的因素，换句通俗的话来说，散文的背后应站着一个大写的人，这就需要人文历史积淀、独立人格、思想启蒙、审美解放等因素的有效整合。众所周知，散文写作的通道多种多样，比如，依赖天赋和才华，当然可以写出优秀的作品，格致的巫性化语言，阿薇木依萝直呈的能力，皆树立了标尺。倚靠灵魂的安静，取得与他者平等的对话关系，同样也可获得侧目，苇岸的散文和新疆李娟的作品就确立了这样的向度。依赖学识与学养的深厚，其中的典型代表为余秋雨。倚靠诗化与陌生化，其中的典型为刘亮程。倚靠学识和洞见，王开岭、林贤治、孙郁、扬之水等则堪为代表。这样的举例可继续铺排下去，关键的问题是，他们的散文作品，是否构成了典型意义上的"在场主义"作品，则是问题的关键之所在。毕竟，按照海德格尔"林间空地"的图景比喻，存在的光亮来自暗处和虚无的被照亮，在文学书写过程中，谁来照亮暗处和虚无？很显然为写作主体，照亮的工作解决之前，则需要指认，而离开了主体的自觉，这种指认工作就难以完成，更谈不上照亮了！从这个意义而言，"在场主义"的理论演绎过程中，"在场"与"去弊"之间嵌入"主体的自觉"就显得尤其必要。具备了主体自觉的因素，在场精神的介入性、发现性、自由性等，方进入一个有效的通道，"去弊"审美品质的获得，方拥有必备的逻辑前提。

"主体性"作为一个热点问题，活跃于1980年代文学、文化的讨论语境之中，其基本指涉则为小说文本。不过，因为理论准备的不足，出现了前现代与现代相杂糅的情况，这也导致了紧接着的1990年代的各种文本实验之中，反主体性的大规模发生。散文的主体性问题，实际上长期被搁置，直到21世纪初，陈剑晖著文讨论散文作家人格主体性问题。借助对文学主体性理论的梳理，他将散文作家人格的主体性定位在创作的个性化、精神独创性、心灵自由化以及生命的本真性的维度上，尤其是生命本真性的因素，在他看来，"生命的本真是一种更深层、更内在的真，因而也是一种真正贴近了主体性的真。因为生命不仅是人的本能、意志的集中体现，生命还具有无限开发的可能性，它是超个人、超主体的充满原始激情的实在"①。个性化、自由精神、独创性这些提法,常常见于其他文体的批评话语之中,而生命的本真性问题对应了海德格尔提及的诗人所承担的"召唤"的使命,在抒情泛滥和伪诗化遍地的现状下,确实有积极的理论意义。回到散文主体性这个问题上,受制于当下文学场域中启蒙思想的尚未结业,个人主体尚未获得精神自立的普遍现实,即对人的尊严的尊重、自我导向与自我发展的确立,未成为制度实践的基石和人们的思想共识之前,主体自觉必然遭遇巨大的现实实现的困境。在《失去象征的世界》中,耿占春将这种主体性缺失的困境命名为"主体性缺失下的主体"。也因此,在散文写作实践中,诸多写作主体将散文的主体精神简单图解为主观意识或者个体性,情感、情绪的泛滥,文体的单薄,由此而发生。实际上,在文本实践中,作者固然离不开对主体的表现,包括对深层秘密心理的表现。但对于作家所要表现的世界来说,这是一种单质的东西,它们只有在和外在生活自然界的客观事物性因素发生联系时,在纳入、同化于作家的意识形态的境界,逐渐融为同质并与之旨趣相合时,才能成为作品观照与表现的对象。

  散文作为一种智慧文体,其对经验的依赖性超过其他文体。而个体的经验,尤其是直接经验毕竟是有限的,这与众人的经验(众人经验的聚集与聚焦是形成智慧的前提)之间无疑构成一种矛盾关系。解决这个矛盾,就需要主体的高度自觉,方能切身地投身于外在世界,这就意味着主体要超越个体性的张扬因素,

---

① 陈剑晖:《论散文作家人格的主体性》,《文艺理论研究》2003年第5期。

将自然、历史、社会当作平等的生命场域,置身其间,照亮共通的生命经验,担负起对存在的发现、追问与反思的使命。行文至此,有必要描述下主体自觉的基本内涵。在散文主体性的框架体系中,实现主体自觉应该具备以下要素,首先是启蒙和自我启蒙,此处的启蒙不仅是思想观念的,也指向审美。在自我启蒙的基础上建构自我人格的完整性,以此摆脱文化因袭过程中的依附性人格。其次是要拥有一颗赤子之心。赤子之心说,老子、孟子皆有阐发,而王国维的解释更为系统。他主张诗人、作家要心地纯洁真挚,不计利害地直抒胸臆,对人事和自然、宇宙做到"忠实"也即真实赤诚,如此即能抵达真、善、美的境地,才能创造出有境界的大作品。叔本华在《天才论》中举海顿、莫扎特为例,说他们终生都没有脱离孩子的气质,在此基础上,他给出了"天才者,不失其赤子之心者也"的判断。再次是成熟的文体意识,即创作主体对散文文体的熟悉程度,在此基础上形成的文体自觉意识。这其中不仅包括对散文语言、结构、艺术手法所拥有的清晰的指认,也包括对散文作为个人化的文体,作为自由精神的载体,所形成的深刻洞察。最后是散文主体审美的自觉以及思想力,即主体所具备的对美的感性形式的直觉能力、呈现能力、判断力,在观照自我与世界之际,能够在细微的经验上照见生命的运动形式和规律,审美自觉是构筑主体创造能力的基础,思想力则支撑了主体对文学之道,对审美之道的深刻体认。

四、在场视角

毋庸置疑,"在场"这个词汇构成了在场主义散文运动的核心概念,对这一关键词的解读,贯穿了在场主义理论建构的始终。渊源于现象学的"面向事物本身"也好,或者存在主义的"去蔽""敞开"也好,皆需要归置于中文语境中,与中国散文理论传统相对接,形成大家可接受的命题及指向。就何谓"在场"的问题,于"在场主义"的理论主张而言,则表现为在场视角的进入。

关于在场视角的问题,新散文代表作家宁肯在一篇序言中有过明确的表述。在他看来,在场视角的进入对于散文写作而言非常重要,过去的进入视角,作者的主观性过于强大,所处理的对象或者成为情感的载体,或者出于为"我"所用的目的。如此,则必然忽视和省略了事物的客观性原貌。作者应更多考虑共时性存在的因素,在主观性视角之外,还应该开辟以物观物的视角,尤其是后者,对于客观对象的饱满性呈现更为重要。"神秘的不是世界是怎样的,而是这样的!"维特根斯坦的这个判断在启示着我们,世间万物各有其生存发展的逻辑,各有其神秘之处,而对于艺术家而言,洞见客观对象的神秘,恰恰是艺术的使命所在。对照维特根斯坦的这个判断,可见出宁肯的在场视角的提法,其实源于诗学中的某种认知,即生命的玄秘和诗性,乃文学写作应该追踪的东西。因此,当时在哲理、说教、美文一统天下的散文领域,能够提出"在场"视角的问题,自有其建设性意义。

宁肯之后,黄海、杨献平两位70后散文作家就散文的在场性、在场视角的呈现问题提出了更为激进的主张。他们所标举的"原散文""原生态散文"强调散文写作对生活现场的还原,以此倡导作品的现场感和生活质感。而为了保证笔下客观对象的原态面貌,写作主体必须坚持价值中立,搁置情感判断,最大可能地呈现被以往散文所过滤或忽略的那种生活原态。由此看出,他们所讨论的在场视角与文本效果是放在一起来阐发的,在场的写作立场是作家笔下生活因素抵达原生性效果的保证。与宁肯的"在场"观相比较,他们进一步抽掉了作家的主观性要素,完全倒向了"以物观物"的视角,从人类中心主义走向了"物象中心主义"。乍一看,这一理念与文学史上自然主义颇为类似。实际上,就精神渊源而言,他们去中心化、去主题化的写作策略与新小说派的理论主张多有不谋而合之处。在罗伯-格里耶看来,小说家不再是个讲故事的人,更像是个"视觉"的呈现者,零度叙事的写作策略之下,作家通过不同的方式将生活画面和事物彼此组织起来。他自己的小说《在迷宫里》就是一个典型,这个小说内容很简单,叙述了一个士兵在大雪纷飞的城市里迷了路,走来走去,最后偶然被机枪射中身亡。在展开这个故事之际,作家并不刻意地在士兵的性格和生与死的命运上着力,而是借助这位士兵的眼睛,详尽地展现他所经过的街道、房屋、咖啡店。小说中的人物如同一个毫无思想活动、不可理解的梦游者。对可感性的重视使他们在表达上显现出一种外在的客观与冷漠,这与现代派艺术的基本理念相契合,即放弃对本质的追问,一切不过都是现象，都是文本。而"一切不过都是现象，都是文本"恰恰是后现代主义的核心理念，后现代主义取消了真伪二元对立的模式，颠覆了现代主义理性为伪非理性为真的逻辑指认。原散文也好，原生态散文也好，之所以难以找出相关作品作为实践标举，之所以缺乏后续性，就在于跨出的步子太大，忽视了前现代与现代交织的基本写作语境。后现代主义并非在中国无迹可寻，但也仅仅是生活方式的某些影子，且在地域上仅限于北上广深这些一线城市。至于思维观念上的根植，还有着山重水复的距离。

在场主义散文运动中所主张的在场视角，作为一种基本的写作策略，与宁肯的在场观一脉相承。一方面，反对作者对对象的主观性拔高或者主观性覆盖，主张写作主体与写作对象间建立一种平等对话关系。比如说蜜蜂这种动物，并不意味着它必然是辛勤的劳动者，辛勤的劳动者只不过是人自身的主观性认识，也是一种拟人化的结果。蜜蜂劳动的繁忙性与袋熊在树上的长时间睡眠，皆是出自动物的本能。欧洲人仇视狼这种动物，中国人厌恶狐狸这种动物，从心理动机上看，出自人类中心主义思维模式下地域文化观念的影响。文人之笔，劝善惩恶是也！这个主张仅仅是诉诸理念层面，实际上，文人之笔，不排除藏有私心，对诸多历史人物的重构就是其中典型的例证。就白话散文而言，在审视自我意识的流露上，一戒私心，即作者个人的好恶；二戒先导性的道德意识。尤其是道德欲的问题，突出而普遍，道德的大网一经撒出，不仅与笔下诸事物难以形成平等对话关系，就连读者接受上，平等对话也不可能存在。基于创造者的优越性与高高在上的姿态，很容易让人生厌。哲理性散文、说教类文章，以及市场上流行的各种鸡汤文,其根本的软肋就在于实用性的指向及内里庸俗的品相。这些文章的作者们实际上并不握有真理,手握真理仅仅是个迷惑人的假象,而内藏私心才是实打实的。对于一个好的散文作者而言,他/她首先是个发现者,然后才是位创造者,其间的顺序不可颠倒。

另一方面,强调写作主体始终如一的"在场"。个人性、精神个体性、创作个性,三个概念之间有重叠之处,无论在哪个语境下使用,皆与散文的文体特性相对照。无疑,散文是一种最突出个人的文体,包括个人的经历、个人的识见、个人的观察等,离开了个体性,散文的基础就坍塌了。从这个意义上而言,"无我之境"或者"物象至上"的命题对于散文而言,是不大能够成立的。所谓始终如一的"在场",既意味着作者恪守对待生活的真诚之心和真实的态度,又意味着作者在编排、删减生活现场细节上的匠心,带着鲜明的自我意识编码笔下的细节,使其从芜杂走向有序。比方说,小说同样重视在场感的经营,小说家在故事情节的推进上,会充分调动人们的感觉系统,如同电影中的画面叠加,哪怕是新小说派、意识流小说的作品,那种丰盈的纤维感,皆非常讲究。不过,完整性则不是小说的必然追求,而散文的在场感或者说进入感,除了场景叙述的生动性之外,还需要考虑完整性的要素,即情思的重点所在,识见的重点所在,体验的凝结点所在。这种完整性若离开精神个体的自觉,显然是难以完成的。

总的来说,在场视角所呈现的在场诸物,既包括人们看到和体验的对象,也包括自在自为的事物。看到和体验的对象,自然会打上主体性的印记，而对自在自为的事物的表现，则需要写作主体认知能力的支持。在这个问题上，西方现代哲学的主体间性理论其实已经解决了其中的逻辑阐述问题。主体间性的基本含义涉及自我与他人、个体与社会的关系。主体间性不是把自我看作原子式的个体，而是看作与其他主体的共在。海德格尔指出："由于这种有共同性的在世之故，世界向来已经总是我和他人共同分有的世界。此在的世界是共同世界。'在之中'就是与他人共同存在。他人的世界之内的自在存在就是共同此在。"① 海德格尔认为有两种共在，一种是处于沉沦状态的异化的共在，这种存在状态是个体被群体吞没；另一种是超越性的本真的共在，个体与其他个体间存在着自由的关系。由此可以看出，主体间性并不是反主体性，反个性的，而是对主体性的重新确认和超越，是个性的普遍化和应然的存在方式。

  涉及自我及对象的双向确立，落实到创作实践层面，难度当然极大，毕竟，拥有通透的笔力及认知层面的自觉，并且将两者在作品中加以妥帖地融汇，对于在场主义的作者而言，是一个极大的考验。在这个方面，新疆王族的动物系列，较好地解决了两者的融合问题。比如他的作品《微笑的动物》，写到了狼、驴、鹰、雪豹、牦牛五种动物，作者在处理上直接甩开地理性要素，主要指新疆地域上的博大，原生态森林、草场、河谷等形态的存留，高纬度内陆地区的动物习性，种类上的稀有性等要素，而

---

① 〔德〕海德格尔:《存在与时间》，陈嘉映、王庆节译，生活·读书·新知三联书店 2006 年版，第 138 页。

是试图进入诸事物的内部，确立动物生存、繁衍、示爱的基本法则，进而重新确证某种自然法的精神。狼对女性的跟踪，母鹰对子女的看似"绝情"行为，一头驴的自我意识、自我投射，马对自我存在的苛刻性诉求，温顺稳健的牦牛陡然间的血光相逼。这一切的一切，非人伦法则所能容纳，但在自然法的范畴里是一种合法性存在。在这里，王族将散文中常见的人学精神向外加以拉伸，延展到世间万物生命观照的体系中，看见一匹马的自我放逐，也许不会给予我们的现实生存提供启示，但会促使人们去思考生命的另一种存在形式和情感逻辑，进而学会尊重，重新找回敬畏的基本法则。另一方面，王族的动物系列并没有放弃自我的鲜明标记，动物行为的特异性和不可理解性，恰恰就构成了他个人的观照立场，当然，也是一种在场视角下的发现者的立场。

海德格尔曾引用尼采的话说，"思想当生发浓郁的芬芳，犹如夏日傍晚的庄稼地"。在他看来，思的发生，即意味着存在的显现。他还进一步指出，诗人和思想者皆是语言寓所的看护者。"只要这些看护者通过他们的道说，把存在之敞开状态带向语言并保持在语言中，那么它们的看护就是对存在之敞开状态的完成。"[①] 对于什么是思？他指出："人和存在这种本源的符合，明白地实现出来，即为思。通过思，我们才第一次学会安居与存在的天命的超越之境，亦即安居于框架的超越之境。"[②] 综上所述，"在场主义"对创作主体的认知维度和自觉性提出了明确的指向，在

---

① 〔德〕海德格尔:《人，诗意地栖居》，郜元宝译，上海远东出版社1995年版，第91页。
② 同上注，第14页。

理论生发上,若去除暧昧模糊的"散文性"概念,在"在场"与"去弊"之间拱起"散文主体性"的理论标识,其理论路线图必将更加清晰,也会更加完整。

第三节　陈剑晖"诗性散文"理论

21世纪以来,散文研究领域迎来了新的气象,一批散文研究专著相继出版,一改以往以论文或者评论集为载体的成果显示。这些著作包括:范培松著《中国散文批评史》,王兆胜著《真诚与自由——20世纪中国散文精神》《新时期散文的发展向度》,张智辉著《散文美学论稿》,张国俊著《中国艺术散文论稿》,李晓虹著《中国当代散文审美建构》,梁向阳著《当代散文流变研究》,陈平原著《中国散文小说史》,颜水生著《中国散文理论的现代转型》,刘思谦等著《女性生命潮汐——二十世纪九十年代女性散文研究》,袁勇麟著《当代汉语散文流变论》,谢有顺著《散文的常道》,孙绍振著《审美、审丑与审智》,陈剑晖著《中国现当代散文的诗学建构》《诗性散文》《诗性想象——百年散文理论体系与文化话语建构》。这些研究成果涉及散文思潮、散文史、作家作品、理论话语的梳理等方面,比之20世纪80年代、90年代,研究的深度与广度皆有大幅度的拓展。这其中,有两个因素尤其值得关注,一是新生力量的崛起,他们以持续性的研究不断为散文的学术研究转型注入血液,其中的代表为王兆胜和陈剑晖两位；二是引入了西方的理论成果，在结合古典文论的基础上，开拓出了新的研究范式，摆脱了过去实证方法一统天下的单一性，初步实现了散文研究话语的转型和理论性建设，这其中的代表是陈剑晖与孙绍振两位学者。

散文研究的范式转型与丰富积累，为新世纪散文理论的建设提供了必备的基础。陈剑晖的"诗性散文"理论就是在这一背景下产生的。反观整个新时期散文的发展历程，陈剑晖是少数几个始终在散文思潮和话语现场的学者之一，若夸大一点讲，甚至可以说是唯一的，新时期散文场域内重要的争鸣、话题、理论焦点、思潮现象，陈剑晖都曾做出学术回应，无论是"真情实感论"还是诗化路线，无论是杨朔模式还是真实与虚构的争论，无论是散文的语体还是散文的主体性问题，甚至在 21 世纪初始，两个弱性的散文思潮（思潮的弱化在 21 世纪是不争的事实）伸张自我的理论宣言之际，他都对此灌注了自我的理性思考，以学理建构的形式参与到话题讨论或者理论争鸣之中。在散文研究领域，他的"有限虚构"的观点，文体分类理论，散文主体性之说以及对三十年散文研究的概括与综述，皆是这一时期重要的成果。得益于对白话散文观念演变的精通以及对散文实践起起落落的深入勘探，出于学科建设的自觉，他提出了"诗性散文"的理论构架。

与"新散文""在场主义"应时性的理论宣言不同的是，"诗性散文"有一个逐步完备的过程。早在 2003 年，陈剑晖就在《海南广播电视大学学报》上发表了《论诗性散文——兼谈诗歌与散文的不同》，2004 年和 2005 年，又相继在《学术研究》《福建论坛》两家学术刊物上刊发了《论"诗性散文"》《诗性散文的可能性与阐释空间》两篇论文。2004年,其散文研究专著《中国现当代散文的诗学建构》由江西高校出版社出版,"诗性散文"理论架设初成规模。其中第三章"建构新的散文理论话语",第六章"散文的诗性智慧",第八章"意象:构筑散文的诗性空间",第十一章"语言:散文的诗性之源",以上四章直接涉及"诗性散文"理论体系的核心内容,从概念的提出到基本内涵,从理论渊源到基本单元,再到语言载体的呈现方式,皆得到基本的确立,而另外几章所阐述的内容,如人格主体性、生命本体性、文化本体性以及散文的叙述与结构问题,作为"诗性散文"的理论外延而加以阐释。到了2009年,他的集中阐释"诗性散文"理论的专著《诗性散文》由广东教育出版社出版,在这一本理论性著作中,"诗性散文"的不同理论层级更加清晰化,形成一个自足性的理论体系。

从体系性建设而言,"诗性散文"理论一改白话散文理论絮语断片式的理论样式,也改变了新时期散文理论应时性表述的基本面貌,转而向体系的纵深性进发。这当然是一件极具挑战性的工作,为此,陈剑晖也表达了自己的理论忧思。不过,从理论建构的基本要求来看,这一理论达到了基本概念、观点、理论内容的层级化、材料举证等理论要素的完备性,其包容性和理论指认比之"美文"概念、"真情实感论"等代表性的理论成果,要丰富恰切诸多。理论范式的转换,为原本微弱且边缘的散文研究确立了另一种高地。游修庆称这一理论"是我国现代散文理论的一次质的突破,是我国现当代散文研究的一项重要收获"①。另一位从事当代散文研究的知名学者孙绍振则在《文学评论》上撰文评述"诗性"这一概念,他指出:"在生命哲学的基础上,以个体生命的'本真'为前提,提出散文的'诗性'作为他的散文理论的核心范畴,是散文的一种美质和独立品格,具有本体性和超越性的特征。"②

一、"诗性散文"的理论内涵

毋庸置疑,诗性是"诗性散文"理论中最核心的概念,对于诗性是什么的问题,陈剑晖首先做了理论外围的清理工作,给出了三个层面的剥析。首先,他将诗性与诗学区分开来,东西方诗学分别有各自的传统,西方诗学的源头可上溯到亚里士多德《诗学》那里,亚里士多德以史诗、悲剧、抒情诗为蓝本,针对文艺的发生与起源、诗与历史的区别、悲剧的意义、艺术的功用等问题,构建了基本的理论原则,也奠定了文艺理论学科的基础,于后世则源远流长。由此可知,诗学在西方的传统里对应的是文艺理论体系的流变。而中国古典诗学传统下的诗学概念,则特指诗话、词话这些批评形态,对应的是特定的批评形式。其次,诗性与散文诗内涵完全不同,散文诗是一种独特的体式,在现当代文

---

① 游修庆:《在全球化语境中建构新的散文理论话语》,《海南师范大学学报》2007年第3期。
② 孙绍振:《评陈剑晖〈中国现当代散文的诗学建构〉》,《文学评论》2006年第5期。

学的演变过程中,始终处于尴尬的位置。他进一步指出,散文诗与诗性散文在容量和句式上有着根本性的区别。最后,诗性概念与十七年文学时期形成的诗化散文指向也不同,诗化散文指的是散文的一种艺术处理方式,向散文文本里注入诗意、柔软的东西,以期改变散文通讯化、特写化的僵硬,而诗性散文则指向散文的审美品格,它是开放性的,中外古今的优秀力作皆可包容进来。

厘清了易产生误解和歧义的几个概念之后,陈剑晖首先对"诗性"这一核心概念做了阐发。他也承认这一概念很难加以精确固定,因此使用了描述性的话语来揭示其指向,所谓诗性,"主要指散文必须具备的一种美质和独立的品格。它是本原性的存在,是散文的生存品质和历史的品质的最为具体和生动的呈现,也是散文对于功利性和世俗化的超越,是审美和精神的超越"[①]。他又进一步对这一概念做了补充,认为诗性是智慧、精神力度、美质、生命力、想象力这些因素的呈现,而把握散文作品中的诗性,则通过两个途径来实现,一是体验,二是感悟。通过以上的描述,应注意到,诗性概念作为散文的本体范畴,它是审美品格的表征,在文本中又会通过语言、意象、意境等载体呈现出来,如同哲学家卡西尔所阐述的那样,思想借助词语的表达,但词语本身并不是思想。而对于诗性这一概念而言,它内蕴于载体之中,需要通过文艺鉴赏的形式加以鉴别。作为审美品格,它又指向个体审美和精神超越的阙域。为了论证诗性并非诗歌所独

---

① 陈剑晖:《诗性散文》,广东教育出版社2009年版,第5页。

有,陈剑晖针对诗与散文的区别与联系做了充分的阐释。不过,在逻辑举证的过程中,将诗性贴近诗人立场、诗歌语言的表达、诗境的呈现上,视野上还是有一定局限,立论尚有偏颇之处。诗性乃一切艺术的本源所在,关于这一点,胡塞尔有诗与思以同一方式面对同一问题的判断,即艺术作品中诗思一致的品格。海德格尔也有相关的论述,他指出艺术的本性是诗,诗的本性是真理的建立。他还以梵高的画作、荷尔德林的诗句为例,说明诗性就存在于大地、劳作以及倒转的星空之中。因此,诗性不单是诗歌、散文两种文体的共性,它是一切杰出艺术作品的共性,构成了人类历史与现实超越性的视域。

为了完成理论的整体性建构工作,陈剑晖在诗性这个总体性概念下,又设置了不同层级的理论框架。第一级,就是三种诗性之说,分别对应"主体诗性""文化诗性""形式诗性"三种理论架构。"主体诗性"是诗性散文的基础和内核,又衍生出精神诗性、生命诗性、诗性智慧、诗性想象四个命题,对以上命题,他给出了专门的阐释。精神诗性指向"一种形而上层位的哲学追问,是散文对宇宙万物的感悟,对于人类命运的关注和日常生活的尖锐触及,以及对于个体的生存的垂询"①。生命诗性"则是散文中最鲜亮、最炽热和最感性的部分"②。诗性智慧这个概念来自意大利美学家维科,在《新科学》中,维科将诗性智慧视为一切科学和艺术所必要的训练。而陈剑晖加以创造性运用,认为

---

① 陈剑晖:《诗性散文》,广东教育出版社2009年版,第13页。
② 同上。

它"就是人类共有的一种心头语言。它是建立在感性基础上,并与哲学的抽象玄奥相对的、具有丰富想象力和创造力的智慧"①。诗性想象则是诗性智慧的延伸,对于真实性为基础的散文文体来说,会为散文带来创造性的活力。

"文化诗性"作为诗性散文的地基和背景,其内涵包括:"一是对人类的生存状态、生存理想和生存本质的探寻,并在这种追问探寻中体现出诗的自由精神特质;二是感应和诠释民族的文化人格;三是对传统文化的批判与守护;四是文化诗性还包含着对'还乡文化'的认同和感受。"②按照他的描述,文化作为一种基因应内化到文本中去,形成个体精神世界有来路又有去处的脉络。不过,"还乡文化"这一提法稍显笼统,准确而言,还乡应该是源于文化系统积淀而形成的一种情结,一种返归精神家园的内驱力。海德格尔在分析荷尔德林诗句时对此有过精准的阐发,"诗人的天职就是还乡,还乡使故土成为亲近本源之处"③。因此,它并非指向物理空间上身体的位移,而是在时间维度下人的精神上溯。

"形式诗性"则构成了散文形式美的内容。作为语言的艺术,美在感性形态,美在艺术形式,这些对于散文文体同样是成立的。其独特性的形式美内容包括哪些呢?陈剑晖将散文的"形式诗性"细分为三个层面,即三个次级概念。首先是散文的诗性叙

---

① 陈剑晖:《诗性散文》,广东教育出版社2009年版,第87页。
② 同上注,第119页。
③ 〔德〕海德格尔:《人,诗意地栖居》,郜元宝译,上海远东出版社1995年版,第87页。

述,主张散文应摆脱第一人称的限制,吸收新的叙事学成果,与现代叙事学形成同步关系。其次是诗性意境的呈现,散文中的诗性意境不同于古典诗学"即景生情"的结构模式与"情景交融"的审美特征。它如同王国维笔下的"写境",是多维视角下逐渐推进的结果。陈剑晖以"文境"一词来概括散文中的诗性意境,认为它的基本特点在于"以求'实'之境,传融'情'之'理',使人如入真景,如临实境,继而获得美的享受和生活的启迪"①。最后是散文的诗性修辞问题,他认为诗性修辞不单指向辞格的提升,还应包括意象结构的安排与语言韵律的和谐之美。

  以上三种诗性之说,构成了"诗性散文"最重要的三个理论分支,每一个分支之下,又形成了若干次级概念或者命题。为了丰富这一理论框架,在鉴赏论上,他也做了进一步的拓展。就散文的文体风格的辨认与赏析,他创造性建构了"文调""氛围""心体互补""智情合体"这四个同样处于第二层级的概念命题。其中前两个概念为文学史上已有,他在前人的基础上做了进一步的补充和发挥。如"文调"说,这是林语堂的重要的审美观点,主要指散文闲适幽默、心性自由的审美特点,而在"诗性散文"的体系下,"文调"是散文文体风格的一种独特呈现,是情采、辞章与创作主体情怀、艺术天赋相契合的状态。它不独为小品文所独有,散文的其他体式中,也会呈现出与这个体式相合相生的"文调"。后两个概念为陈剑晖的独创,其理论渊源,可以见出西方文化诗学的影响,强调主体的开放性、自觉性与诗性智

---

① 陈剑晖:《诗性散文》,广东教育出版社2009年版,第193页。

慧的养成。另外，为了突破理论自闭性的怪圈，在本体论、鉴赏论的理论建设之外，他也吸取和借鉴了白话散文理论史上的成果，并对一些理论命题做出了有效的回应。除开散文的主体性陈述业已融入本体论建设的事实外，比如针对"真情实感论"的命题及真实与虚构的论争，他提出了"有限虚构"的观点；针对文体的论争和命名的混乱，他提出了四种文体的分类理论。这些理论的外延无疑夯实了"诗性散文"理论体系的基础。

二、"诗性散文"的阐释空间

"诗性散文"的理论面世之后，在散文研究界内部引起了很大的反响，虽然未大幅度地外扩到理论研究场域，但作为本土自生的弱文体理论建设来说，还有众多可阐释的空间。或者可以这样说，在西方文论一统天下的局面下，传统文论的现代化转化问题一再受阻，全球化语境中当代理论界面临普遍的"失语症"，西方文论的移植并不能完全解决中国的本土经验等。在一系列理论的困乏与阻隔的情况下，每一种文体内部，带有原生性的理论建构，都应该得到充分的重视，并提供足够的场域用来展开争鸣。因此，"诗性散文"在理论上的深化与延伸还有较大的可能性空间。

王际兵的《散文何以是散文？》，黄雪敏的《"诗性散文"的现代建构：陈剑晖散文批评管窥》，李金涛的《建构散文的诗学体系》，陈鹭的《新世纪散文研究范式之建立》等学术文章，主要以书评的形式，探讨"诗性散文"的理论意义。王兆胜的《当前散文研究的瓶颈与突破》则从散文研究的角度梳理陈剑晖的学术之路,虽然也提及了其理论建构的努力,但着墨不多。较为全面的评析文章则是孙绍振的长篇论文《建构当代散文理论体系的突破和希望》,基于新时期散文理论的薄弱,孙绍振在理论脉络的总体走向中来把握"诗性散文"理论。围绕这一理论体系的突破性意义,主要从以下几个层面展开论说:首先,陈剑晖的理论架构在老生常谈的真情实感论的基础上向着学科建设的方向推进了一大步,即在完成了散文与小说、散文与诗歌的系统比较下,解决了散文文体的精神特性和向度的问题,建构内容为散文的情感结构的单维性,这种单维性不是像诗歌那般呈"悬浮状态",而是与"此在"的日常生活水乳交融。独立的文体意义的指认,对于散文的本体论建设而言,无疑意义重大。其次,他认为陈剑晖引入了主体性哲学、生命哲学、文化诗学的观照体系,在学科视野上超越了以往简单的抒情审美论,借助形而上的思辨能力,整合传统的思想资源,如禅宗的美学观念,确立了"诗性散文"的理论构架。最后,他认为"诗性散文"的体系性建设和独创性皆是非常突出的,拥有丰富的阅读体验和方法论的自觉,在理论话语的编织与组合上也体现出很强的驾驭能力。在充分肯定"诗性散文"具备理论突破的现实意义基础上,孙绍振基于自身的理论修为和立论基础,也对这一理论体系的不足畅所欲言,主要表现在理论话语的繁复,理论体系内部不同概念之间逻辑联系不强,"诗性"这一概念的精密性不足,演绎法的理论推导中存在观念先行的情况这四个方面。①

其实,大家的评述主要围绕着陈剑晖"诗性散文"的初创内容而展开,在《诗性散文》这本专著里,这一理论体系的自洽性、逻辑严密性、概念的明晰性等方面,有显著的提升。如果说散文这一文体在整个文学场域里居于边缘的话,那么,散文理论则处于边缘中的边缘这一更尴尬的位置。"诗性散文"理论未得到更充分的讨论和阐释和这一大背景有关,也与"诗性散文"整体的泛化特征有关。梳理这一理论的来路,我们可以发现,作为核心概念的"诗性"的推出,与21世纪以来理论场域内"文学性"成为热点不无关系。新世纪文学初期,理论场域内有"文学消亡论"的相关讨论,以及"日常生活审美化"及"文化研究"作为理论热点的涌现;而在创作实践层面,网络文学的兴起对传统文学生产方式的冲击,消费主义语境中文学的边界日益模糊。在这种情况下,文学和文学研究陷入危机之中,"文学性"的讨论正是在遭遇危机的背景下产生的。其话语指向内容实际是研究者对文学学科合法性的一次集中辩护。孙绍振在文章中曾指出"诗性"与俄国形式主义者所论的"诗性"(即文学性)有一定的渊源,不无道理。为散文的文学性品格和应有的文体地位加以论证,恰是"诗性"概念提出的理论前提。当然,这一核心概念并非空中楼阁,从白话散文理论史的演变来看,这一概念吸取了刘半农"文学散文"、周作人"美文"、刘锡庆"艺术散文"等观念,

---

① 孙绍振:《评陈剑晖〈中国现当代散文的诗学建构〉》,《文学评论》2006年第5期。

在内容上又做了很大的扩充,不再指向狭窄的文体内涵,而是扩充到对散文一切体式的包容上。在审美品格的理论界定上,又吸取了海德格尔的存在主义哲学观及文化诗学的观念表达,进而将"诗性"纳入散文本体论建设的层面上。

这一理论体系中,就笔者的理解,特别富于建设性的理论主张在于散文人格主体性的理论阐述上。散文即人,这里的人指的是作家自我,出于文体的特殊性,散文中的创作主体与作家自我间的重叠度非常高。中国古典文论中"文如其人"的命题就是由散文的这一文体特性而来,虽然元好问有"心画心声总失真"之说,钱锺书有"巨奸为忧国语"之论,但"文如其人"的命题对于散文而言,大体上是可以成立的。从庄子到司马迁,从陶渊明到韩柳,再到苏轼、张岱等人,优秀的散文作者的后面,总会有突出的文化人格的拱起。在散文创作中,作家很难藏得住人格的底色,而小说、诗歌、戏剧在此问题上并不追求创作主体与作家本人高度重叠,诗歌中的创作主体是想象的主体,小说、戏剧中的创作主体是思考诘问的主体。诸多诗人、小说家的传记或者本事都证明了这一点。也正是因为这一点,白话散文史上,对作家精神个体性的认识一直非常重视,从郁达夫"个性的发现"说,到梁实秋的"有一个人便有一种散文",再到林贤治的"自由精神"及谢有顺所言的"散文的背后站着一个人",这些命题判断大致趋同。不过,这些声张大多为观点表达的形式,而在陈剑晖的"诗性散文"理论体系下,人格主体性得到了细致的理论钩沉。文学主体性也是贯穿整个1980年代文学的理论聚焦点之一,从李泽厚的实践主体与精神主体的理论到高尔泰"人的世界"在意识与实践中划分为二的观点,再到孙绍振审美主体的主张,形成了一个巨大的理论场域,"异化""自由""美""人道主义""理性精神"等概念命题,得益于这场理论论争而被充分阐释。陈剑晖吸取了这场大讨论的理论成果,将散文作家的创作个性、精神个体性、本色自我等因素,皆纳入人格主体理论框架内。他指出:"个性既是主体的一个重要组成部分,同时个性又从人格的方面决定了作品的质量……个性表达上,散文则是主观的王国,这是一个内在的世界,一个孕育着的并且保持其孕育状态而不外显的世界。"[1]当然,他的人格主体性理论也包含着丰富的层级,除了精神的独创性与心灵的自由化之外,还包括情感的本真、生命的本真、心灵的本真。这种对生命本体的强调,与作家文化人格的养育,恰恰形成呼应关系。当然,上述各个因素既非递进关系,也非各自独立的关系,而是相互联结,构成人格主体性的基本内涵,只有形成一个整体,散文作家的精神维度才能获取立体性的提升。

人格主体性理论无疑对"散文即人"的命题做出了恰切的阐释和铺展,而这一理论也构成了"诗性散文"理论中最有价值的部分。

另一方面,为了追求理论架构的开放性与完整性,"诗性散文"在汲取1990年代文化本体论的基础上,拓展出散文"文化诗学"的理论指向,并以文化散文为逻辑实证,无疑又落入了泛

---

[1] 陈剑晖:《中国现当代散文的诗学建构》,江西高校出版社2004年版,第53页。

化的窠臼。且看《诗性散文》第六章与第七章涉及的小节标题，如"文学阐释中的文化诗性""中国散文与中国文化精神""文化诗性中的还乡体认与宗教关怀""文化本体性与审美性"，这四个小节所论述的内容，由散文的诗性品格让渡到了文学的诗性品格中去，基本上集中在文学与文化诗性的关系上。文学是个大的体系，散文则是这一体系下的文体概念，两者之间应该有严格的逻辑认定，也就是说，理论阐发的前置性必须得以有效地确认和明晰化，如果越过边界去讨论问题，其理论的正当性与恰切性就会受到伤害。且以"中国散文与中国文化精神"的命题为例，众所周知，构筑中国文化精神的主体是哲学（主要为儒释道三种哲学体系）、宗教和强大的信史传统，文学所贡献的部分主要集中在文化精神的分支，即审美精神、人生艺术化等方面。散文当然与文化精神有联系，然而毕竟是有限度的，无法构成文化精神的突出部所在。

此外，在辨析并确立"诗性"这一核心概念的过程中，陈剑晖虽然做了大量的理论爬梳工作，其中包括确立诗与散文两种文学体裁在系统性上的差异，散文的"文境"与诗歌"意境"的不同，散文的语言传达与诗歌的语言传达的区别等。在局部上也注意到散文应该积极汲取现代诗歌的艺术技巧，主张引入陌生化诗学技巧和隐喻的表达手法，以扩展散文语言的能指区域，同时也注意吸收现代叙事学的成果，形成某种合力，以推动散文由"保守性文体"向着"现代性文体"转换。这种观照视野和理论思路在散文理论场域无疑具备了前瞻性和创设性。不过，从整体上看，"诗性"概念确立的过程中，尚未脱离传统诗学概念的窠臼。

所参照的依然是中国古典诗学和西方古典诗学所确立的某些标准，其中包括诗意的传达，激情与想象，优美精练的语言，典雅的韵律与节奏等。在理论来路上，陈剑晖将"诗性"的源头归结为"中国的传统文化和由此孕育出来的诗性智慧"，"由于中国的传统文化偏重于'以心会心''意会''顿悟'的非逻辑性思维，所以中国式诗性智慧……突出地表现为诗与思的相通，甚至是诗与思的一体"①。在传统的思想哲学资源上，他推崇禅宗的"诗性智慧"。这些足以说明，他阐释的"诗性"机制尚未从古典转移到现代诗歌所确立的新的审美关系上。

在古典文学向着现代文学范式转型过程中，诗歌的变革性尤为突出，而散文则因继承性而张目。现代诗歌的转换经历了一次语言断裂的过程，无论东方还是西方，皆是如此。罗兰·巴尔特曾指出，在西方古典文学系统中，诗与散文两种文体使用的是同一套语言系统，其特征为"永远可归结为一种说服性的连续体，它以对话为前提并建立了这样一个世界，在这个世界中人不是孤单的，字词永远不具备有事物的可怕重负，语言永远是和他人的交遇"②。而过渡到现代诗歌的系统里，词语从这种统一体里完成了脱离，并"摧毁了语言的关系，并把话语变成了字词的一些静止的栖所（stations）……新的诗语的非连续性造成了一种中断性

---

① 陈剑晖：《诗性想象——百年散文理论体系与文化话语建构》，广东人民出版社2014年版，第124页。
② 〔法〕罗兰·巴尔特：《写作的零度》，李幼蒸译，中国人民大学出版社2008年版，第40页。

自然,这样的自然只能一段段地显示出来"①。由此可见,现代诗歌的表达系统与散文语言间形成了分野状态,且其间的阈域似乎不易跨越。现代诗以及现代艺术,皆具备突出的反共性的特征,主张从公共系统的表达场域抽身而出,建立一种自我表达的系统。为了反对机械复制的侵蚀,保护艺术的独立性和个人性,现代诗歌也好,现代艺术也好,往往具备了荒诞变形及超现实的特征,拒绝被轻易理解和复制。现代诗歌在意义指向上,主张对世界的重构,让事物从日常经验以及人们习以为常的关系中脱离出来,重建事物与事物间的关系,并着力开掘事物与语言间"不合理"的联系,以此激发人们的无限想象,让人们体验到更具超越性的时空关系,进而去扩张人们情感和逻辑上的认知。因此导致了意义系统生成过程中,"整体性"被拆解,意义被嵌入到各个碎片单元中。而语言表达系统如影随形,经历了革命性的变化,形式上变得更自由,容量也得以增大。如此,现代诗歌的"诗意"表现,就由过去的"美善统一、秩序和谐"让渡到处理事物的态度和视角之上。若放宽历史的视野,诗歌中"诗性"指向的转换,实际是由人的生产方式、思维方式、生存方式面临的根本性转变所决定的,或者说是由农耕文明和工业文明间的文化范式差异所决定的。现代社会中工具理性盛行,个体的原子化倾向越来越明显,个体在各种关系序列中逐渐趋于马尔库塞所描述的"单向度的人"。而现代诗出于保存自我和个性的诉求,必然疏离

---

① 〔法〕罗兰·巴尔特:《写作的零度》,李幼蒸译,中国人民大学出版社2008年版,第41页。

于一切社会体制,拒绝被同一化,尽可能地消解社会秩序和话语秩序所造成的普遍性和统一性。

一些诗人业已注意到"诗性"在社会转型期所产生的变化。臧棣著有《"诗意"的文学政治》一文,梳理了诸多关于"诗意"的认知观念。他指出,"诗意"概念实际上是人们从古典诗词的创作实践中提炼出来的一个结果,这一概念无法用来指称现代诗歌,如果用"诗意"来解读现代诗歌的话,无疑会形成错位关系。

总的来说,在"诗性"与"诗意"经历了现代性转换之际,若使用这个概念的话,应充分注意到其现代性内涵和当下性的特点。这也说明,"诗性散文"理论体系中,核心概念的逻辑演绎,尚有不充分之处,需要在进一步的理论阐释中加以完善,如此,"诗性"的合法性方得以真正确立。

"诗性散文"理论作为21世纪之后所生产出的理论建构模式,从理论来路上看,既有着对西方哲学、诗学的借鉴消化,也有着对白话散文理论的继承与发展。在白话散文理论一向注重"观点表达"的前提下,陈剑晖作为专事散文研究的学者,在多年积累的基础上,试图搭建一个拥有独立体系的理论内容,加以阐释散文思潮、散文现象、散文文本等散文界的现实问题。从体系性上,"诗性散文"理论改变了白话散文理论絮语断片式的理论样式,也改变了新时期散文理论应时性表述的基本面貌,转而向体系的纵深性迸发。从理论内涵的丰富性来说,这一理论也相对完备,从基本概念的确立到核心观点的生发,再到理论内容的层级化以及对散文文本的精确指认等,既有统一的要素,又有分层次的表述。这种宏观建构为理论范式的转换带来可能，为原本微弱且边缘的散文理论建设确立了一种新的向度。不过，基于"诗性散文"理论驳杂的情况，也使得这一理论在范畴论的具体建构上，出现一些延伸过度的问题，另外，这一理论下设的一级概念之间，也缺乏必要的逻辑关联，整体上的平行关系影响到了理论的自洽度。

如果以2006年《诗性散文》的出版作为节点的话，那么，"诗性散文"理论自打推出以来，除了散文研究界的部分回应之外，在作家群体、批评群体中遭遇了与之前散文理论同样尴尬的现实，即这一理论似乎仅仅隶属于学院生产的内容，尚无法下沉到文学现场，激发起作家、批评家的有效回应和讨论。当一个普通作者皆在宣扬海明威的"冰山理论"之际，当代中国的本土理论话语生产却遭遇了冷遇。理论界与创作界、批评界的断裂关系，作为文学场域内的普遍问题，这确实是一个值得人们反思的问题，不独散文理论界使然。

第四节　孙绍振"审美、审丑、审智"说

"审美、审丑、审智"说由闽派理论的代表人物孙绍振所提出。如果说陈剑晖是新时期散文思潮、争鸣、理论诸场域的见证者和参与者的话，那么对于孙绍振而言，他则是新时期文学理论、争鸣、观念诸场域的见证者和参与者。从新诗理论到文学主体性的论争，再到小说理论和幽默理论，从创作论范畴中的审智

理论再到文本细读理论,这些理论场域和研究范式的自由切换,皆能见出其强大的学术活力和及时介入的理论态度。而散文如其所言,则是"最后关注的形式"。作为后期涉足的研究领域,孙绍振当然不满意于平面研究的形式,文艺理论家的身份和自觉意识,推动着他在这一新的试验田里另起炉灶,创立新说。

平心而论,孙绍振的散文研究成果在数量上并不多,如果以论文、专著、影响力三个指标来验证散文研究成果的话。毕竟,新时期文学以来,专注于散文研究的学者并不多见,如前所述,这也是导致理论建设身影蹒跚的一个原因。不过,他的研究成果却因为方法论和研究视角的独特,还是让人耳目一新。比如他的《"真情实感"论在理论上的十大漏洞》(《江汉论坛》2010 年第 1 期),是一篇全面清算和批判"真情实感"论的学术论文,在立论和逻辑上推翻了这一长期笼罩散文界并演化为教条的理论观点。相关余秋雨、南帆等人的作家作品研究也注重新意的开掘。此外,他的台港幽默散文研究更是别具一格。

在散文理论的声张方面,借助于前期的理论积累,尤其是《文学创作论》中关于形式美的理论思考,再加上积淀的大量文本细读的经验,他绕开了范畴论、特征论这些常见的理论视角,而是基于建设"散文审美规范"的思路入手,强调散文在形式美因素上的独特文体特征。在其文学观念中,对黑格尔式的内容决定形式的认识论持怀疑态度,他认为形式并不完全是由内容所决定的。"规范形式可以按照规范来重新组织、删节,甚至消灭一部分内容。艺术的提炼是有必要的,否则内容就变得庞杂,放任内容无限制地进入形式,就会破坏形式。"① 而对于每一种文体来说,历史和经验的积累会形成某种固定的审美规范。当然,他也意识到任何一种文体的审美规范都不是一成不变的,而是一个动态的、开放性的系统,在此系统里有一个普遍性与特殊性统一的问题。为了找到这个契合点,他将散文、小说与诗歌三种文体以系统性为参照系展开比较,以找寻它们在形象系统、情感系统、语言系统、艺术表现系统等方面的区别。对散文展开梳理的过程中,他有一个重要的观点,即散文的审美规范与审美功能之间存在着矛盾,进而导致了文体呈现出摇摆的状态,作为独立的文学样式,散文一直在实用、功利与审美之间摆动。实用功利以及沉陷于抒情皆会妨害散文的审美规范。在确立散文的审美规范方面,他主要做了两个方面的理论工作,一方面是对散文进行了重新的分类,依据审美价值的基本特征,将散文分为三大类,即审美散文、审丑散文、审智散文;另一方面,根据逻辑与历史相统一的原则,他设计了散文从"审美—审丑—审智"的类型演变路径,并认为这一演变路径是散文内部矛盾相互转化和衍生的结果。而这一演变路径从理论上概括,即为"审美、审丑、审智"说。

如果对这一学说展开理论溯源的话,那么,其原点就在 2000 年刊发的文章《余秋雨:从审美到审智的断桥》,以及同一年推出的修改版的《文学创作论中》一书中。他在评余秋雨散文的论文中首次使用了"审智"这一概念,而在专著的第六章散文的审

---

① 孙绍振:《文学性讲演录》,广西师范大学出版社 2006 年版,第 213—214 页。

美规范里,比较全面地讨论了"审智"何以能成立的问题。何谓"审智"?在孙绍振看来"生动的情感,属于审美价值,但是没有独特的理解做后盾,光有一时感情的冲动,也可能是肤浅的,深刻、独特的理解则是智性的,我们把它叫作'审智'"。①在这里,他不是孤立地谈论"审智",而是将其放在与审美形成的逻辑关系中,并指认深刻的感受必出自情与理的交融。结合文化大散文及学者散文的兴起,他认为在散文领域内,反抒情倾向与智性表达的潮流逐渐成形,推动了新的审美关系的生成。

2008年和2009年,孙绍振写就了两篇长篇论文,分别是《散文:从审美、审丑(亚审丑)到审智——兼谈当代散文建构中历史的和逻辑的统一》(《当代作家评论》2008年第1期)与《世纪视野中的当代散文》(《当代作家评论》2009年第1期)。前者从理论陈述上完备了"审美—审丑—审智"这一学说的模型,后者则在梳理百年散文史不同观念的基础上,论证了散文从审美转向审智的必然性。他借鉴了其文本细读理论中的"还原"法,在探究百年散文理论粗疏简单之因上,回到白话散文初创时观点主张的历史现场,在其中找寻答案。他指出,周作人的"美文"观作为白话散文理论的奠基礼和出发点,存在着两个方面的偏差。一方面"美文"的内涵仅包含叙事、抒情两种类型,为散文后来的发展留下了隐患,不免失之于简单;另一方面,周作人所倡导的"真实简明"的美学原则,无法形成对散文文体审美特征的精确概况,失之于疏放。1930年代,小品文遭遇危机,沦为鲁

---

① 孙绍振:《文学创作论》,海峡文艺出版社2000年版,第140页。

迅所言的"小摆设",就足以说明这一问题。此外,"美文"观也难以覆盖这一时期注重社会批评和文明批评的随笔体文章,而这一体式在当时所取得的成就世所公认。1990年代,随着文化大散文的盛行和学者散文的崛起,散文话语转向思辨的态势业已形成,"美文"观尤其显得不合时宜。这个时候,就需要引入新的观念机制才能阐释散文中的新现象和新思潮,因此,"审智"的出场就带有某种必然性。在解决了其学说的逻辑基础之后,又试图在历史语境中寻找"审智"的踪影。他指出,早在1930年代,在幽默散文的一次论争中,郁达夫就写了《文学上的智的价值》一文,主张诉于智的幽默散文方为上乘之作,并对于他之前的"个性的发现"说在理论上做了补充,即以"智的价值"来完善个性的后续事宜。在他看来,智的价值不能简单地类同于理性价值、实用价值,并明确其内涵"不在解决一个难问题(如国家财政预算书之类),也不在表现一种深奥的真理(如哲学论文之类)。而是要和情感的价值和道德的价值等总和起来"①。孙绍振就此特别指出,郁达夫关于智的价值的论述被淹没在话语场中,并未被人们所重视。而此后,抒情的走向越来越窄,使得整个文体趋于弱化。

另外,从白话散文的发展历程来看,叙事与抒情之间也存在失衡的现象,之所以有理论与实践双重的失衡,原因就在于缺乏"审智"的调节。回到"审美—审丑—审智"这一理论模型上,孙绍振对于追求诗意与抒情的审美型散文持批判态度,但并不反

---

① 郁达夫:《文学上的智的价值》,《现代学生》1933年第2卷第9期。

对情感本身,他批评的只是这一类型的散文在历史实践中形成的审美的偏至。而在审美与审智之间,之所以加上审丑这一环节,实际上是其"幽默"理论的某种位移。何谓审丑?他指出:"审丑主要集中在反抒情、反煽情、反滥情上。因为在很长一个历史时期,抒情是通用手法,抒情滥了,成了套路了,为文而造情了,虚情假意了。抒情变成俗套了,也就引起厌倦,结果就走向反面,干脆不动感情。不动感情也可写成别具一格的散文。"① 不过,他又给这段话做了补充,认为诉诸散文实践,还没有出现真正意义上的审丑散文,只有以幽默散文为代表的"亚审丑"散文。并以王小波为例,来说明"亚审丑"散文作为一个余脉所具备的审美价值。而审智散文则是以睿智为主,以智性为特点的散文。它以去感情化为策略,以达到对现实生活的思想开掘。孙绍振多次言及散文是一个文学性与实用性、审美与审智并存且相互矛盾的文体,他认为智性靠近理性,而抒情性则具备非理性的色彩,两者之间要保持平衡。根据文学史发展的走向,审智型散文的出现是历史的某种必然。不过,审智型散文中,智性或者理性易于理解,关键还有个"审"字,只有在"审"的过程中,智性才会延长,视的感觉也会被强化。陈剑晖就此指出:"孙绍振的'审智散文'研究范式中,审智不是单纯的智性写作。'审智'之所以属于美学范畴,就是它不完全是抽象的,它的出发点是感性的,与审美诉诸感情的不同是:它不但不诉诸感情,而且是有意超越感

---

① 孙绍振:《文学性讲演录》,广西师范大学出版社2006年版,第343页。

情,直接从感觉诉诸智性,对智性作感性的深化。"①

　　从理论形态上看,孙绍振的"审美—审丑—审智"说作为一个理论模型在散文的分类上,在对白话散文史的整体把握上,确实有独到的地方。但模型的简单化与论证的芜杂决定了这一学说距离体系性的理论建设还有很远的距离。从文学史的经验来看,唐代诗歌重在"兴趣",宋诗转向了"理趣",而唐宋则是中国古典诗歌的高峰和次高峰所在,不能因为审美风格、审美特性的转换,就将古典诗歌笼统地归纳为性情之作和理趣之作这两种,一旦采取这种归纳法,必然失之于简单。模型的简单化,恰是孙绍振这一学说最大的弊端所在。散文作为独立的文体,其语言表达系统、审美特征、结构特征、取材及主题开掘等,这些涉及散文本体特征的因素如果被忽略,那么,理论的丰富性和精准性必然大打折扣。一种模型不可能解决散文理论的贫困问题,更不可能建立体系性的大厦,包容万象。因此,理论形态上看,"审美—审丑—审智"仅仅只能作为一种学说而存在,无法构筑理论的体系性。此外,作为从经验出发的理论伸张,所采用的归纳法在理论的高度层面尚有缺失,虽然他在文章中多次揭示其他理论工作者所采用的演绎法的弊端,但是他所使用的归纳法在方法论层面,也并不具备更高的位格。方法论的受限也是散文理论建构起来非常艰难的一个重要原因。

　　就论证的环节来说,幽默散文何以成为"亚审丑"散文,对此则语焉不详,这一块是缺失的。作为文艺理论家,孙绍振当

---

① 陈剑晖:《理论建构与生命激情的交融》,《南方文坛》2018 年第 1 期。

然明白"审丑"乃现代艺术的基本特征,并衍生出丰富的"审丑"理论,构成了美学上的开拓。但这一特征与散文文体相去甚远,从历史实践来看,散文使用的语言系统是高度雅化的一个系统,其书面语特性尤为充分;从内容上看,尽管散文取材广泛,但在进入文本之际,要经过作家的审美观照,即古典文论所标举的"澡雪精神";从艺术传达的层面看,散文里所凝结的体验乃感性和知性的结合,经过升华的情感经验和作家的深刻识见紧密结合在一起。由此可知,在所有文体中,散文实际上在去审丑化上表现得最为明显。幽默里所蕴藏的超然精神与审丑或者亚审丑本身就相去甚远,将两者强行联结在一起,必然呈现出理论扭曲的形态。此外,术语的堆砌和理论概念的强行植入,与喻大翔文化本体论相近似,这也影响和制约了理论陈述的清晰和简明,造成了混杂情况。还有就是在案例举证环节,对同样是闽派文论学者的南帆推举过度,让人不免考虑到地缘关系的影响,这也无疑损伤了理论的客观性。1990年代以来文本价值颇高的思想随笔,并没有被充分挖掘,即使同样是学术随笔,同样是受法国思想家随笔所影响,以智性和思辨见长的学者型作家,汪民安并不在南帆之下,遗憾的是,以文本阅读经验见长的孙绍振,却存在着明显的视野误区。这些缺憾的存在,很大程度上束缚了"审美—审丑—审智"说的纵深性和普适性。

这一时期,如果不完全是以体系、学说为考察指标来规范理论的创建的话,那么一些重要的散文观念,也可以放行至散文理论的园地中来。其中,林贤治关于散文"自由精神"的伸张就具备了某种特殊的参照意义。尽管这一观点以"深刻的片面"的面目示人，但特异的表达的后面，表现出林贤治对自我散文观的某种强化。林贤治是学者兼作家，他恪守的知识分子立场与学者、理论家所恪守的学术立场并不一致，强调思想的洞见和充分的个性表达，是其特色所在。2000 年，他在《书屋》刊发了长达十万字的文章《五十年：散文与自由的一种观察》，以自由、真实、个性为切入点，清点新中国成立以来的散文写作，可视为另一种当代散文史的写法。所产生的影响，越过了散文界，进入当代思想文化场域，构筑了一种个性鲜明的自我表达。而他的散文观的完整表述应为"散文对自由精神的依赖超过任何一个文体"[①]。"自由精神"是五四新文学的重要遗产，林贤治以此来指认当代散文的病灶所在，即自由精神的丧失，或者受限于意识形态的规训，或者受限于物质符号的同化。在他看来，散文既是自由精神的表征，又是产出出色散文的决定性因素。源于林贤治个人在散文写作上的成就以及在知识界的影响力，他的关于散文的表述迅速得以传播，成为 21 世纪以来重要的散文观点之一。而当代另一个优秀的青年批评家谢有顺也写了一批关于散文的批评文章，其中有《重申散文的写作伦理》《散文的后面站着一个人》《对现实和人心的解析》《法在无法之间》《散文是在人间的写作》等。其中，他在《散文是在人间的写作》中的一些观点颇有见地，也可以视为重要的散文观点纳入新世纪散文理论建构的场域中来。文章中有这么一段话，如下："我认为，失却了自由和业余这一精神标志，散文就不再是心灵最亲密的盟友。散文最大的敌人就是虚

[①] 林贤治：《五十年：散文与自由的一种观察》，《书屋》2000 年第 3 期。

伪和作态。没有了自然、真心、散漫和松弛的话语风度，散文的神髓便已不在。"① 对于专业的散文作家，谢有顺始终持怀疑态度，认为好的散文作品往往是非专业散文作家写出，因为这个时候，写作主体获得了自由和放松的心境，可以最大限度地将自我本色流露出来。很显然，谢有顺所谈到的自由与林贤治笔下的自由是有区别的。林贤治笔下的自由主要指思想的自由、精神的自由、个性的自由。而谢有顺笔下的自由并没有无限上升，主要是指创作主体心态上的自由度。至于业余这个词汇，则为写作身份的甄别。在他看来，"自由"与"业余"是作家敞开自我体验、五官感觉、灵魂颤动的最重要的前提，与"虚伪""作态"相对立。"自由与业余"体现出谢有顺在使用另一种视角看待散文，这种置身散文现场来言说散文的做法，从某种程度上，摆脱了理论一贯空中楼阁的角色。

第五节 南帆的散文文类观

南帆是闽派批评第二代人物中的中坚力量，他和他的师辈孙绍振、谢冕、张炯以及同辈的谢有顺、陈晓明、朱大可等批评家一道，组成了一个足以与京派批评、海派批评相颉颃的批评流派。这一流派兼容了内陆的乡土宗亲观念以及海洋文化的进取和开放姿态，在当代文学四十年的现场，一直保持着敏锐、直观、

---

① 谢有顺:《散文是在人间的写作》,《文艺争鸣》2008 年第 4 期。

锋芒乍现的批评姿态。独特的地域性因素内嵌入文学批评的时代律动之中，相守于福建本土却又能够散枝开叶，传承有序且每一代皆有杰出人物坐镇，这些因素成就了当代理论批评史上，一个基于地方性因素又能够兼容时代先锋气息的批评流派的产生。闽派批评演化至今，衍生出两个突出的特征：一方面，这一批评群体能够得风气之先，对于具备时代症候的重大理论批评话题做出积极的回应，诸如"主体性"、文化研究、"理论之后"、日常生活审美化、文学与媒介、中国当代文论的本土建构等重要理论话题，闽派批评皆贡献了独属于自己的理论判断；另一方面，闽派批评在文学理论的宏大话题疆域之外，对于文学文体的分体理论皆有所涉猎，展现出他们的理论批评精微的一面。这其中，孙绍振就是一个典型案例，从朦胧诗美学原则的奠定到小说形式美学的生发，从散文文体的"审美、审丑、审智"说的提出到中学语文教学改革的实践，再到经典文本细读的大众化，他的勤奋耕耘和多面转向构成了一个特殊的案例，不由得让人致敬。而对于闽派批评的第二代人物来说，也大多继承了这一特征。谢有顺以小说批评为中心，批评火花不断向其他文体发散，他的关于散文的"法在无法之中""散文的后面站着一个人"的命题，同样在散文领域产生了很大的影响。对于南帆而言，在1980年代就以青年批评才俊而为大家所识，从某个意义上来说，1990年代开始，他的理论批评始终居于潮头，无论是市场化的冲击，还是新世纪大众文化的兴起，他都没有偏离主航道。三十余年来，当代文学理论的前沿话题，皆能够看到他的深刻表述。1980年代后期，南帆有多篇批评文章分析小说的艺术模式问题，后来则转向以文艺美学、文艺理论的前沿话题分析为中心。他关于散文的论述，篇幅很少，在其整个相对宏阔的理论体系中分量也较轻，但是基于其理论的敏锐度和归纳能力，他的关于散文文体的"少有论述"同样具备了理论观照意义。

南帆关于散文的理论批评主要集中于散文范畴论的指认和反思上。较少的批评论章也呈现出较大的跨度性，四篇文章中，第一篇《论诗的语言与散文语言的区别》发表于1986年，第二篇《文类与散文》刊发于1994年，后收入《文学的维度》一书，第三篇《散文解读的几个问题》发表于2013年，第四篇《散文：文体、视角与重组世界的内在逻辑》则刊发于2021年。其中，除了第一篇文章讨论散文的形式问题之外，其他三篇文章在思路、逻辑、观点阐释上则表现出某种一致性，主要围绕散文的"去本体化"的文类特征加以展开。正是因为出于文体学的比较视野，南帆洞见了散文文体的摆动性和历时性的特点。

在分析南帆的散文范畴论观念建设之前，先回到他最早的关于散文的表述，即关于散文语言的认识论结果，散文语言的特性分析隶属于散文特征论的范畴。《论诗的语言与散文语言的区别》基于论述性散文语言和叙事性散文语言的特性加以提炼，在这篇论文中，南帆首先从诗歌语言与散文语言在排除分行形式的前提下依然难以转换入手，叙及诗歌语言与论文语言的区别，与叙事性小说语言的区别。文章的前半部分立论在于诗歌语言的独特性，比如诗语表达上的曲折，诗语中常见的变形化的处理方式。在这篇理论批评文章中，南帆的重点在于分析诗歌语言在表情达意上的独特性，虽然文章题目中有"诗的语言"及"散文语言"这两个关键词,不过,"散文语言"显然是作为背景音存在的。而文章开头所引出的诗语的两个参照物——论文语言和叙事性小说语言,实际上是作者将散文语言拆分的结果,潜台词为散文语言大体分两大类,论述性的和叙事性的。在结尾处,尽管他点明了两种文体语言上的区别,但这种区别仅仅是关于体式上的区别,而非特征的区分。关于诗的语言和散文语言的区别,主要见于他的如下论述:"散文的词汇总是在语法规则的严密组织下,准确地传达特定涵义。散文语言的直接性形成了语言涵义的表面性——思想的,或者写实的。诗的词汇却未这么安分守己。它不仅仅停留于散文式的说明描摹。诗歌语言的作用将继续到人们心中泛起情感的波纹。于是,这些语言常常可以分为表层涵义与深层涵义,而后者常常是感性的。同散文比较,诗的语言扩大了词汇的'意义场'、在诗的特定语境中,许多词汇后面还活跃着一重情感的意蕴,这将形成一种不确定的暗示区域。因此,许多词汇的效用在诗歌中被膨胀到了最大限度——有时甚至发生了破裂,这种情形使诗歌的语言的表层涵义与深层涵义之间具有了一定的距离,从而形成语言在此而意在彼的迂回性美学效果。"[①] 从这段论述中不难看出,散文语言所具备的规范性和准确性作为引出内容而存在,而诗歌语言的含混、张力、陌生化等特征方是其论述的旨归。不过,不管是如何的设置,南帆借助这个文章,正面解析了散文语言的基本特征问题。

诉诸百年理论批评史,在具体的文体理论建设中,关于散文

[①] 南帆:《论诗的语言与散文语言的区别》,《文艺评论》,1986 年第 4 期。

语言的理论分析和提炼非常匮乏，而分析具体散文作家的语言特色的批评文章或者论文则是落叶纷飞，倒是个别作家贡献了他们关于对散文语言的认识论结果。诸如林语堂的"平淡论"，尽管这一持论总体上归于风格论和审美品格指认的范畴，但在风格论的总纲之下，还是涉及了散文语言的特征问题。另有周作人"言志"观下的"说自己的话"的语言观，这一语言观对应散文语言的个性化之路。汪曾祺关于语言有系统的看法，不过皆统摄于文学语言的旗帜之下，他的言论并没有具体到散文文体，但其文学语言观若下移到散文上，大体上也是成立的。他所指出的语言的"内容性""文化性""暗示性""流动性"特征皆隐含着卓绝的认识。周同宾在一次访谈中，将散文语言的特征归纳为"准确、精练、个性"，这是更加具体化的认识。关于散文语言的理论提炼何以欠缺，这与散文文体有着直接的关联。首先，散文的体式非常驳杂，正所谓"奏议宜雅，书论宜理，铭诔尚实，诗赋欲丽"，从《典论·论文》开始，古典文论对于体式的语言有过明确的要求，散文的体式包罗万象，使用几个术语加以统摄全部体式的语言特征显然是不现实的。另一方面，散文的取材过于宽泛，如同林语堂所讲的，宇宙之大苍蝇之微皆可入题，而材料铸就了作品的基本内容，散文语言和散文要处理的对象存在着有机的联系，有意味的形式和内容之间实际上是水乳交融的状态。空灵的文风无法照应所有的风景游记，毕竟，桂林山水和西北的戈壁大漠在风景的实体内容上相去甚远。这方面，一个典型的案例就是同一个作家笔下不同的散文结集，鲁迅的《野草》和《朝花夕拾》皆呈现出作家天才的语言能力，但在语言特征上，鲁迅的两部集子存在云泥之别，其间的差异性与处理的内容有着密不可分的关系。

如果说《论诗的语言与散文语言的区别》一文中，相关散文的论述仅承担辅助性功能的话，那么在2013年刊发的《散文解读的几个问题》一文则是正面解析散文诸问题的篇章。需要补充说明的是，这篇文章的底稿则为南帆一次文学讲坛上的即席发言，且对象为从事中学语文教育的工作者。所以，这篇文章中并非如他的其他理论批评文章一样有破有立，而是基于普及的诉求，集中传达了他的关于散文的观点。行文如家常话，分析是多维度的，主要问题又集中在什么是好的散文这一话题之上。在字句分析的基础之上，南帆首先表达了要重视整体性的观点，他援引了桐城派学者刘大櫆关于文章中字句、音节、神气的审美递进关系的观点，强调散文的整体性恰在于气韵之美，离开了整体气韵的把握，散文的阅读和分析将会舍本而逐末。接着，他谈到散文叙述的步速和语感的问题，他注意到随着现代叙事艺术的发展，散文叙述汲取了更多的资源，将叙述与描述结合起来，如此使得散文的叙述趋于自由而变换。关于语感，他在文章中指出："语言是一个极其灵敏的符号系统，只要我们稍稍作些调整，表达的重心就变了。在这个意义上，我想，语言是对于四个方面的综合使用——节奏、音节、词汇、腔调、口吻有些不同，表达的涵义就会出现差异。"① 他在此处提及的四个方面，指的是散文的语义、情感、语调、用意这四个要素。就什么是好的散文或者说

---

① 南帆:《散文解读的几个问题》,《学术评论》,2013年第1期。

散文之所以能够经典化，南帆提出了他的判断标准，即作家的胸襟和情怀，大胸襟和大情怀才成就了经典的散文作品，他举了苏轼、陶渊明、鲁迅、罗兰·巴特、巴尔扎克这五个作家的例子加以说明胸襟和情怀的决定性作用。虽然是一次普及性讲座内容，而且关于散文的气韵之美和作家人格层面前人也多有论述，不过，关于散文叙述的步速和语感问题，还是有诸多创新之处，毕竟，这一话题多集中在小说领域，而且，这种相对扎实的技术性分析，也往往是散文理论批评界长期忽视的问题。能够深入浅出地讲述出这些技术话题，可见出作为理论家的南帆所具备的洞察力。在这篇文章的末尾，针对散文文体的规范性，南帆明确了散文"去本体化"的文类特征，明确表达了"散文没有文体规范"的观点，并将小说、诗歌、散文三种文体加以比较，凸显散文不屑于循规蹈矩的文体溢出特征，他指出："小说情节环环相扣，不允许中途随意停下来喝茶，甚至逛到另一条岔路上去；诗歌语调铿锵，适合于崇高的主题——这是诗歌的伟大传统；散文就是随意自在，风行水上，随意成纹。"① 在他看来，小说与诗歌皆拥有辨识显明的内核，唯独散文缺乏稳定的不可动摇的内核，当然很难使用本质的或者某种本体化的词汇加以绳墨，散文的自由和不断生变才造就了王国维所言的"易学而难工"的后果。

对于散文在文类上的把握以及"去本体化"特征的指认，集中见于他写于1994年的《文类与散文》一文中。这篇文章先从文类的历史延续即摆动性入手，自文类形成之后，守固与瓦解构

---

① 南帆：《散文解读的几个问题》，《学术评论》，2013年第1期。

成两股相反且相成的力量,这种力量制造了"历史性文类"逃逸和"理论性文类"增殖的后果。不过,尽管文类经历了拉锯,它所拥有的强大规训权力和形式凝聚力则处于主体地位。他由此判定:"文类具备了极为顽强的遗传能力,它将作为一个家族系列反复重现乃至强化自己的特征。"① 那么,散文这一文体何以具备了"文类逸出"的基本特征呢? 南帆从历史的生成层面加以考察,古典文学系统中,韵文与散文对举的历史沿革造就了散文在范畴论上的庞杂,另外,源于文类实践中的瓦解与对抗也造就了诸多的边缘文体,这些文体被统统纳入散文的范畴,如此使得散文的面目模糊,同样匮乏一个统一的精神内核。他进一步指出,散文历史形成的"法无定法"不仅使得散文的文体边界被迫撤出,还导致了散文内部二级文类分类编码的困难。"对于散文来说,文类尺度的撤离几乎使个体特征成为唯一的依据。""不可归类恰是散文的文类尺度。每一位散文大师都拥有不可重复的强烈风格,只有个性特征的强调才是诸多散文之间的公分母。在这里人们清楚地看到了散文的文体功能:个体瓦解了文类。"② 如此,散文的某种程度上的反文类特征加以凸显,散文的"去本体化"特征得以确认。另外,散文作为文类之母,在其演化过程中,促使一些文类走向衰老、衰亡,同时也催生了一些新的文类的产生,从文学文类的招纳和退出机制上而言,这是不同文体类别中独有的隶属于散文的变动不居的特征。散文不仅在内部制造秩序确立的困

---

① 南帆:《文类与散文》,《文学评论》,1994年第4期。
② 同上。

难,在创作实践中,它作为要素偶尔会被部分作家所积极运用,构成了瓦解他种文体的冲击力。南帆以汪曾祺散文化的小说以及1980年代校园诗歌的回撤向散文的实验为例,加以说明散文的个性化要素对不同文体既有规范的冲毁。如同物理学界的测不准定律一般,散文除了被个性化所把握之外,语言风格、结构、体例与定式等皆难以框定散文。

在《文类与散文》的第三部分,南帆以百年白话散文的两个高点——五四时期和1990年代为观照对象,条分缕析地阐释了散文热潮背后的文体因素。对于五四而言,白话散文始于周作人所言的"文学革命",本质上就是冲破各种陈规,这一点恰对应了散文这一"去本体化"的文类独有的反抗性优势。而就鲁迅的判断,他所言的"散文小品的成功,几乎在小说戏曲和诗歌之上"①,这句话的背后,南帆从文类角度加以分析,得出了五四散文诸家在散文作为边缘性文体的前提下反抗文类等级的快意。而对于1990年代的散文热潮而言,在自身文体理论匮乏以及缺乏理论援手的情况下,又一次爆发出能量,其动因有二。一方面,"散文的文类表明,散文的理论即是否定一套严密的文类理论。诗学之中没有散文的位置。散文的文体旨在颠覆文类权威,逸出规则管辖,拆除种种模式,保持个人话语的充分自由。"②这一段话表明,不仅散文内部缺乏稳定的内核,就外部而言,一个历史时期内的散文理论(至少从白话散文的历史来看)同样呈现出松

---

① 鲁迅:《小品文的危机》,《现代》,1933年第3卷第6期。
② 南帆:《文类与散文》,《文学评论》,1994年第4期。

散性的零落面目,而 1990 年代散文热潮的内在动力在于个人话语能够拥有充分的自由度。另一方面,1990 年代,小说家、诗人、学者进入散文写作现场,所扮演的"客串"角色,也为这一时期的散文带来巨大的活力。非专业散文作者何以能够自由出入散文园地,这与散文的门槛有关,当然,更重要的是与散文文体将各种规则和秩序拆除有关。南帆引述了作家周涛的阐述,论证了正是因为散文没有自己的"居室",散文如客厅一般,可以容纳更多的客人进入畅谈,至于能否留下踪迹,还要看各自精神个体性的鲜明程度,还要看具体个体的胸襟和情怀,而胸襟和情怀恰是终极因素。这一判断在《散文解读的几个问题》再一次显影。

《散文:文体、视角与重组世界的内在逻辑》一文是南帆关于散文的最近的一次表述。在这篇文章的开头,他就明确了放弃散文"本体"这个概念的立场,他从理论的视角指出:"西方文学理论通常公认三种文类:诗、小说、戏剧。散文的缺席包含一个重要原因:这种文体不存在某些标志性的形式特征——这些特征不仅表明散文与诗、小说、戏剧的差异,而且是文学与非文学的区分。散文并非文学的专属产品,而是横跨哲学、神学、历史学乃至经济学与社会学。"[1]这段话表明,散文理论本体性的丧失,即散文之所以难以产生系统性的理论,原因在于这一文体缺乏标志性的形式特征。此外,在文学流动的现场,散文虽然作为四大

---

[1] 南帆:《散文:文体、视角与重组世界的内在逻辑》,《小说评论》,2021 年第 1 期。

文学文体之一,但它始终保持兼容非文学因素的特性,进而使得散文与其他人文社科领域存在互渗的关系。在重组世界的内在逻辑上,南帆认为无论是小说还是诗歌,皆具备明确的演进思路,而散文却与后现代存在某种默契的关系,后现代文化的基本标志就是削平深度、去中心化、反本质主义。也正是放弃从某种本体理念观照散文,南帆在这个文章中,以审美概念中的"趣"作为关键词,以解析现当代散文的林林总总,他指出:"在我看来,'趣'已经无形地左右许多当代散文对于生活的接收与裁剪。"①使用美学术语作为统摄散文文体的一个综合性概念,乃不得已为之的一种结果,这种结果恰恰与散文的"去本体化"特征息息相关,如同南帆在《文类与散文》中分析的那样,古典的学者和理论家同样绕开了散文的本质性规定,以"文气"说作为统摄,加以提炼不同体式、体例,不同风格路数的文章。

尽管南帆对散文的表述内容并不算多,但在不同时期的观点中,他多次援引苏轼随物赋形的文章观,结合古典文章"法无定法"的文体观,加以观照现当代散文。他的"去本体化"的散文观与当代散文研究界文体边界开放的研究成果尽管结论相似,但在方法论和理论视野上存在着根本的区别。一般来说,散文研究界主要围绕着散文的历史生成,古典文章中的文体观念,白话散文的实践,白话散文理论等成果加以展开,基本上还是停留于从散文内部来研究散文问题,其间的区别仅仅在于相对保守或者

---

① 南帆:《散文:文体、视角与重组世界的内在逻辑》,《小说评论》,2021年第1期。

相对激进的立场选择。而对于南帆来说，强大的理论功底使得他能够跳开散文来观照散文的理论问题，在散文的"去本体化"问题上，他从文类理论出发，并代入小说、诗歌等分体理论作为参照系，以此阐发散文文体的独特性所在。另外，在视野上，也做到了古今的打通，以及不同文体间的打通。当然，他的"去本体化"的散文观也与1990年代兴起的文化研究以及21世纪以来文学理论界反本质主义的思潮兴起有着某种关联，只是这些理论代际的因素作为隐含的背景而存在。

　　白话散文的奠基时期，叶圣陶曾经就散文的范畴论说过："除去小说、诗歌、戏剧外，都是散文。"① 在这里，叶圣陶只能采取排除法给予文学散文一定的位置。这种不得已的定义方法与散文的文体边界开放相关。在这个问题上，鲁迅"散文是大可以随便的"之看法，梁实秋"散文是没有一定格式的"之观念，以及当代散文场域内贾平凹"大散文"观，新散文所倡导的"无边界的写作"，它们之间皆有一定的相通之处。虽然，歌德说过理论是灰色的，但是，关于散文文体的自由，散文对边缘性文体、新生文体的接纳，散文内部实用与审美的切分，理论接着说的话题仍任存在着某种必然性。

---

① 叶圣陶：《关于散文写作》，见俞元桂主编《中国现代散文理论》，广西人民出版社1984年版，第156页。

第五章
散文的特质

第一节 散文何以为散文

一、散文定义的不通约性

马克思曾将希腊神话定义为"一种规范和不可企及的范本",认为这一文体保存着人类童年最纯真的记忆。巴尔扎克视小说为"一个民族的秘史",卢卡奇则把小说当作工业时代的史诗。海德格尔认为无家可归正成为世界的命运,而诗人的天职就是还乡。而对于散文而言,除了"文类之母"这个暧昧不清的指称之外,能够直指人心的命名,无疑是匮乏的。各种教科书上的定义,具备了流水线生产的特征,这种被生产出来的定义,并非为了让人们铭记,而是用来陈列、考试、宣讲或者其他。

无论是在散文研究界还是在散文理论界,"散文理论的贫困"几乎成了某种共识性认知。部分学者还进一步阐发,认为散文理论的贫乏是世界性的,散文理论建设是个普遍性的难题。在描述完这个现状之后,出于本体论的考虑,人们往往着手于去给散文下个定义，或者为散文重新加以分类，以彰显自我理论建构的独特性。确证散文的内涵或者确立散文的类型，成了大部分理论建构者的必由之路。新时期文学以来，文学理论与写作教材的丰富与多元，无疑又加剧了散文定义不断膨胀的趋势。而在散文理论专著之中，首先以定义的形式解决散文的内涵问题，似乎也成了某种约定俗成。每一种定义往往是不重复的，区别于前人的，有独立性特征的定义。源于各自阐释立场的不同，以及基于创新的心理诉求，形成了关于散文的定义差异性显著、互不搭界的情况。下面分别就文学理论教材、写作教材、散文理论专著这三种载体形式为例，探查关于散文定义的林林总总，以上三种也涉及不同的学科要求与规范内容。

先来看文学理论教材里关于散文的定义，童庆炳的《文学理论教程》自出版以来，多次再版，成为众多高校文学理论课程的必选教材。关于什么是散文，定义如下：文学散文是一种题材广泛、结构灵活，注重描写真实感受、境遇的文学样式。它的基本特征主要包括，题材广泛多样，结构自由灵活，描写真实感受。再来看写作教材里，在刘海涛的《文学写作教程》（高等教育出版社2005年版）里，关于散文的定义是这样的：散文是一种可以充分利用各种题材，创造性地运用各种文学的、艺术的表现手段，自由地展现主体个性风格，以抒情写意、广泛地反映社会生活为主要目的的文学文体。而陈剑晖是当下散文理论研究界的代表性人物，再看其理论专著《中国现当代散文的诗学建构》中关于散文的定义：散文是一种融记叙、抒情、议论为一体，集多种文学形式于一炉的文学样式，它以广阔的取材、多样的形式、自由自在的散文文句，以及优美和富于形象性、情感性、想象性和趣味性的表述，诗性地表现了人的生存状态和心灵状态，它是人类精神的一种实现方式。对照以上三种关于散文的定义，一方面，基于立场的不同，阐释的内容相去甚远，童庆炳的定义取泛化的散文定义，从中可见"真情实感论"的余波。刘海涛的定义则基于文学是对社会生活反映的立场来阐释散文的基本特性。而陈剑晖的定义则去除了附加在散文身上的其他要素，回到散文自身上来考察散文的基本内涵，涉及散文的取材、表现形式、语言传达及精神内涵，因此，更接近散文的本体。另一方面，即使是考虑到学科要求，决定了不同定义间的差异性，但相互之间的形同陌路的状态，还是令人感到诧异。好像彼此说的是不同的事物，或者可以这样说，考辨诸多教材或者学术专著里关于散文的定义，它们之间缺乏基本的通约性。这种现象也充分表征了散文的困境和难题所在。

如果说因为学科建设的思路不同，导致了散文定义的相互独立，尚能够理解的话，那么，在散文研究、散文理论内部，散文定义的不相切性依然突出，这一点尤其能够充分说明问题。新时期文学以来，佘树森、林非、傅德岷、梁向阳、范培松、刘锡庆、楼肇明、吴周文、陈剑晖、孙绍振等专家学者，纷纷就散文的定义或者散文的类型立言。对比这些散文的定义或者散文分类方法，即可发现，他们彼此间各自成说，就拿散文分类方法来说，有二分法、三分法、四分法、五分法等，令人眼花缭乱。彼此间看不到理论的继承性，这也意味着新时期散文理论史上，关于散文何以是散文的问题，不断地被推倒然后重建，然后再推倒，再重建。这也足以说明，一方面，散文是难于被准确定义的，只能根据个体的方法论和立场，给以描述性的说明；另一方面，通约性的丧失以及理论积累的匮乏，恰是散文理论难以建构、趋于贫乏的重要原因。

近现代以来，西方的小说和诗学理论渐趋于发达与繁复，在重视概念和逻辑演绎的西方哲学传统的照耀下，反观西方散文理论，同样也缺乏体系性的构建。甚至是关于散文的定义，也没有通行的认识成果。《大英百科全书》是一部权威的百科辞典式的著作，其中关于散文的定义也是基于一种描述，其内容如下："给非小说散文下文学定义，是一项具有很大挑战性的任务。很明显，非小说散文作为一个无限广阔、多样的文学领域，是不能以任何单一的内容、技巧或风格概括其特征的。它的定义只能规定得很松弛，以它不是诗歌、戏剧、小说来表示。"[1] 由上述描述性的话语可知，西方语境中，给予散文以很大的自由度和弹性。

歌德曾说过，理论是灰色的，唯生命之树常青！散文创作尽管也有迟滞的时候，但总的来看，有一个一直往前的审美态势。这种情况下，试图给予散文一个定义，然后一劳永逸地解决散文内涵问题，明显是不现实的。基于这些情况，散文何以为散文的问题，并非散文理论建构必须要解决的问题，即使无法绕过，也应该充分考虑前人的论述，面对的对象同一的情况下，不必自立门户。在这个问题上，也许伊格尔顿和卡勒能够带来启示。他们在各自的文学理论体系的建构过程中，对于文学是什么的问题，

---

[1] 转引自张梦阳：《大英百科全书关于散文的注释》，《散文世界》1985年第1期。

并没有强行给出一个通用的定义。尤其是伊格尔顿，在还原和论证文学的一个个经典定义之际，总能找出反证来突破定义的限定，他甚至宣称，文学根本就没有什么"本质"。作为反本质主义的理论巨擘，伊格尔顿和卡勒最后给出的文学定义与中国学界盛行的本质主义思维方式大不相同，他们认为，所谓文学就是某一时期人们所认为它是文学的那个东西。陶东风也曾著文，批评文艺学学科建设过程中本质主义的思维方式，而散文理论作为文艺学学科之下的分支，也应该警惕本质主义对散文理论建构的过度入侵。

作为当下散文研究与理论建设的中坚人物，王兆胜与陈剑晖皆表达过同样的意思，即建设散文理论学科规范的紧迫性。在学科建设问题上，作为文类特征突出且兼具实用功能的散文，不妨先搁置散文是什么的问题，在几个重要的问题上发力，以理清脉络，联系实际，并对散文创作形成指导性意义。这些问题包括：一是散文观念演变的梳理与考辨；二是散文文体的演化与分蘖情况；三是当代散文的经典化问题；四是白话散文与中国文统的继承性；五是散文思潮与散文现象背后的思想文化机制构成；六是散文在取材、艺术处理、语言传统系统上的独特性；七是散文的审美个性与散文的主体性；八是散文与小说、诗歌的相切部分的内容与独立部分的内容。如果能够对上述八个问题加以厘清，那么，散文何以是散文的问题也许就能够迎刃而解。

总的来说，对于散文何以是散文的问题，应该把重点放在厘清散文的文体特性、散文的审美品格上面。绕开惯用的下定义的方法，逐渐达成有效的观点声音，进而在散文批评与创作实践中形成共识。如此这般,对散文场域的健康生态方有良好的推进。

二、文体边界的讨论

文体问题作为白话散文的焦点话题,自周作人、刘半农等人提出的"文学散文"一直到 21 世纪,始终作为仅次于散文的本体问题而存在。尽管关于散文的文体讨论非常丰富,令人遗憾的是,所取得的共识并不多。这也导致了散文的文体一直在文类概念和体式概念间摇摆。当今天的小说界已经聚焦到叙事学层面,探讨小说的叙事声音、叙述视角、叙事时间以及零度叙述等问题之际;当诗歌界业已提出"诗到语言为止"的命题,探讨"失去象征的世界"之后人的生存意义被改写的问题,反观散文界的文体认识或者讨论,依然在传统的疆域内驰马,进一步来说,纵观百年白话散文的理论探讨和观点呈现,基本上聚焦于以下三个问题。首先是散文如何加以定义的问题,周作人的美文观,王统照的纯散文概念,柯灵的"轻骑兵"说,秦牧的"海阔天空"论,等等,皆可以归入这一问题。其次是关于散文的特质论断,其中包括鲁迅的匕首投枪论,郁达夫的个性发现说,林语堂的平淡之美,林非的真情实感论,谢有顺的法在无法之中等等。最后是散文的边界勘定,刘半农率先提出文学散文的论题,散文得以成为一种独立的文学样式,从传统的文章中脱离开来。自此之后,直到新时期文学开始,散文的边界问题一直隐晦不语,1990 年代初期的"大散文"与"艺术散文"之争,这一问题方开始成为散文批评与理论探讨的热点话题。同时,1990 年代散文热也推动了多种体式和多种类型散文的兴盛,而新散文与在场主义运动两个散文思潮的涌动,在写作实践上大大推动了散文文体边界的拓宽,甚至一些具备先锋色彩的作品也闪亮登场,如张锐锋、格致等人的作品,数次被刊物编辑放在小说栏目里推出。体式的繁荣与观念的突破推动了散文边界问题成为聚焦所在。

2014年,《光明日报》推出专题栏目"文事聚焦:散文边界讨论系列笔谈",邀请了一些学者、作家参与到这一话题讨论之中。除了报刊、研讨会推出的集中性散文话题之外,总体而言,新时期以来的散文场域内,散文的共同性话题明显偏少。当然,话题偏少并不重要,重要的是有限的集中讨论能否达成基本的共识和观念的通约。此次关于散文边界的讨论,推出的批评文章有古耜的《散文的边界之争与观念之辨》,何平的《"是否真实"无法厘定散文的边界》,熊育群的《散文的范畴亟待确立》,朱鸿的《散文的文体提纯要彻底》,南帆的《文无定法:范式与枷锁——散文边界之我见》,穆涛的《对我来说,散文是什么》,陈剑晖的《散文要有边界,也要有弹性》,张炜的《小说与散文应该是趋近求同的》,孙绍振的《从抒情审美的小品到幽默"审丑""审智"的大品》。这些文章通过搜索引擎可知,除了极少数研究论文、批评文章有所提及之外,形成的舆论场极其有限。一方面,在新兴的媒介场域内,散文边界的话题并没有实现位移,无论是转发还是延续话题"接着说"的情况,皆很罕见。另一方面,这一集中的话题也没有在散文研究界引发后续的争鸣,无论是相关散文文体边界的论文还是上述这些文章的观点引用情况,皆处于大致无声的状态。而在近几年的文学类微信群里,也极少见这一话题下移到讨论语境的境况。根据以上的信息可知，此次关于散文边界的讨论无论在散文创作领域还是研究领域，皆趋于迅速消逝的状态。作家和学者的不买账情况，乃散文生态长期零散化的必然现实。

针对这次讨论的文章，先来看几位身份为作家的观点，即朱鸿、熊育群、张炜三人。作家的观点表达，往往有自身写作经验的带入，而对文学观念史的梳理则是明显的弱项。三人中，朱鸿的文体提纯之说与熊育群反对虚构及倡导散文审美性大致趋同，张炜的自然天成、有感而发的主张则与他们两位形成明显的对立。其实，净化文体之说在1990年代初的刘锡庆那里已经有了充分的阐释，朱鸿的提纯之说显然没有什么新意。在其文体收窄的观点之下，他将散文的种类划定为三种——抒情散文、随笔、小品文。而在具体的作家举证之上，存在明显的漏洞，比如指认张承志、史铁生为当代抒情散文的名家，明显不合实际，张承志是典型的思想随笔作家，而史铁生的散文则处处贯穿了他的哲思。至于说当代的小品文难成气候，则是敝帚自珍的结果，冯杰和止庵为当之无愧的小品文大家，后继者则有青年作家胡竹峰、毕亮等人。熊育群对散文理论滞后的现状有着准确的认识，但其对审美性的过度强调，已然进入了为散文文体边界设置的藩篱。张炜在文章里将散文与小说放在一起来讲，他认为散文是自然天成的产物，哪怕是出于实用的目的，好散文大多数是无心插柳的结果。言外之意，为散文而散文的做法则不符合散文之道。很明显，对于散文的边界，他持一种自由和宽泛的观点。"所以小说家、诗人、戏剧家，更有可能写出好散文来。好的散文大半是他们工作中形成的另一些文字,是自然天成的。其他的好散文则来自另一些人:他们平时在忙一些本职工作,而在工作中形成的、有感而发的所有的文字中,有一部分就极可能成为优异的散文篇章。"上述观点大体上没有明显的破绽,但其对专注于散文文体创作的作家的忽视,乃惯常的小说家、诗人对待散文的傲慢态度,体现出文体内部等级化的现实。此外,张炜的"自然天成"之说与古典文论多有重合之处,"文章本天然,妙手偶得之!"只能当作一种观点加以对待,就拿李杜而言,放在李白身上,这身衣服非常合体,但放在杜甫身上,则显然不合时宜。"自然天成"之说,仅仅是道法自然美学思想体系下的一个分支,其有着特定的适应人群和时代的对应。置身于工业化和后工业化交错展开的时代现场,小说与散文遭遇的是以现代性、主体性为标志的现代观念体系,前现代的观念体系已经很难加以笼罩。

再来看批评家的声音,源于何平一直在批评现场,与诸多文学杂志存在着合作关系,因此归入批评家的队伍。他们是古耜、何平、穆涛三人。穆涛的文章基本上没有触及文体边界的问题,谈了三个小问题,分别是散文要说实话,散文要珍惜语言,当代文学评价体系亟须建立。很显然,他谈的是如何写好散文及如何评价散文的问题,与散文的文体边界、文类特征并不相切。古耜的立论非常严谨,紧紧围绕着散文的文体边界及散文文体的辨识度而展开,有纵深度,有横切面,体现出一个批评家的专业精神和问题意识。也正是因为他的文章引起了读者的热烈回应,《光明日报》方以此为触点,开启散文文体边界的讨论。古耜回顾了1990年代初的文体观念之争,他秉持散文文体开放性的立场,给出了"定体则无,大体须有"的文体观。基于散文史和当代散文的创作实践,他还提出了"散文就是个兼容并包、诸体俱在的大家族"①这样的命题。为了避免散文滑入毫无边界、毫无准入的泥淖,古耜对"大体须有"的原则给出了细化的阐释,在他看来,散文的"大体"包括如下三个方面:文本彰显自我,取材基本真实,叙述自有笔调。②这三个方面实际上涉及散文的辨识度层面,就是根据现有的观念,我们如何确定它是否是一篇散文。毋庸置疑,古耜给出的三个标准宽严有度,自我和真实的问题,前人多有述及,而叙述自有笔调,则可归属古耜的创见。这里谈到的笔调问题不仅涉及散文语言,还涉及散文的技法的调和、氛围的经营、风格的形成等审美因素的确立。笔调也由古典文章的法统而来,在古典诗文的欣赏中常常加以使用。何平因为对文学现场较为熟悉,因此,他结合了具体的作品来回应文体边界问题。尤其是关注到了小说与散文两种文体经常发生文体篡改的现象,并对这一现象表现出理解和包容。何平的文章集中在案例分析上,他注意到散文的边界延伸状况,不过,仅仅做出基于现象的分析,尚缺乏理论的归纳,至于散文的文体特性,散文边界疆域的合理位置,则语焉不详。

孙绍振、南帆、陈剑晖三位学者为典型的南方学人,前两位是闽派批评的代表性人物。陈剑晖为当下散文研究的重镇,他的批评文章与其散文研究观点一脉相承。基于对散文在现代文体学

---

① 古耜:《散文的边界之争与观念之辨》,《光明日报》2014年3月17日。
② 同上。

框架里文学文体归属的认知，陈剑晖对散文的芜杂情况并不满意，但也反对过度提纯的观点，从其文章题目可知，他采取了调和和折中的办法，即划定散文的文学边界，同时又保持一定的开放性。孙绍振对散文的文类特征的认识比较深入，他反对使用一把尺子来衡量散文，但基于对其理论建构的阐发，他的文章重点是对散文三个分类的阐释。然而他所设置的三个文类的让渡关系也存在逻辑漏洞，这一点，与文体边界已经关联不大了。南帆毕竟是理论家出生，因此，他的观点在理论的缜密性和深入性上最为突出。关于散文的文体问题，他提出了两个著名的论断，其一是散文的反文类特征，其二是在他看来，现今通行的"文学"观念与20世纪初期的现代知识重组密切相关。因此，散文的文体边界问题归根结底是一个历史化的结果，而非现实的约定。古典的文体理论异常丰富，经过学科分工下20世纪的知识谱系的确立，文学性散文得以确立，但作为文学的基座部分，一直处于吸纳和变动之中。

　　关于散文文体边界的看法尽管各有依据，实际上，之所以会形成争鸣并难以相互说服，原因就在于大家的视野受限于当下的文学观念。如果将散文文体放在文类的层面加以讨论的话，文体边界的收窄和放宽皆不会成为问题。将散文归入文类意味着，一方面，针对既有的文学史业已确立的典范性散文作品，无论当时的文体归属是什么，都应该放在散文的范畴内加以审美解析；另一方面，文类往往是变动不居的，它必然吸纳新生文体和边缘文体，针对散句形式构成的文章，考察其是否归属于散文，则引入文学惯例的机制，文学惯例的准则自身包含了如下内容："呈现形象的世界,传达完整的意义,蕴含特殊的意味"①。总体而言,与其他文体相比较,散文的边界缺乏明显的标识,相对比较开放。某种意义上,散文是唯一一个沿袭文章概念的文体,这句话的意思是说,散文发展到今天,既包容审美性的文章,也吸纳实用性的文章,很多新兴文体和边缘文体,比如微博文章、企业或公司软性推广的文章、公众号作品等,一旦具备了某种审美独立性,都可以纳入散文的范畴中来。其中,实用性文章向着审美性文章转换的中介点,即审美独立性,包含如下因素:形象、思想、审美张力。

总体而言,由《光明日报》发起的这场关于散文文体边界的讨论是21世纪以来少有的集中于散文理论问题的讨论之一,其中古耜和陈剑晖这两位的观点尤其值得关注。前者既提出了"定体则无,大体则有"的总体原则,具备了某种纲领性意义,又细化了散文文体得以确立的几个支撑点位,理论阐述虽然不复杂精要,但操作性很强。后者的观点深植于他自己多年的散文研究,从学术的视角提出了稳健而折中的观念,确立了一个内核稳定而边界保持弹性的思维框架。另外,其他人的相关论述尽管有所缺失,但也提供了接着说的场域指向,只有在不断的讨论和反思语境中,散文的边界问题才会逐渐清晰化,并由此返身,审视当代散文文体特性的框架内容。

---

① 童庆炳主编:《文学理论教程》,高等教育出版社1998年版,第77—78页。

第二节　散文的审美判断标准

一、好散文的题中之义

　　文章之道、辞章之学与散文之道，这三个概念照应了为文之道从文章学到文学学的演变路径。前两个概念属于文言时代，后一个概念则属于白话文时代。虽然，在阐发散文的历史发展状况之际，人们可以兼容古今，视《庄子》《史记》、韩愈苏轼之文、晚明诸家为中国散文的高峰所在。刘勰之述，苏轼之论，王国维之说，他们的审美主张也可以古为今用。但以上这些事实无法取代百年白话散文经历了时运交移、质文代变之后新的审美向度与审美新义的确立。古典时代里，道统高于君权的信念体系之下，所谓君子之文，以言道也！为文之道与辞章之学被打上深厚的殉道的烙印。
　　现代散文则撇开了文章之道与政治哲学、人伦教化的杂糅，具备审美性、个人性、独立性的文本得以确立。郁达夫"个性的最大发现"之说，周作人独特的"美文"观，较好地阐释了散文之所以为散文的题中之义。新时期以来，随着散文热潮的发生，林贤治、谢有顺等人分别著文，就散文的审美本体展开反思，并将散文文体的核心理论建构引向自由精神的确立之上。若仔细加以梳理，从个性的发现到自由精神的确立实际上有着明确的承继关系。个性的发现意味着思想启蒙、审美启蒙作为前提条件而存在，如此，才会有精神个体性的真正显现，同时也意味着支撑个性的维度为现代性的维度。白银时代的思想家别尔嘉耶夫曾经指出，个性具有社会根本无法到达的深度。而自由精神的内涵，则指向思想的自由，指向社会空间对个体性的尊重程度，既有着向内的一面，又有着向外的一面。其中向内的一面，即个性的自觉守护与自觉呈现。

以上关于散文审美本体的认识成果，沿着文学是人学的思路而来，以命题形式而呈现，对于什么是好的散文这个问题，尚无法给出一个准确的轮廓，更谈不上量化式处理了。好的散文应该具备哪些特征？这就需要回到以文本为中心的轨道上来，结合写作实践，加以描述和指认。对于这个问题，古典的文章传统曾经有过表述，比如孔子诗学观中的"辞达而矣，绘事后素"，韩愈倡导的"须言之有物，惟陈言之务去"，等等。但这些审核准则今天看来依然属于泛泛而谈的范畴。"文变染乎世情，兴废系乎时序"，这是刘勰关于文学的一个通变的观点，简约之美有其恒定性，但并不代表着万世遵循。就近三十年的散文流变而言，余秋雨的文化大散文与刘亮程的诗性村庄，恐怕与辞达，与言之有物等美学原则，其间的契合度就并不高。

散文虽然包容性很强，其边界也是有弹性的，不过在今天，大致的写作路向可归类为二。一个路向朝着情思的舒展而迸发，这个路子大致照应叙事散文、小品文、青春美文、游记等体式；另一个路向则注重个人识见的开掘，大致照应着随笔、历史散文、序跋、手记等体式。题材也好，体式也好，皆非好散文的决定性要素，对于上述两个路向的散文写作而言，有两个共性的要素可视为散文抵达华章的必备内容。具体来说，一为散文语言，一为个性的确立。先说散文语言，这个要素涉及最基本的传达与呈现层面。过去，人们的认识有误区，一直觉得家常话就可以写出上乘的作品，此论实谬。散文既然是文学之一种，那么它必须追求文学性，而散文语言就是文学性呈现的最直观的载体。卡勒所言的文学是语言的突出，这个准则可适用于一切文体。因此，表达的自觉是个基本的门槛，个体与语言、语词之间需要建立一个敏感机制。在这里，散文作者应该向小说家福楼拜学习，怀着宗教般的虔诚态度对待字词，如其所言："无论你所要讲的是什么，真正能够表现它的句子只是一句，真正适用的动词和形容词也只有一个，就是那最准确的一句，最准确的一个动词和形容词。"因此，在具体写作的当口，散文作者应该尝试着让笔下的那些自动化的词汇重新苏醒过来，赋予其独特的体温和含义。散文语言直接关乎着个人风格的确立，按照歌德的描述，风格又是艺术所能企及的最高境界。这就意味着，一流的散文作品在语言层面必然体现出作家自身纯熟的话语呈现能力，文字之美或者文字之力与写作技巧、修辞之间，有着极佳的黏合度。如果要给出实证的话，且看鲁迅《野草》题词的开头："当我沉默着的时候，我觉得充实；我将开口，同时感到空虚"，这种劈空之语，带着凌厉的力道扑面而来。后世评述其文，力透纸背，恰从这样的语言表达细节而来，而且，这个开头与《秋夜》相关两棵枣树的开头，曲率相同，它们既是深沉的，也是高蹈的。当下的散文作家中，语言上自成体系者可谓从者如流，格致的巫性色彩，阿薇木依萝笔下回到事物本身的能力所营造出的本色化格调，汗漫的空灵与柔性的如一，冯杰的幽默与通脱，塞壬笔下语词的灼烧感，等等，皆为示例。总的来说，若想具备个性化言说，陌生化乃必由之路，而诗性则是终极的目的。

个性的确立实际上就是主体自觉的完成，就是对自由精神的把握和深透的理解。卢梭说过，人是生来自由的，但无往不在枷锁之中。社会语境也好，艺术观念也好，皆会为写作主体设置重重障碍，冲破这些束缚当然需要勇气与胆识，需要思想的自觉。在这里，自由既是心智解放的过程，也是一种美学形式。作品中所内蕴的个性，作为独特的精神个体性的存在，与个体的思维方式和哲学观紧密相连，无论是描写星辰、天空，还是刻画植物、微尘，其后面皆含蕴着灵魂的形状与重量。这些并非虚化的内容，而是指向孤独个体与外在事物之间在生命频率上所形成的切割与互振。其中的每一个形状皆是动人的，每一种声音皆是深刻的。当年，受《泰晤士报》之约，伍尔芙为其定期写稿，刊发后所有的稿子皆未署名。但英国的很多读者和批评家很轻易地辨认出哪一篇才是伍尔芙的作品，何以然？这是因为文章的后面有作家个性的印章树立在那里。

当然，就情思的路向而言，至真至纯乃必然的要求，大家之作，其言情必沁人心脾，这是基本的标尺，而为文而造情则是大忌。就识见的路向而言，散文本来就是一种智慧文体，缺乏识见，作家笔下的对象就成了一堆提线木偶。即使是情思之作，识见也是必不可少的，反之，不独洞察力缺位，而且作品内在的情理逻辑也无法建立,严羽说:"学诗者以识为主"①,可谓古今同理。散文是一个时代智慧水平的标志,所谓智慧,指的是主体感知之切之后的求知之深,即洞见能力和审美判断力的高度契合状态。就时代风潮而言,浮在上面的往往是感知之切,甚至是那些由伪言和饰言构成的感知之切,当下流行的青春美文、哲理散文、鸡汤文即如是,而求知之深无疑则为水中的沙石。追求智慧的深度,不是随便哪个路数的作者就能做到的,一位有才华、有灵气的散文作者,恐怕最难放下的就是心中才华这一执念了。总的来说,不管是哪个路数,皆能写出好的作品,关键在于开掘的深度,在于如何处理主体与他者间的关系。

天赋这个东西,即才华和想象力的因素,就散文文体来说,依赖程度并不高。才华和想象力如果用在文体边界的突破之上,堪为大用,一旦用心于修辞和写作技艺,则容易掉入炫技的泥淖。毕竟,文学史实践中,感觉主义的路线向来是小众的,因为其内向性和封闭性,因为其需要主体保持长久的生命激情,以及特别的感受能力。有些时候我还是认为,散文不仅仅是写给自己的,不能仅仅围绕着个体与世界的尖锐对抗。恰恰相反,散文还应该是写给他们的,写给外在这个并不完美的世界,以及这个世界中正在遭受这样或那样精神之苦的他们,让人们更简单地认识理解世界,接受世界,并超越世界。散文写作不仅仅是为了证实尖锐的个体存在的合法性,我们真正要做的是从外在世界开始,

---

① [宋]严羽:《沧浪诗话·诗辨》,见郭绍虞《沧浪诗话校释》,人民文学出版社1962年版,第1页。

渐渐解除个体存在的紧张与焦虑,要尽量平息那些波浪。后城乡二元结构的当下现实中,将散文过多地放在抒发小情绪,消费各式各样的乡愁方面,我觉得并不是个好现象。散文是小言,同时也是一种大言,作为时代之大品,不能具备思想的穿透力,不能呈现中国式的智慧,不能与传统为文之道实现对接,这是不可想象的。另一方面,表达、情感与思想,在文本中并不是疏离的状态,它们实则是一体的,如同歌德提及的那样:"艺术要通过一个完整体向世界说话。但这种完整体不是他在自然中所能找到的,而是他自己的心智的果实,或者说,是一种丰产的神圣的精神灌注生气的结果。"①

二、散文语言的刻度

语言自觉对于任何一种文体的写作而言,皆作为第一道门槛而存在,写作者或者爱好者与专业作家的分野主要就在这里。文无定法,同理,语言的刻度在不同文体内部也缺乏一个通用的标准。戏剧语言作为典型的舞台语言,口语化与动作性就成了某种内在要求,而小说由古老的叙事艺术发展而来,准确性往往会被排在第一位,诗歌语言汇聚了各个民族语言的尖顶部分,成为文学语言灯塔之所在,因为追求陌生化和诗家语,诗歌语言锻造了文学史最为精彩的瞬间。而对于散文而言,似乎很难找到一个标准刻度,能够容纳和覆盖古今中外的一切作品。只能在相对宽泛

---

① 〔德〕歌德:《歌德谈话录》,朱光潜译,人民文学出版社1978年版,第137页。

的意义上，找寻那个具备最大公约数的刻度。

白话散文之前，多强调的是文章之道，罕有对散文语言的专门论述。像"言之无文，行而不远"，阐发的是文章的修辞问题，而"错彩镂金""清水芙蓉"则是关涉美学上的要求。作为代表性的观点，苏东坡的"行云流水"说与其说是在讲语言风格，不如说是在阐明文章的法度。现代文学时期，出于语言的自觉和推动新文体的确立，关于散文语言有两种代表性的意见，一为周作人的美文观，具体到散文语言则强调"理论之精密与艺术之美"；一为林语堂的平淡论，他以平淡为文学最高佳境。前者为学者兼作家的语言观，而后者则是典型的文人式的论见。作为有趣的补充，现代文学三十年间，在散文语言的自觉与自律方面，走得最远的是朱自清，而散文语言的成就之高却在鲁迅这里，这在欧化严重的白话初期，简直是一个奇迹。解析这个现象，我们只能引入天才定律，如同康德所讲的那样，天才就是天赋的才能，他给艺术制定法规。

如果按时间段划分的话，白话散文的前七十年，散文大体以追求明白如话为旨归，后三十年则以语言的锐度和深沉为标识。实际上，近三十年来的散文写作，在语言呈现上确实走向了开放和多元，如同泄洪后的水流，打开了万花筒的颜色。这里面有两个点位无法绕过，一是散文作家普遍扬弃了平淡、简单、朴素的白话散文的传统，纷纷走向了个性化的语言之路；二是一大批的诗人、小说家涌入散文的园地驰马，意气风发之处，一改散文既有的语言秩序，单是诗人群体就带来了诗性、灵动和口语化、日常化这两种潮流。随着叙事的权重愈发彰显，追求语言传达的锐度和力度盖过了其他潮流的风头，成为主流性内容。

　　谈散文语言，需要和写作对象结合在一起，使用什么样的语言样式，并不是最根本的问题，最重要的是要和对象之间形成一种浑融的关系，既要考虑到散文路数的基本特性，更应该关注书写的具体对象。这方面鲁迅的散文就是例证，其实这也对应了陈剑晖先生提出的语体文体这个概念。源于个体性这一散文内核的存在，散文语言大体上观照的是个体的体温和日常的事物，再结合汉语一贯追求凝练的传统，因此，准确同样是散文语言避不开的，另外，风格的简练也同等重要。如果要给出当下散文语言的最大公约数的话，准确和简练，就是我个人给出的答案。

三、散文的层级

　　白话散文的历史，几近百年，如同其他文体一样，时代症候的影响之下，有兴起的时段，也有落潮的周期。就21世纪而言，散文创作延续了1990年代的"散文热"的潮流。思潮、流派的态势固然不够分明，但在媒介载体、写作立场、风格特性等方面，无疑呈现出多元化的面貌。若进一步放宽视野，以问题意识切入当下的散文场域，那么，散文批评的弱化与散文判断标准的模糊，又构成了最突出的问题所在。所谓批评的弱化，可从批评队伍的构成与数量，散文批评的影响力，批评专业性的欠缺，这三个方面加以判断；而判断标准的模糊，则可从年度综述的语焉不详，年度选本的相互抵牾，批评家与作家的普遍疏离，以上这三个方面可以见出。

魏晋时期的钟嵘仿照汉代"九品论人,七略裁士"的著作先例,完成了诗歌理论著作《诗品》,以五言诗为主,全书将两汉至梁作家一百二十二人,分为上、中、下三品展开品评。在《诗品》中,他以"风力"与"丹彩"以及诗歌在精神上给人的感染力,作为评判诗歌品相之标准。钟嵘的品相分级的文学理念,与同一时期士林中人物品藻的风气相贯通,侧重于精神品格层面界定对象的等级。这一点,与明清之际盛行的流品论调有所区别,毕竟,流品论更侧重伦理情境与政治秩序的背景存在。

晚清文学大家王国维先生有三境界说,主要针对做学问而发。实际上,在文学创作领域,也始终存在着先登堂后入室的逐级而上行走的态势。围棋中有段位,情理相同,散文写作中也存在层级的情况。这个层级大致可区分为语言自觉、文体自觉、主体自觉、价值观解决这四个阶段。

何谓语言自觉?它指的是语言传达的自如性。表现力和呈现能力是文学写作的基本功,这个基本功需要自觉训练方可达到。语言自觉对应的是感知和想象力系统的建立。人们经常说中文专业不负责培养作家,这是有道理的,因为中文专业注重学科训练和知识训练,感知训练和想象力训练比较缺失。感知和想象力系统的培育,需要对词汇敏感,对词与物之间的关系有好奇心,有审视的眼光。卡西尔曾说过:"正是语词,正是语言,才真正向人揭示出较之任何自然客体的世界更接近于他的这个世界,正是语词,正是语言,才真正比物理本性更直接地触动了他的幸福和悲哀。"[①] 从事文学写作的人，对于词语要比常人要早慧，他会自觉建立一个与语言之间发生敏感关系的通道。大家可注意到，20世纪80、90年代，很多作家是从大学的文学社团走出来的，文学社团提供了一个场域，那些从舌头上绽开的词汇说不定就为一个他者推开另外世界的大门。当然，在有些作家的成长过程中，主要是靠阅读来解决语言自觉的问题。比如余华早年在老家乡镇做牙科医生的时候，他对西方现代派文学，尤其是拉美魔幻现实主义作品的入迷，通过系列的阅读，逐步解决了语言自觉的问题。像莫言未受过大学教育，但是他小时候，听到的传说，地方性故事，各种人与鬼的故事，就为他提供了语言自觉的基础，他的小说语言汪洋恣肆，和民间文学的教育、启发有着很大的关系。

其实，因为文体的不同，诗歌语言自觉、小说语言自觉，与散文的语言自觉不尽相同。诗歌语言的自觉最难抵达，它需要彻底地颠覆和重建日常话语，小说语言的自觉，重心在准确、形象，在于心理活动指向上的清晰和可辨别性，而散文语言的自觉，主要是简洁度，在于味道、意蕴的包涵性，语言场景与场景之间的转折与过渡，是平和的、自然的，不是陡崖式的存在。比较而言，散文的雅化程度是最高的，因为散文写作的后面，如谢有顺所言，站立的是一个人，凸显的是个体的心性和文化品格。口语系统、方言系统固然得力，尤其是在塑造性格、

[①] 〔德〕恩斯特·卡西尔：《语言与神话》，于晓等译，生活·读书·新知三联书店1988年版，第62页。

推进故事情节的发展方面，但在散文里面，这两套系统的功用受到了天然的限制。对照鲁迅、林语堂的散文与小说，想一想梁实秋、汪曾祺散文的认可度，即可明白雅化的语言对于散文写作的重要性。在某一个时段，笔者在和一些初学者交流的时候，曾经就语言自觉，给出了这样的可操作性的步骤：基础训练这一块，读二十篇左右的中国古典的散文，包括史传性的，政论性的，先秦哲理散文，明清小品文。然后读二十篇现代散文，体式涉及杂感，随笔，小品，叙事，回忆性散文。接着读二十篇当代精品，十七年文学全部放弃，体式要有包容性。第二步，搜罗里尔克、保罗·策兰、洛尔迦等一流现代诗人的作品，要认真读五十首左右，感受其中的想象力和表现力。在此基础上对散文语言和诗歌语言要有个对比，然后，根据自我的生活经验，选择哪种语式进入，并把握好内在的语气，形成自我钟情的词语序列。长恨言语浅，不如人意深！语言的自觉程度愈高，对语言的敬畏就越深入。

文体自觉比之语言自觉又更进一步，散文文体的边界虽然比较宽，但也不是无界限的。从体裁特性上看，叙事散文与报告文学有很大区别，抒情短章与散文诗也有很大区别，叙事散文中的叙事推进与小说中的叙事推进有根本的区别。具体说来，文体自觉包含以下要素：第一，体式上的熟悉度，白话散文以来，产生了小品文、随感录、美文、艺术散文、文史随笔、学术随笔、历史散文、新散文、札记等体式。作者一方面要对当下的散文中的主要体式有充分的了解，21世纪以来的两个主要体式，一个是叙事散文，一个是文史随笔；另一方面，需要结合自己的个性、经验储备、知识储备，选择一个比较适合自己的体式。第二，对良莠不齐的散文现状要保持足够的警惕，大众文化兴起的条件下，走市场路线的青春美文、哲理散文、美食地理等流行的篇章，需要有一个自我的判断。第三，不必一窝蜂地投身散文新实验活动之中，比如当下兴盛的两个散文观念，一个是在场主义，一个是非虚构，在没有搞清楚内涵的情况下，仅仅依靠字面意思，就往自己的散文里贴标签，很容易闹出笑话。在场主义中的在场和去弊，严格来说与海德格尔的"存在""此在""在者"的概念联系紧密，在场可不是简单的身体在场，或者自我在场，在场需要个体的思性作为基础。问题是我们当下的散文作者，还真没有多少人能够透彻地理解思性这个概念。实际上，"在场"的散文概念里面，有我们看到的东西，也有自在自为的事物，看到的事物易于去呈现，而自在自为的事物，则需要我们的认知能力的支持。至于非虚构这个概念，指的是写作方式，还是一种新的文体观念，似乎没有清晰的界定。我个人的判断，非虚构在理念上，还有很多问题没有解决，许多标榜的非虚构作品，其实就是过去纪实类作品的翻版。第四，对于什么是好的散文？这个基本观念体系要建立，就优秀的散文作品而言，其实没有必要强求一个至上的、唯一的、一统天下的判断标准体系。体式、风格的多元性，就决定了这个标准的多元性，文直，事核，行云流水，独抒性情等古典标准的不断变迁就提供了一个参考。即使有多元的情况，但对于作者而言，要有自己的一个好散文的观念体系。以此为基点，在阅读和交流的时候，拥有自己明确的坐标系，我个人的散文观是这样的：在人文精神、道德、普世价值几乎全面失守的重重危机之下，散文过多放在抒发小情绪、消费乡愁方面，我觉得并不是好事，我认为散文还是应该有担当的，好的散文首先要具备思想的穿透能力，呈现中国式的智慧，与传统精英文化对接；其二是个性的确立，恢复人本的尊严、感情与道义；其三是纯熟的话语呈现能力，包括文字之美、文字之力、技巧的恰切等。当然，散文观是自由的，每个人皆有其自主性。

"主体性"问题在20世纪80年代曾是一个歧义迭出的文化热点，这一议题先是在哲学界得到集中讨论，然后外溢到文论界。学者们关于"主体性"的阐释和启蒙思想的重新塑造，关于人自身理想化和乌托邦的反思，以及对中国文化走向世界的主体精神的超级想象，无疑都使主体性问题获得了全面梳理。而文艺界基于个体价值张扬所发出的"对人性的呼唤"，对主体精神觉醒的痛苦记忆以及自我心灵复苏的书写，均使主体性问题引起整个社会的空前关注。当然，由于理论准备的不足，也出现了前现代与现代之间的某种理论杂糅性。其中的不成熟的表现之一就是矫枉过正。于是到了1990年代，非主体化的呼唤就成为了必然。在历史的让渡关系中，散文位置的边缘及理论参与总体失声的状态，使得散文的主体性话题被悬置，这一趋势直到21世纪初方得以改观。陈剑晖在《论散文作家的人格主体性》一文中以人格主体性为视点，尝试从侧面回答"何为散文的主体性？"这一问题。其散文作家人格主体性的主张包括四个层面，分别是创作的个性化、精神独创性、心灵自由化以及生命的本真性的维度。个性化和独创性是经典文论的结晶体，心灵自由和生命本真则是现代文论的产出，陈剑晖的散文作家人格主体性的提法，实际上融入经典文论与现代文论的成果，试着引入打通性成果，为散文主体性理论的构建确立坐标。

提及散文的主体性，由五四新文学所奠基的个性说的后续影响，理论批评界常将其简单图解，意即主观意识、个体性就是散文的主体性，这实际上是一种理论的误读。个性说所对应的精神个体性与散文的主体性虽然有交集的一面，但两者是不同的概念。散文的主体性至少包含两层意思，一方面指向创造主体的观念层面，另一方面则是作品隐含的价值指向。它是作家和作品两个因素的集成，集中呈现在散文的判断力上。

如果说个性说还存有遗传、环境、文化因袭的因子的话，那么散文的主体性则依托后天的习染，通过求知、观念启蒙等学习过程，获得较高的审美判断力。当然，这种审美判断力需要置于"现代性"框架下加以衡量，其标志就是主体自觉的完成。那么，何谓散文作家的主体自觉？实现主体自觉的线路图大致如下：首先是启蒙和自我启蒙，这里的启蒙不仅是思想观念层面的，也包括审美层面。思想观念层面的启蒙对应作家自我人格的完整性，毕竟，传统文化因袭过程中形成的知识分子依附性人格过于深厚，摆脱其桎梏，需要不断地引进他种思想资源。审美层面的启蒙对应着充分的文体意识的发生。其次，作家要拥有一颗赤子之心。综合孟子、李贽、康德、尼采等人的说法，王国维对"赤子之心"说有着深入的阐发。在他看来，赤子之心指的是没有被污染的心、纯洁的心，也指向抛开利害关系、回归人类自然本性的人生境界，总之是对宇宙人生做到忠实、赤诚。最后是散文主体审美的自觉和思想力，思想力融会了历史、社会、人生的价值判断，审美自觉则照应了主体对美的感性形式的直觉能力和判断力，能够在细微的经验上照见生命的运动形式和规律。

价值观解决。这是散文写作的最后一个层级，也是最难解决的问题，生有涯，而知无涯的生存境况决定了能够解决价值观的文学作者必然寥寥无几。雨果在巴尔扎克的追悼会上说过："从今往后，众人仰望的不再是统治者的脸色，而是思想家的风采！"巴尔扎克本人的私生活和价值观可谓一塌糊涂，但是他的小说文本中的价值观是明确的，即对共和的政治观念及新兴的资产阶级进步性的肯定。雨果还曾言及，在绝对正确的主义之上，还有绝对正确的人道主义，他的这个观念，比美丑对照原则要厉害得多。毕竟，美丑对照乃艺术处理的美学原则，尚停留在艺术手法的层面之上，而绝对正确的人道主义则是价值的标尺，这个标尺于19世纪的现实主义小说而言，是具备普适性的价值准则。正是因为这个价值标准的确立，他在逝后进入了先贤祠，其名望地位一度超越了拿破仑。托尔斯泰也是如此，他被称为小说界的教父，绝非浪得虚名，而是源于其用系列小说建构了托尔斯泰主义的大厦，而托尔斯泰主义包含了两个明确的价值信条——勿以暴力抗恶与道德自我完善。尽管托尔斯泰的小说如同罗曼·罗兰的小说一样，充斥着说教的气息，在小说技术上也没有陀思妥耶夫斯基那么有说头，但是，其创设的价值观内容给人类的生活带来了福音和希望。比如圣雄甘地的非暴力不合作运动，思想源头就在托尔斯泰主义这里。回到散文上来，白话散文之初，周氏兄弟为何成就那么大，根本原因就在于他们解决了价值观问题，鲁迅是立人思想，反抗绝望的哲学，周作人是美文观以及人道主义观念。散文作者价值观的解决，要求他突破个体经验的限制，远眺历史的烟云，对于人和社会，人与自然，人与文化之间，形成一个深刻的体认。而在当下的文学界，价值观的问题很容易被简化为不同的政治立场，这是对文学价值观的一种误解，左右的撕裂也好，知识分子的站队也好，皆是社会思潮的某种表象。而文学作品中的价值观，于作家而言，具备深厚的哲学素养、历史素养是个基本前提。

"知往而鉴来，极深而极兀"，《易经》中用这么一段话形容大智者的价值深度，表征其对历史与现实所达到的自在自为的认知程度。总体而言，作品中的价值观相关的是作家对人的理解深度，对历史的理解深度，对社会发展的内在逻辑机制的认识深度，并在此基础上，形成的人类的视野，进而养育观乎人文以化成天下的情怀，以及一颗悲悯的慈悲之心，并在文本中确立一种指向分明的哲学观念体系。

四个层级的归纳，仅仅出于理论表述线条清晰之故，在实际的写作历程中，也许有着同步诉求之情况。但无论如何，自发式的写作与自觉式的写作之间云泥有别。而对于自觉性的写作而言，信念的纯正性与孜孜不倦的探索，方是逐级而上的基本保证。

第三节 散文流变与散文思潮

一、散文流变的当下性

随着媒介机制的转换及审美心理的调整,21世纪以来的散文写作,从整体上表现出三个转向,涉及思潮、处理方式、作品艺术成就三个层面。近二十年的写作实践,也暴露出一些问题,集中于体式与题材处理方面,体式的兴废也应和了散文演变的内在规律。体式的选取与题材处理的转变,皆与作家的文体意识是否自觉密切相关。

中国古典文艺思想史上,对于文艺会通演变的总体判断上,刘勰与王国维的观点堪称典范。细究起来,两者的通变之论尚有区别,王国维的"通变"说乃纲要性的总结,而刘勰的"通变观"除了方法论层面的陈述之外,对于写作实践也能够给予指导。他指出:"夫设文之体有常,变文之数无方,何以明其然耶?凡诗赋书记,名理相因,此有常之体也;文辞气力,通变则久,此无方之数也。名理有常,体必资于故实;通变无方,数必酌于新声;故能骋无穷之路,饮不竭之源。"①意思为具体的文学体式有相应的规范性,具体的写作方法则应该常写常新。

---

① 《文心雕龙全译》,[梁]刘勰原著,龙必锟译注,贵州人民出版社1992年版,第358页。

21世纪以来,散文在整体性态势上呈现出三个转向,即思潮的弱化;叙事的转向;散文继续在高位上运行,而整体趋向平面。这三个转向在本书第一章已有详细介绍,这些转向恰照应了散文文体悄然发生的流变。

散文是个人与世界相遇的一种方式,就基本文体特性而言,它更强调个人经验的传达。按照郁达夫的说法,即为对个性的最大发现。个性的完成指向审美的确立,而经验的传达,与取材及处理方式相关。把握散文有两个关键点,一方面是作家的经历与经验层面,经历的丰富与体验的深刻乃写好散文的基本前提;另一方面是本色自我的敞开层面,即自我确立与自我观照的深度,"散文即人"的命题就是由此而生发出来。

古耜针对21世纪以来散文的流变著文剖析,并集中提炼了散文写作场域的缺失和问题所在。他总结道:"近年来的散文创作何以会比较普遍地出现性灵萎缩、情感弱化乃至矫揉造作的现象呢?原因无疑是多方面的,这里有对'文革'前十七年抒情散文一统天下、唯我独尊的反拨;有对世纪之交全球范围内文学趋于冷峻和理智的盲目认同;当然也有属于作家个人的意趣和选择,但其中最重要也是最根本的一条,恐怕还是科技文明、都市浪潮以及物质欲望等,对创作主体艺术灵性的合围与叠压。"[①] 在这篇文章中,他还提到了文体意识匮乏的问题。文体意识的匮乏在散文界,实际上是个普遍的问题,王国维先生有一个观点,散文易学而难工。难工的原因就在于很多作者长期在没有难度的写作中

---

① 古耜:《当前散文创作中值得注意的几个问题》,《黄河文学》2007年第3期。

打转，对散文文体缺乏清晰的自觉意识。体现在具体的散文实践方面，体式与题材的选取为问题集中的阙域。

  体式选择之所以会成为问题，与写作者对当下散文生态的理解不够息息相关。这其中，有两种体式业已步入泥淖之中。其一为游记体式。众所周知，游记为古典文统中重要的文学类文章体式，这一体式迁延不绝，曾产生了诸多名篇，因兰亭雅集应运而生的《兰亭集序》，在书法史上曾被视为绝品，从文学性的角度来看，这也是一篇上佳的游记。如今，游记体式趋于濒死状态，风景美学与主体精神双重缺位，众多游记演化为景区宣传栏文字内容的重复书写。若将评价标准简化，那么，一篇游记文章中，一旦侧重于对景点历史的介绍，出现对民间传说的开掘，或者但见词汇的叠加而不见风景，类似这样的文章即为典型的游记体式的无效写作。如此判断的主要依据在于，文本中深刻体验的凝结处于缺位状态，情景交融的机制彻底被损坏，景不能入心，主观心灵也难以激荡开来。这般情况下，写作主体只能在外围因素下一番功夫，上述所言的历史知识、民间传说、语言词汇三个要素，究其本质，皆是外围因素而已。华兹华斯曾说过："一朵微小的花对于我而言，可以唤起用眼泪也表达不出的那么深的情感。"[①]这句话与宗白华先生"晋人向外发现了山水，向内发现了自我的深情"的判断异曲同工，表明了一种审美的自觉。个体面向自然与人文对象所产生的真实体验，应如汩汩泉水，处于一种

[①] 转引自宗白华：《美从何处寻？》，见《美学散步》，上海人民出版社1981年版，第16页。

自然生发的状态。因此，情思的表达不是依靠词语而产生的，而是通过词语而敞开的。词语堆积起来，易产生富余，必然会伤害那些本真的情感。此外，众多景区纷纷主办的征文大赛推波助澜，进一步恶化了游记体式的生存空间，一些投机型作者，专门盯着类似的赛事活动，依赖百度或者其他搜索引擎获得平面化的信息，然后就可以迅速创作出主题正确的游记作品，以获取主办方的奖金。这种闹剧式的写作范式，为游记体式平添了恶名。最近几年，在我的专项阅读过程中，注意到一些刊物将游记作为补缀而纳入其中，部分名作家和老作家在远离散文写作现场的情况下，投入采风、记游的系列活动之中。从某种意义上说，这属于个人面对退场时候的不甘心举动，在这里，游记作品成了个人落幕的某种象征。作为补充说明的是，游记体式下面实际上包含了两种类型——记游文章和行走地理类作品，上述的批评主要针对记游类作品，至于行走地理类的作品，依然保存着个体性和文学性的表达。行走地理类作品，更注重内在的旅行状态，外在的行走不过是个凭借，因此，风景、人文的钩沉在文本中处于次要地位，而感应与思维认知的提升，才是重心所在。精神世界与肉身世界需要在一个点实现相遇并彼此烛照，并以此来奠定感知之切。法国诗人波德莱尔的"应和"理论照应了这种往更深处的寻找。河南作家鱼禾曾写过系列的行走地理类散文，其中有一篇涉及德令哈夜晚的描述，在特殊的地方和特殊的时刻，她和海子其人其诗有了真正的沟通和共鸣。山西作家玄武著有《庞泉沟的四个夜晚》，以四个片断的描写与衔接，传达自然山川给予人们的启示，诸如此类的作品，皆非一般的记游文章所能比拟，其间的感兴与思性凸显了文本应有的文学性色彩。

图像时代到来后,道法自然的美学思想,天人感应的类神学系统,思与境偕的美学命题,皆沉陷于地平线之下。游记这一古老的体式就此被逼到狭窄的胡同之中,而滋生的各类风景名胜主题的赛事活动进一步摧垮了游记最后的生命力。更具个性化色彩的行走地理类的散文,能否唤醒人对风景的内在激情,依然是一个问题。

第二种是亲情散文体式。新时期文学以来,亲情题材散文可谓长盛不衰。不衰的原因在于散文自身的文体特性,一方面,散文对经验的依赖程度超过其他问题;另一方面,散文的审美感染力主要来自体验之深,意即情真意切。一般来说,身边亲人在经验领域内是人们最熟悉的对象,也是情感维系和投射的深潭所在,如此一来,有那么多的人投身到亲情题材的散文创作中来,也就不足为奇了。在散文场域,余秋雨现象之后,在阅读接受环节,能够抵达现象级的散文作品,几乎可说是由亲情题材散文一统江山。1996年由上海人民出版社推出的周国平的《妞妞:一个父亲的札记》一版再版,引发阅读的风潮。2011年,由知识产权出版社推出的湘西作家彭学明的《娘》又一次创造了阅读盛况。2015年6月由广西师范大学出版社推出的龙应台的《人生三书》,在普通读者、专业作者等多重层面皆产生了巨大影响力,其中,"人生三书"之一的《孩子你慢慢来》,被誉为二十年来最温暖、最受欢迎的"母子之书"。上述所列为作品集子,至于亲情题材的单篇作品,通过刊物、排行榜单、年度选本等载体可洞见其热度。亲情散文题材和游记体式类似,一方面是数量众多,泥沙俱下,另一方面是无效写作过多,质量堪忧。之所以精品力作甚少,就亲情散文而言,创作主体在主体自觉与文体自觉远远没有完成的情况下,受限于视野,往往急于表达情感。这样一来,就容易陷入拟想之辞的泥淖里。并且一味地追求情感的动人而未顾及情感的节制和含蓄,由此而带来了滥情的实际后果。实际上,文学中的情感要素,必须经过过滤的环节,正如华兹华斯指出的那样,诗是平静中回忆起来的情感。散文中的情感多内蕴于场景与细节处,而非其他。此外,亲情散文的作者往往千人一面,皆是往情深处用力,其实亲情之间远远不止爱和温暖那么简单,情感样式同样是姿态万千的。若没有彻骨的情感体验和高深的笔力,普通的作者触碰亲情题材很容易触礁。

时运交移,质文代变,这是刘勰文学通变观的另一个表达。亲情题材散文并非一成不变,近些年来,在处理方式上有着明显的新变。即由过去单向度的感恩与颂扬,转向某种对抗、对立的关系,并通过时间跨度的叙述,完成彼此间的和解或者说理解。和解基于自我成长起来的对人生的理解力,而这个理解力比单纯的感恩,更有嚼头。比如玄武笔下的父亲,塞壬笔下的祖母,北岛笔下的父亲,李颖笔下的妹妹,阿贝尔笔下的父亲,等等,即为典型案例。当然,恪守传统写法的亦大有人在,但需要指出的是,传统写法很难出新意,有一定局限。一个整天陶醉于亲情散文阅读或者写作的人士,如同一个整天陶醉于心灵鸡汤的人士一样,必然呈现出中毒的症状。新的处理方式,无疑带来了亲情散文书写的纵深度和宽度。这种艺术处理上的转向,与小说、诗歌相比来说,散文无疑是滞后的,而且是一种平和的转向，不像其他文体那么陡然。比如方方的《祖父在父亲心中》写于1980年代，塑造了一个德性品格突出的祖父形象，而到了朱文写于1990年代的《我爱美元》那里，父辈形象轰然倒塌，成了恶的载体。从某种意义上说，受到解构主义思潮的影响，小说文体在亲情人物上有着走极端的案例，而散文总体上则趋于中庸的美学思想。

其次，就题材而言，乡土散文写作依然长盛不衰，由农耕社会过渡到工业化社会，在社会结构层面的更迭是快速的，然而在心理让渡层面，将经历长时间的波动。乡土散文的兴盛恰恰对应了人们的思维和心理层面。进入21世纪，如果继续沿袭田园牧歌的意境开掘或者乡土哲理的提炼，无疑显得陈腐不堪。回望1990年代的散文写作，源于散文思潮的热度以及散文体式的繁荣，相对传统的乡土散文写作整体趋于冷清，无论出自散文现象抑或作家作品的视角，皆可看到热点位移的趋势。进入21世纪，随着乡土空心化的日益严重，乡土散文写作再度成为热点，纸上的还乡旅程，为写作个体审视和亲近本源的努力。在整体的行进态势上，有两种特性日益凸显。一方面，在开掘的方向上，现实忧思的因素日益突出，怀旧、凭吊、追忆等传统的处理方式基本被摒弃，现实批判或者再审视的处理思路，铸就了写作主体的焦灼感，以及写作主体与对象间的紧张关系。这一点，由近几年返乡笔记类纪实性散文的大热可以管窥之。在这里，文学再度成为社会心理集中释放的端口，很显然，返乡笔记所引发的全民关注要远远超过同期文学领域内的焦点——"非虚构写作"问题的争论；另一方面，从这一时期乡土散文写作的参与群体来看，

70后、80后成为主力军。这一批有着乡土经验的作者,大多在1990年代进入城市读书然后落脚,无数次的城乡往返,使得他们成为时代生活轨迹的目击证人,叠压的内心伤痛经过沉淀之后,如泉水翻涌,形成乡土散文写作井喷之景观。塞壬、江子、傅菲、吴佳骏、李颖、秦羽墨等人,皆是其中的代表性作者。

另外,乡土散文的写作与21世纪以来的叙事转向黏贴在一起,逼迫着抒情的路数走向退场。当前的乡土散文写作,大体集中于两个点位之上:一个热点是表现乡土沦陷主题的作品,应和"每个人的故乡都在凋零"这一时代主题,直面乡土生态系统大转变的现实,借以传达主体的困惑和伤痛。价值判断让位于情感判断,在价值观设定上,避免工业化、城市化与乡土传统非黑即白的二元对立模式,如同克尔凯戈尔所指出的那样:"个人不能帮助也不能挽救时代,他只能表现它的失落。"[1]另外一个热点涉及乡土植物、器物的书写。情感判断更趋于隐性,历史信息与专业知识被充分发掘。这方面的写作者成批量地涌现,且各自形成系列化的写作形式,代表作家有冯杰、舒飞廉、刘学刚、朱千华、杜怀超、项丽敏等。

当下,这两个热点依然在持续,对于以后的乡土散文写作,值得深挖的方向大体有两个:一个是书写乡土民间信仰的流变,乡土民间信仰比之乡土秩序更具稳定性,其嬗变必涉及深层文化机制,如果得以深挖,将会触及思维方式和灵魂的颜色;另一个是书写乡土仪式的嬗变,作为稳定的载体,仪式的世俗化和丰富

---

[1] 转引自李欧梵:《中西文学的徊想》,江苏教育出版社2005年版,第142页。

性与地方文化传统紧密相关，仪式的嬗变后面是生活方式真正的升级换代。不过，这两个方向的开掘，对于作家田野调查的功夫皆有着很高的要求。这需要大量的采访记录，并展开对照，才能够洞见其间的隐秘所在。

独立成体式者，副刊美文相对来说，也能成立。目前，国内专业从事副刊美文写作的人员也是数量可观。他们自有一套写作的范式和思路。这种体式取材宽泛，地方的历史人文，美食，身边的小感动，节气和时令，等等，皆可入文。鲁迅先生提及的小摆设，恰能够指认副刊美文的文体特性。然而，副刊写作的弊病也是显明的，篇幅和版面的规定，严重限制了写作者的思维能力，也在很大程度上摧毁了作者的个性表达。个性因素和思维特性，恰构成散文文体自由精神的内核。

总体观之，无论是在体式的多元还是在题材的丰富性上，散文的自由度皆超过其他文体。陈寅恪先生的好友吴宓曾经表达过这样的看法，即在文学与艺术中，重要的不是题材，而是处理。其实不独是题材的问题，包括体式的选取，皆非散文的核心问题所在。而对于当下的散文写作场域而言，体式和题材之所以会成为集中的问题，概在于散文的生成机制出现了某种程度的病变，具体而言，主要集中在文体自觉意识的匮乏方面。且不言古典文统的打通，现代白话散文的文统在一些作者那里，也没有得到较好的梳理，当中学教材上作品成为作者的写作资源和参照系之后，封闭和窄化，就成了某种必然。

二、思潮的弱化

21世纪以来，散文已经走过两个十年。在总体走向上延续了1990年代的散文热潮，这一点，在作家队伍的多样性，作品数量的丰富性，图书市场上的热点持续，散文话语场域的独立性等方面，皆有所体现。而在具体弧度上，则呈现出由山地向着丘陵过渡的形态，决定这一形态走向的主要因素在于思潮的弱化。就散文的生成机制而言，尽管理论界在1990年代就已完成了对诗化模式及"形散神不散"观念的清算和整理，不过，抒情机制在当代散文的退场，则是在21世纪之后的散文场域内完成的。叙事的转向在新散文、在场主义两个思潮中，在乡土散文、历史散文等题材领域中的普遍确立，标志着叙事成为近二十年来散文的权重。

"文变染乎世情，兴废系乎时序！"这句话见于《文心雕龙·时序》，刘勰借此加以总结文学在时空关系中的演化状况。当然，这个判断里也包含了不同层次的意思，首先，从文学的整体演进趋势来看，有上升期、平整期、衰落期的划分；其次，在文学内部，不同文学体式的勃兴或者衰减缘于文化制度或者社会心理的嬗变，如唐代以诗取士的制度安排与唐诗整体繁茂的境况，就是很好的例证。

新时期文学开启以来，文学经历了从中心到边缘，再到泛化的演变曲线，而今天的我们，恰恰处于文学整体上衰落和泛化的历史时期。这里的衰落对应的是文学在社会语境中不单话语权旁落而且被绝对稀释的状况,我们从文学的三次撤离就能看出它是如何没入晚照的。首先是文学从大众视野中的撤离,时间点对应于1990年代初;其次是文学从高校中文专业教师和学生群体中的撤离;再次是文学从专业读者(文学爱好者和文学作者)群中的部分撤离。当下正处于第三个撤离过程中,其中潜藏的危险性,可想而知。而泛化指的是网络文学的成型及影视剧本的吸粉威力。严肃文学撤离之处,恰是网络文学生机勃发的区域,让人们大跌眼镜的是,留守妇女、打工群体、在校学生等,成了网络文学坚实的拥趸。而在图像时代开启之后,一部生命期超短的商业电影短期内也可以密布全国各大影院,一句影视中的对白则有可能全国流行。对比之下,一部茅盾文学奖获奖的长篇小说,在重庆书城,年销售量可能连十本都没有。

文学思潮的涌现则为外部社会思潮与文学内部活力机制双重作用下的结果。近二十年来,社会思潮的分化与重组在势头上并没有减弱,然而受制于文学话语整体的萎缩,至少在严肃文学内部,能够推举文学观念由实践层面向着思潮转换的力量明显不足。因此,导致了文学思潮在进入21世纪之后整体的弱化情况。张未民著有《新世纪以来的文学:思潮与文脉》一文,梳理了近二十年文学思潮的演变情况。他在文章中将反思"纯文学"、底层现实主义、日常生活审美化定位为21世纪以来涌现的三个文学思潮,将代际概念的兴起与非虚构归入文脉的演变类别。[①]且

---

① 张未民:《新世纪以来的文学:思潮与文脉》,《当代作家评论》2018年第3、4期。

不言他的这种划分是否合理,通过搜索引擎可以得知,相关近二十年文学思潮演变情况的批评文章与论文在数量上极其稀少,以此篇文章为例,作者所论述的三大思潮和散文几乎没有什么关联,这恰是散文文体的尴尬之处,其理论话语长期缺席,于主流文学话语而言呈现出某种游离性。

实际上,代际概念的兴起与蓬勃可视为文学思潮整体弱化的一个最重要的表征。代际概念初现于 21 世纪初期,由作家群体位移到批评家群体之中,渐渐演变成某种风潮。1990 年代后期,《萌芽》杂志开始推出"新概念作文大赛",一批"80 后"作家如韩寒、郭敬明、张悦然等人迅即走到前台,他们在青年群体中所产生的巨大影响逐渐被主流文学界所接纳,随后,如安妮宝贝、春树等青春型作家也被纳入"80 后"的写作阵营。"80 后"作为一个写作群体,开始成为稳定的描述性用语,随之,十年一代的代际表达方式也逐渐确立,通过前推或者后延,"50 后""60 后""70 后"以及"90 后"的叫法逐渐在文学界盛行。2013 年,则被称为"80 后"批评家元年[①],"80 后"批评家专题研讨会与"80 后"批评家丛书齐头并进,各方力量的积极介入和有意培育显而易见。2015 年,青年批评家杨庆祥推出《80 后,怎么办?》一书,将代际概念前推到更广阔的生活世界中。如果总结近些年的文学话语,那么,代际概念恐怕是使用频率最高的词语了。这种话语塑造的力量自然也会波及散文场域,代际命名与非虚构问

---

① 批评家元年的提法,见于刘艳、周明全等青年批评家的笔下,其中以刘艳的《学理性批评之于当下的价值与意义》(《文艺争鸣》2016 年第 6 期)一文为代表,详细阐述了这一概念提出的语境、话语方式及基本内容。

题成为散文话语场中的双高词语。这里以笔者的经历为例，2015年，与《广西文学》杂志协商，开办"散文新观察"栏目，以挖掘与推介散文新生力量为思路，分批推出不同代际的作家。2016年，集中推出了十一位"70后"散文作家，接着推介了近二十位"80后"散文作家，到2019年年底将完成"90后"散文作家的推介工作。这期间，与《西部》杂志合作，推举"90后"散文作家，并依托河南省内的文学刊物，以代际为基准，策划了几期青年散文作品专辑栏目。同时，也通过摸底阅读，完成了以代际群体为考察目标的批评文章。几年下来，感触颇多，每每在微信上遭遇散文为何以年龄来划分的问题，竟无言以答。受时代风气之感染，顺手使用了流行的概念，但其后遗症也是很明显的，对于散文而言，代际概念总归浮在表层，面对一些核心和深层的问题，其粗疏性和无力感便显露无遗。对代际概念过于标高的反思，近年来开始出现，刘琼、王春林等皆有专门文章加以分析考察。文学创作终归取决于独创性和鲜明的个体性，即使是对群体性写作现象的考察，代际概念也很难深入到文学的肌理之处，也难以形成非常准确的切脉。

毫无疑问，21世纪以来散文思潮受限于文学的整体语境的制约，也呈现出弱化的情况，但具体的弱化内容与其他文体之间，还是存在着差异。总体上看，近二十年来，散文在持续走高的态势下，内部也经历了分化组合。叙事散文勃兴，尤其是表现乡土零落主题的系列写作成批地涌现，作家们以现实的笔触书写城市化高速发展过程中乡土世界的凋零状态。这一类型的写作，目前来看，在文学刊物的散文版面中，占有极大的比重。抒情的主题或者策略经过冲击，进一步弱化，从散文的中心如旋转的陀螺一般被迅速甩开，如果以"抒情的退场"加以形容也不为过。1990年代出现的诸多散文概念及概念下的写作范式，纷纷退潮，如"小女子散文""学者散文""文化大散文""青春美文"等。思想随笔仍然高位运行，并结出了丰硕的成果。历史散文比之1990年代，更加丰富和深入，并与新散文、叙事散文一道，推动了散文在体例上的变革，无论是长度的增加和容量的扩充，皆异常明显。

具体到散文思潮的弱化而言，这里提及的弱化不等于消隐，散文也没有遭遇像诗歌那样概念迭出而思潮难以成型的尴尬情况。至少在这二十年里，新散文与在场主义散文的展开够得上文学思潮形成的基本要求。一般来说，构成文学思潮的基本要素包括如下：观念的推举，代表作家作品的出位，文学刊物的跟进及系列丛书的出版，专题研讨会，理论的总结以及批评的争鸣。思潮与流派的主要区别在于，思潮侧重于文体观念的破与立的层面，思潮的涌动乃是文体观念更新的重要标志。文学流派往往是自发性的某种结果，体现出同声相气的特征，这一点，与文学思潮的自觉性形成较大的反差。另外，这里所言的弱化，是与1990年代展开比较的一种结果。毫无疑问，1990年代对于散文来说是一个触底反弹的历史时期，也是一个思潮迭出、新观念层出不穷的时代。文化散文、历史散文、学者随笔、女性散文等散文思潮接踵而至，图书市场上，民国散文再度掀起风潮，综合上述现象，吴秉杰先生将其命名为"散文时代"。韩小蕙有"太阳对着散文微笑"一语，也是对着这一盛况而发言。而且，在思潮的纵深性上，比如历史散文与女性散文，在进入21世纪依然持续深入。以女性散文为例，在性别意识和独立性方面，21世纪之后的艾云、格致、塞壬、林渊液等人，比之王英琦、素素等人，风格更加鲜明，在现代性上，呈现的也更加立体。因此，展开比较的话我们就会发现，21世纪之后的散文思潮不仅数量上稀少，而且在思潮的延展和深化方面，各自皆存在着不足。下面按照时间的先后，具体分析新散文与在场主义散文所勾勒出的线条。就新散文而言，时间上横跨世纪前后，影响面也足够深广，思潮的构成要素也非常显明，这其中包括，第一，所推出的代表性作品与代表作家在近二十年的散文场域中堪称强音，周晓枫的《你的身体上个仙境》《有如候鸟》，张锐锋的《飞箭》《船头》，格致的《利刃》《减法》，塞壬的《转身》，蒋蓝的《布告的字型演变史》，皆是21世纪以来散文的重要收获；第二，刊物的跟进与丛书的发布也做得有声有色，《大家》《花城》《十月》《上海文学》皆是新散文的重要阵地，而布老虎丛书在21世纪初期与推举思想随笔的黑马文丛双峰并峙；第三，新散文的声调由传统的纸媒扩展到刚刚兴起的互联网写作之中，新散文网站、大散文、散文中国、原散文等，这些散文论坛纷纷跟进，新散文所吸收的各方力量延展到各个层面，进而具备了广泛性和渗透性的特征。总而言之，新散文构成了新世纪散文第一个十年最重要的话题。不过，新散文同样犯了雷声大雨点小的老毛病，首先是在理论声张上，创作场域的风生水起与理论陈述的稀薄和软弱形成了不对称的关系。仅有的一篇理论总结文章，即祝勇写于2002年的《散文：无法回避的革命》，让人有话语姿态前倾之感,二元对立的思维方式以及情绪化的表达方式,严重削弱了学理性与逻辑性的自洽,也制约了新散文理论生发的空间。这一点,与女性主义散文思潮的理论成果相比,则有明显的劣势。刘思谦等著的《女性生命潮汐:二十世纪九十年代女性散文研究》,在学理性和客观性上,在理论的高度上,皆具有令人叹服的公信力。其次,从时间线上看,新散文的周期起始于1998年,在2005年前后,这一思潮走向式微,新散文作家队伍开始走向分化,如被称为新散文理论旗手的祝勇转入了历史散文的写作。张锐锋的写作数量急剧锐减,一些作家渐渐进入隐没状态,理论后继的贫弱加上作家队伍的消散,使得这一思潮终归于平淡,仅有甘肃的杨永康、湖南的郭伟等延续着先锋写作的态势。

紧挨着新散文的余声,2006年,周闻道在四川眉山发起了一场名为新散文批判的会议,批评新散文文体实验过程中存在的种种问题。2008年,借助天涯社区散文天下这一平台,正式打出"在场主义"的旗号。并邀来非非主义的发起人周伦佑作为理论发声的代言人。回过头来看在场主义散文,之所以在散文界形成声势,主要还是在于举办了第一届到第六届的在场主义散文奖。作为当时的民间第一大奖,不仅在奖金额度上独占鳌头,而且从高校和科研机构聘请了诸多知名学者进入评委阵容。客观而言,在场主义散文的崛起更像是个文学事件,社会活动的色彩较为明显,因此思潮的呈现上,名实之间存在着割裂的现象。尽管在场主义散文有奖项、理论声音、新媒体阵地的配搭,甚至还有像《在场》这样的专业刊物的配置,但最大的问题在于代表性作家作品的缺位，在文体的演进上乏善可陈。即使是获得在场主义大奖或一等奖的作家，在身份认同上，普遍没有将自我定位在在场主义作家上；如果没有典型文本的提供以及文体上的独特贡献，那么，文学思潮的展开将会步入空核的状态，这当然是特别致命的。随着在场主义散文奖、《在场》杂志的停办，这一思潮几乎演变成了自动终结的情况，进一步说明了硬伤所在。因此，与新散文展开比较的话，在场主义散文在思潮的弱化上更加分明。

在场主义散文之后，散文思潮的演化进入瓶颈期，代际概念强势崛起的情况下，散文场域所聚焦的问题也非常有限，除了年度综述、散文奖项、年度选本能够引起少量的话题之外，批评领域更多地关注文体边界的拓展问题，而创作实践领域则关注题材问题。而且无论话题内部还是话题与话题之间，皆较为分散，难以形成波及面。至于散文思潮弱化的原因，除了散文文体长期弱化的外部条件之外，主要在于内驱力的不足，作家、报纸刊物、出版社、批评界这四方力量无法形成强大的自觉性，去推动新生的散文理念的生长和铺开。

三、叙事转向

叙事与抒情到涉及散文的生成机制，就如同古典的记言与记事的历史传统，或者"言志"与"缘情"的诗歌传统一般，基于时代环境和社会观念常常会发生切换。加拿大的批评家弗莱在《原型批评》一书中提出了循环说，即五种文学类型有一个内部循环的过程，最终由神话下降到反讽，最后又复归神话。此外，他又按照叙事模式把文学分为四类：喜剧、浪漫剧、悲剧和讽刺剧，分别对应春夏秋冬四季。循环说对应着文学的主题和类型，而叙事模式的分类则对应着文学的生成机制。

毋庸置疑，受十七年散文模式的影响，新时期文学伊始，散文的生成机制几乎成了抒情的一统天下。写景状物，怀人思远，皆以三大家散文为模板。1980年代，针对散文界抒情过度的问题，孙犁和旅居海外的董鼎山皆给予了批判性反思，而对抒情机制话语批判上，汪曾祺的一番话堪为典型。他指出："散文的天地本来很广阔，因为强调抒情，反而把散文的范围弄得狭窄了。过度抒情，不知节制，容易流于伤感主义。我觉得伤感主义是散文（也是一切文学）的大敌。"① 1990年代，散文的生成机制进入分蘖的时期，1992年，《美文》杂志在西安创办，贾平凹在发刊词中提出"大散文"的写作理念，意欲通过纳入其他领域的写作者，改变散文的艺术处理方式，进而达成对抒情机制的反拨。遗憾的是，这种理念在实践中并没有得到有效确立，散文倒是源于文化大散文、思想随笔、学者散文等思潮的崛起，生成机制上产生了很大的改观。思想随笔与学者散文融会了理性、智识的要素，推动了思辨机制的确立。而在文化大散文和历史散文中，历史事件与人物故事的进入无疑改变了单一的抒情局面，尽管文化大散文中依然残留着强烈的公共抒情的模式，但叙事比重的增大则显而易见。当然，抒情机制在青春美文、情感美文、小女子散文及部分女性散文中依然表现出强大的惯性。总体而言，抒情、

---

① 汪曾祺：《汪曾祺散文选集》，百花文艺出版社1996年版，第250页。

叙事、思辨三种散文的生成机制在这一时期呈现出鼎足而立的境况。

  作家李锐曾有一个观点,即《边城》这部小说作为文明的挽歌,恰是20世纪中国文学最后一缕诗魂之所在。[①] 而对于即将进入21世纪的当代中国散文来说,1998年的《一个人的村庄》则象征着抒情机制最后一缕余晖。这缕余晖尽管构成散文领域内现象级事件,进而模仿者甚众。然而随着工业化、城市化的进程,时代性的审美心理暗中切换,在文化各个领域内,抒情话语皆面临急转弯的问题。像邓丽君的情歌,《妈妈再爱我一次》这样的泪点高爆的电影,《西湖七月半》这样的柔情类散文,再也无法成为时代的共鸣。相反,长期被压制的个体欲望,所刮起的欲望叙事风暴席卷文化领域,对于文学而言,小说、诗歌、散文皆被这种欲望叙事所裹挟,进而改变各自的话语策略和生成机制。

  作为跨世纪的散文思潮,肇始于1998年的新散文运动推动了散文整体性的叙事转向。如果说1980年代后期的"新艺术散文"及1990年代的"大散文"更多地停留在观念层面的话,那么对于新散文运动而言,文体革命则真正地进入创作实践层面,且波及面甚广。文学期刊、出版社、批评界集体发声,这一新思潮所产生的典型作品,如宁肯的《沉默的彼岸》,张锐锋的《算术题》,格致的《利刃》《减法》,周晓枫的《你的身体上个仙境》《有如候鸟》,庞培的《乡村肖像》,黑陶的《泥与焰》,蒋蓝的《布告的字型演变史》,塞壬的《祖母即将死去》,杨永康的《春

[①] 李锐:《另一种纪念》,《读书》1998年第2期。

天，铁》等等，构成了新世纪散文常议常新的话题。上述作品中，既有凌厉的个人叙事风格，又有异质性经验的呈现，也有个体经验的再还原，无论哪一种类型，对叙事的倚重则构成了某种共性。对于叙事的生成机制而言，不妨看一看新散文运动中理论倡导者祝勇和代表作家张锐锋的观点陈述。2002 年，祝勇推出了两万多字的文章《散文：无法回避的革命》，从六个方面阐发这场散文界文体革命的导向性内容，其中第五部分以变数为题，切入到新散文的写作策略和处理方式的革命性变化。这种变化主要体现在两个方面，一方面是体例上的变化，即新散文作品长度上的明显增加，万字以上篇幅的散文在新散文写作中比比皆是，而张锐锋的作品，三五万字的规模也是常见；另一方面则是虚构因素的进入，祝勇不仅提出了允许散文虚构的观点，还主张以"真诚原则"替换散文的"真实原则"。① 新世纪散文二十年，散文在篇幅和长度上比之 1990 年代有着明显的变化，如张承志、周晓枫、艾云等作家近些年的散文创作，基本上都保持着两万字以上的规模，从某种意义上说，散文长度的增加和叙事的扩容这种风气是由新散文运动开启的。在此可以打个通俗的比喻，如果说 1990 年代散文"尚大"（大关怀、大见识、大历史）的话，那么 21 世纪以来的散文则有一种"尚长"（字数多、叙事线头多）的倾向。另外，祝勇所提出的"虚构"指标，也影响到了后续关于虚构话题的论争，主要集中在散文能否虚构？散文虚构与小说虚

---

① 以上论述，基本观点摘自祝勇《散文：无法回避的革命》一文，见《一个人的排行榜》，春风文艺出版社 2003 年版，第 331—333 页。

构的界限所在？散文虚构的限度是什么？以上这些论题之上。当然，虚构原本隶属于小说美学的范畴，它是对小说作者艺术能力的指认，新散文何以将虚构话题推到前台，原因就在于新散文作品对叙事的推崇，对抒情的普遍排斥。

2004年，新风格散文讨论会在北京举办，张锐锋在会议上指出："过去散文中更多的是讲述，今天更多的是描绘，描绘变得十分重要。为什么要描绘呢？在某种意义上说，描绘在文学手段上是重要的，只有在描绘中，才能一点一滴把个人的感受渗透到文本中，这是一个文本革命的重要起点。过去是一个视角，今天是多个视角。过去是感受性的，现在是解析性的。"[1] 在这里，他以"讲述"与"描绘"这两个概念分别对照现代散文传统与新散文探索在艺术处理上的不同。"讲述"意味着创作主体的凸显，它会导向作家与读者之间教育与被教育关系的建立。而"描绘"则意味着要重建散文的客观性，压低个人情感的维度，在艺术表达的前提下，注重表现对象的客观性还原。简单来说，"讲述"对应着表现力，而"描述"则对照着叙述能力。

在个体经验表达层面，新散文诸作家将经验叙事推向某种极致，这也是一种文体实验过程中矫枉过正的必然结果。他们在强调个人化的叙事过程中，借鉴了小说的复调手法，电影的镜头化叙事方式，现代话剧中语言传达的动作性，以繁复的场景化叙事和大量的细节描写，建构了新散文独具特色的叙事机制。死

---

[1] 张锐锋：《新散文的立场——在"新风格散文研讨会暨布老虎散文奖颁奖仪式"上的演讲》，《娘子关》2004年第3期。

亡、尸体、经血、两性关系、三角关系、性侵、梦境等,这些长期被道德叙事压制的主题开始浮上水面,成为经验叙事深入的路径和凭借。此外,"在场"也是新散文运动中的一个高频词,所谓"在场"指的是叙事视角多元下的主体在场,它可以平行展开,也可以立体纵深,尽量做到经验传达的真切和表现对象的远近聚焦。如宁肯的《天湖》《虚构的旅行》等作品,叙述上就采用了长镜头推进的形式,而"我"只是置身其中的凝视者。庞培的作品在描述少时的江南小城生活之际,长短镜头在文本中相互转换,使得笔下形象有羽翼丰满之感。针对散文的叙述视角问题,陈剑晖指出:"自从20世纪90年代以后,我国大陆的散文创作已经基本上由过去的主体性叙述转向多元的叙述。所谓叙述的多元性,就是除了一部分散文家依然坚持使用第一人称叙述外,同时有相当多的散文作者采用了第三人称或第二人称的叙述视角。特别值得注意的是,还有一些散文采用了第一人称和第二人称互换的叙述视角。"① 散文界多元叙述的确立,新散文运动无疑起到了奠基性作用,也进一步说明了这一思潮中作家们在叙述上的自觉。在更具先锋性的杨永康和青年作者郭伟那里,甚至在个别文本里将第二人称叙述作为主要的叙述方式来使用,比如郭伟的《爸爸去哪儿了》。新散文运动之后,"在场"这一概念继续发酵,待到"在场主义"的崛起后,这一概念演化为这一散文思潮的本体性概念。

---

① 陈剑晖:《中国现当代散文的诗学建构》,江西高校出版社2004年版,第172页。

另外，我们应该注意到，伴随着新散文运动的展开，论坛写作方兴未艾，构成不可忽略的文学景观。就拿散文来说，各种论坛吸纳了大量民间的力量和新鲜的血液，不仅促进了散文写作队伍的真正扩容，而且在姿态上，这批论坛写作者持有反叛现有秩序的立场，他们更易于主动亲近实验性的散文观念。新散文论坛、散文中国论坛、原散文论坛、天涯社区散文天下、新散文观察论坛等专业散文论坛或者版面，一时应者云集，他们积极参与了新散文运动和在场主义散文，并在2010年之后，逐渐成长为当下散文的主力军。新疆的王族、帕蒂古丽，甘肃的杨永康、人邻、习习，陕西的黄海，江西的傅菲、江子，安徽的江少宾、宋烈毅，山西的玄武、指尖，山东的耿立、宋长征，四川的蒋蓝、阿贝尔、阿微木依萝，云南的陈洪金，湖北的塞壬，福建的陈元武，江苏的黑陶、庞培，浙江的千亚群，等等。微信兴起之后，散文公众号逐渐取代了散文论坛，成为现在进行时的载体形式。

新散文运动之后，在场主义散文登场。这一弱性的思潮虽然在理论声张里没有相关散文生成机制的阐释内容，而叙事的转向，经过新散文一役，在实践层面业已全面铺开。这一点，由获得在场主义散文大奖的获奖作品及作品集可以得见。从第一届到第六届的大奖作品集分别为林贤治的《旷代的忧伤》，齐邦媛的《巨流河》，高尔泰的《寻找家园》，金雁的《倒转"红轮"：俄国知识分子的心路回溯》，王鼎钧的《王鼎钧回忆录四部曲》，许知远的《时代的稻草人》。六部作品中思想随笔与叙事散文集各占一半。而在更多的提名和新锐奖项中，叙事作品占有绝对高的比例。随着在场主义散文奖及《在场》杂志的停办，在场主义黯然落下。不过，在新散文、在场主义两个思潮的覆盖面之外，叙事转向在历史散文、乡土散文的写作中体现的同样分明。如果说1990年代的历史散文为历史材料与个人感悟的结合体的话，那么，21世纪的历史散文无疑有了明显的去个人感悟化的倾向。他们在甄别历史材料和处理历史细节上更加用心。王开岭的《一个守墓家族的背影》《英雄的完成，踏上回家的路》，王充闾的《用破一生心》，李国文的《李后主之死》，孙郁的《小人物与大哲学》，祝勇的《再见，马关》，夏坚勇的《庆历四年秋》，王开林的《雪拥蓝关》，詹谷丰的《书生的骨头》，耿立的《赵登禹将军的菊与刀》《秋瑾：襟抱谁识？》等作品，对历史的勾勒往往通过惊心动魄的细节加以呈现，也就是说，叙事方面的感染力明显加强。而乡土散文作为一个历史传统深厚和包容量巨大的类别，在新世纪散文中无疑占据着重要的席位。源于强大文化惯性的拖拽，其叙事的转向并没有像新散文、历史散文那般决绝和清晰，具体而言，属于报纸副刊内容的乡土散文，情感投射是直接的，乡土的诗意化与乡愁的寄托使得这批作品仍然受制于主情机制的制约。而各类刊物上刊发的乡土散文，则拥有另外一番面目，源于刊物对长度和审美内涵的要求，吟咏情性、伤怀凭吊、空发感叹等，往往被视为多余的泡沫，必须要在文本中加以挤出。其中比较成功的作者，往往有着更为宽阔的视野和把握时代变化的叙事背景，如梁鸿的《出梁庄记》《中国在梁庄》，叙事的经纬度非常明显，而傅菲的饶北河系列，使得他成为南方生活精确的记录者和观察者，他笔下的人物、器物、草本、民俗的变化皆以系列流动的形式贴近百年乡土历史的脉络。其他如江少宾、杨献平、桑麻、王选、草白、罗南、宋长征等乡土散文作者,对于各自故土的书写大多以系列性的形式展现出来,而场景叙事也成为这批作家常用的手段。当然,新世纪乡土散文写作中的重镇在周同宾和冯杰这两位河南作者那里,他们开创了乡土散文的两种范式。对于周同宾而言,开创了史实型的乡土散文,借助个别来反映一般,以个人史的记录为时代的辗转做证,再加上作者本人身上强烈的启蒙意识,使得他笔下的作品具备了强烈的写实性,如《一个人的编年史》。而冯杰则开创了乌托邦式的乡土散文,"北中原"成为纸上的寄托和乡愁的载体。不过,冯杰的凭借在于小品文传统,他的独有的幽默、智慧以及情感上的克制,在其《田园书》《午夜异语》等作品中有着鲜明的呈现。除了上述所言的散文类型之外,亲情散文也是另外重要的支流,其中的代表性作品,如北岛的《父亲》,野夫的《江上的母亲》,龙应台的《目送》,李颖的《父亲的三个可疑身份》,这些作品皆无一例外地属于叙事类篇章。

"非虚构"的崛起构成新世纪文学的一个重要文学现象。迄今为止,关于"非虚构"到底是一种独立文体还是一种艺术处理方式,人言殊异,莫衷一是。报告文学、散文这两种体式受到这一现象冲击甚大,就散文来说,可以看到这一场域内力量的薄弱和话题的贫乏,而产生这种后果的根源就在于散文思潮的弱化。21 世纪以来,新散文运动的迅速退潮及在场主义散文思潮呈弱性的特质,构成了散文思潮弱化的主体内容。而在散文的生成机制上,新世纪散文呈现出叙事勃兴的局面,除了思想随笔之外,其他散文类型大多受到影响,进而在整体上呈现出叙事转向的趋势。在散文的叙事转向上,新散文运动可谓拔得头筹并形成示范效应,历史散文、乡土散文、亲情散文等则随之跟进,并产生了一批能够代表这二十年散文较高成就的作品,也使得散文叙事与小说叙事的区别何在这样的话题,成为散文场域内的一个争议性话题。基于抒情机制的部分类型,如游记、青春美文、都市美文或其他艺术性散文,或者萎缩,或者退避,成为散文的边缘所在。新世纪散文的叙事转向,就内在动因而言,与中国社会的结构性转型,与消费主义的兴起,以及在此基础上的审美心理的转换,存在着必然的联系。由此,我们也能觉察到写实原则和相关美学的兴起。这也让我们想起马尔克斯的一个判断,即真实永远是文学的最佳模式。

参考文献

一、著作

[梁]刘勰:《文心雕龙》,王志彬译注,中华书局,2012年。
[梁]萧统:《昭明文选》,[唐]李善注,中华书局,1977年。
[清]王夫之:《读通鉴论》,舒士彦点校,中华书局,2013年。
[清]姚鼐:《古文辞类纂》,胡士明、李祚唐点校,上海古籍出版社,
    2016年。
[清]章太炎:《国故论衡》,商务印书馆,2011年。
[清]章学诚:《文史通义》,上海古籍出版社,2009年。
蔡江珍:《中国散文理论的现代性想象》,中国社会科学出版社,2006年。
陈德锦:《中国现代乡土散文史论》,中国社会科学出版社,2004年。
陈剑晖:《中国现当代散文的诗学建构》,江西高校出版社,2004年。
陈剑晖:《诗性散文》,广东教育出版社,2009年。
陈剑晖:《诗性想象——百年散文理论体系与文化话语建构》,广东人民
    出版社,2014年。
陈平原:《从文人之文到学者之文》,生活·读书·新知三联书店,2004年。
陈平原:《中国散文小说史》,北京大学出版社,2010年。
陈晓芬:《古典散文理论史》,上海:华东师范大学出版社,2011年。
陈亚丽主编:《散文批评三十年》,武汉出版社,2015年。

陈柱:《中国散文史》,江苏凤凰文艺出版社,2017年。

程金城主编:《中国新时期散文研究资料》,山东文艺出版社,2006年。

段建军、李伟:《新散文思维》,商务印书馆,2006年。

范培松:《中国散文批评史》,江苏教育出版社,2000年。

范培松:《中国散文史》(上、下),凤凰出版传媒集团,2008年。

范培松:《散文脉络的玄机》,广东人民出版社,2016年。

傅德岷:《散文艺术论》,重庆出版社,1988年。

傅德岷、包晓玲主编:《中国新时期散文理论集粹》,武汉出版社,2006年。

谷海慧:《审美与审智:当代散文文体及艺术研究》,知识出版社,2010年。

何平:《散文说》,江苏文艺出版社,2013年。

黄科安:《知识者的探求与言说》,中国社会科学出版社,2004年。

黄科安主编:《中国散文的民族化与现代化》,中国社会科学出版社,2010年。

黄维樑:《中国古典文论新探》,北京大学出版社,1996年。

贾平凹编:《散文研究》,河北大学出版社,2001年。

李林荣:《嬗变的文体》,社会科学文献出版社,2006年。

李伟、韩巧花、陆妙琴:《中国新时期散文的变革与发展》,陕西科学技术出版社,2015年。

李晓虹:《中国当代散文审美建构》,海天出版社,1997年。

梁启超:《梁启超论中国文学》,商务印书馆,2012年。

梁向阳:《当代散文流变研究》,中国社会科学出版社,2007年。

林非:《现代六十家散文札记》,百花文艺出版社,1980年。

林非:《中国现代散文史稿》,中国社会科学出版社,1981年。

林非:《林非论散文》,江西高校出版社,2000年。

刘思谦、郭力、杨珺:《女性生命潮汐——二十世纪九十年代女性散文研究》,河南大学出版社,2005年。

刘锡庆:《散文新思维》,河北教育出版社,1998年。

楼肇明:《繁华遮蔽下的贫困——九十年代散文之路》,山西教育出版社,1999年。

南帆:《文学的维度》,上海三联书店,1998年。

钱穆:《中国文学论丛》,生活·读书·新知三联书店,2008年。

钱锺书:《谈艺录》,生活·读书·新知三联书店,2001年。

佘树森:《散文创作艺术》,北京大学出版社,1986年。

佘树森:《中国现当代散文研究》,北京大学出版社,1993年。

沈义贞:《全球化与中国当代散文话语策略研究》,江苏教育出版社,2009年。

孙绍振:《文学创作论》,海峡文艺出版社,2000年。

孙绍振:《文学性讲演录》,广西师范大学出版社,2006年。

陶东风:《文体演变及文化意味》,云南人民出版社,1994年。

童庆炳:《文体与文体的创造》,云南人民出版社,1994年。

童庆炳主编:《文学理论教程》,高等教育出版社,1998年。

王国维:《人间词话》,人民文学出版社,1960年。

王国维:《王国维文学论著三种》,商务印书馆,2010年。

王凌虹:《文心探秘——中国散文源流及新时期散文研究》,云南人民出版社,2013年。

王一川:《语言乌托邦》,云南人民出版社,1994年。

王兆胜:《文学的命脉》,华东师范大学出版社,2005年。

王兆胜:《新时期散文的发展向度》,广东人民出版社,2014年。

王佐良:《英国散文的流变》,商务印书馆,1998年。

吴周文:《散文审美与学理性阐释》,广东人民出版社,2016年。

谢有顺:《先锋就是自由》,山东文艺出版社,2004年。

谢有顺:《散文的常道》,广东人民出版社,2014年。

徐复观:《中国艺术精神》,商务印书馆,2010年。

徐治平:《中国当代散文史》,中国文联出版社,2001年。

颜水生:《中国散文理论的现代转型》,中国社会科学出版社,2014年。

叶嘉莹:《王国维及其文学批评》,北京大学出版社,2014年。

俞元桂主编:《中国现代散文理论》,广西人民出版社,1984年。

袁勇麟:《当代汉语散文流变论》,上海三联书店,2002年。

张恩普、任彦智、马晓红:《中国散文理论批评史论》,东北师范大学出版社,2015年。

张国俊:《中国艺术散文论稿》,中国社会科学出版社,2004年。

张振金:《中国当代散文史》,人民文学出版社,2003年。

张智辉:《散文美学论稿》,中国社会科学出版社,2004年。

郑明娳:《现代散文理论垫脚石》,广东人民出版社,2016年。

朱自清:《中国文学批评研究讲义》,天津古籍出版社,2004年。

祝勇:《一个人的排行榜》,春风文艺出版社,2003年。

祝勇:《散文的叛徒》,上海人民出版社,2010年。

宗白华:《艺境》,商务印书馆,2011年。

〔德〕恩斯特·卡西尔:《语言与神话》,于晓等译,生活·读书·新知三联书店,1988年。

〔德〕歌德:《歌德谈话录》,朱光潜译,人民文学出版社,1978年。

〔德〕海德格尔:《人,诗意地栖居》,郜元宝译,上海远东出版社,1995年。

〔法〕罗兰·巴尔特:《写作的零度》,李幼蒸译,中国人民大学出版社,2008年。

〔法〕莫里斯·梅洛-庞蒂:《世界的散文》,杨大春、张尧均译,商务印书馆,2005年。

〔法〕皮埃尔·布尔迪厄:《艺术的法则：文学场的生成与结构》，刘晖译，中央编译出版社，2011年。
〔美〕勒内·韦勒克、〔美〕奥斯汀·沃伦:《文学理论》，刘象愚等译，浙江人民出版社，2017年。
〔美〕乔纳森·卡勒:《文学理论入门》，李平译，译林出版社，2013年。
〔美〕伊恩·P.瓦特:《小说的兴起》，高原、董红钧译，生活·读书·新知三联书店，1992年。
〔苏〕巴赫金·陀思妥耶夫斯基:《诗学问题》，白春仁、顾亚铃译，生活·读书·新知三联书店，1988年。
〔苏〕维·什克洛夫斯基:《散文理论》，刘宗次译，百花洲文艺出版社，1993年。
〔英〕特里·伊格尔顿:《二十世纪西方文学理论》，伍晓明译，北京大学出版社，2018年。

二、论文

1. 学位论文

邓仁英:《新时期散文理论建设的流变、限度与可能》，淮北师范大学硕士学位论文，2011年。

李文莲:《论新时期中国散文中的生命意识》，山东师范大学博士学位论文，2010年。

李雪梅:《中国现当代散文本质特征论》，湖南师范大学硕士学位论文，2008年。

李卓:《20世纪90年代以来新散文研究》，湖南师范大学硕士学位论文，2013年。

宁彩云:《失落的悲歌与回归的茫然——当代散文文体意义之嬗变》,青岛大学硕士学位论文,2006年。

王冰:《主体表达与价值呈现——对1990年代散文创作的一种观察》,广西民族大学硕士学位论文,2007年。

王雪:《二十世纪九十年代以来散文类型研究》,吉林大学博士学位论文,2010年。

徐炎君:《1990年代以来的散文理论研究》,沈阳师范大学硕士学位论文,2011年。

杨雯:《论20世纪80年代散文抒情模式的转变》,西北大学硕士学位论文,2017年。

翟海清:《新时期散文批评的基本特征与理论建构》,山东理工大学硕士学位论文,2013年。

2. 报刊论文

蔡江珍:《散文本体论的限制》,《当代文坛》,2003年第6期。

陈慧:《新散文:写作中的散文》,《大家》,1998年第2期。

陈剑晖、司马晓雯:《星垂平野阔 月涌大江流——新时期散文研究三十年》,《中国社会科学》,2009年第2期。

陈剑晖:《论20世纪90年代中国散文的文体变革》,《中国社会科学》,2001年第5期。

陈剑晖:《论散文作家人格的主体性》,《文艺理论研究》,2003年第5期。

陈剑晖:《断裂中的痛苦与困惑——20世纪散文理论批评评述》,《华南师范大学学报》(社会科学版),2004年第1期。

陈剑晖:《关于散文的几个关键词》,《文艺评论》,2004年第1期。

陈剑晖:《论当代散文思潮的发展演变》,《广东社会科学》,2005年第

1 期。

陈剑晖:《中国散文理论存在的问题及其跨越》,《中国社会科学》,2005年第 1 期。

陈剑晖:《新散文往哪里革命?》,《文艺争鸣》,2006 年第 5 期。

陈剑晖:《散文的真实、虚构与想象》,《南京师范大学文学院院报》,2007 年第 1 期。

陈剑晖:《巴比伦塔与散文的推倒重建——驳周伦佑的〈散文观念：推倒或重建〉》,《文艺争鸣》,2009 年第 6 期。

陈剑晖:《新时期散文观念与散文论争》,《文艺评论》,2009 年第 3 期。

陈剑晖:《历史地理解散文的"真情实感"》,《名作欣赏》,2011 年第 6 期。

陈剑晖:《散文观念的突破与当代散文的前途》,《当代文坛》,2011 年第 5 期。

陈剑晖:《现代批评视野与诗性散文理论建构》,《文艺争鸣》,2011 年第 3 期。

陈剑晖:《文学传统的借鉴与当代文学的振兴——以中国散文为核心》,《中国社会科学》,2017 年第 11 期。

陈剑晖:《理论建构与生命激情的交融》,《南方文坛》,2018 年第 1 期。

程光炜:《怎样对"新时期文学"做历史定位》,《当代作家评论》,2005 年第 3 期。

杜福磊:《林非对我国现当代散文理论研究与建设的贡献》,《中州学刊》,2008 年第 5 期。

范昌灼:《新时期散文理论研究论略》,《云南师范大学学报》,1992 年第 6 期。

范培松:《20 世纪中国散文批评概观》,《厦门大学学报》,2003 年第 1 期。

范培松：《评喻大翔〈用生命拥抱文化——中华 20 世纪学者散文的文化精神〉》，《文学评论》，2003 年第 5 期。

范培松：《散文理论批评发展畅想》，《学术研究》，2005 年第 2 期。

范培松：《当今散文的审美及评估》，《当代作家评论》，2011 年第 4 期。

范培松：《浅析在场主义散文的三个理论问题》，《文学报》，2014 年 2 月 13 日。

方铭：《论现代散文理论建设》，《中国现代文学研究丛刊》，1986 年第 2 期。

傅瑛：《走向世俗：跨世纪中国散文的发展趋势》，《当代文坛》，1996 年第 4 期。

傅瑛：《90 年代散文批评概览》，《新华文摘》，1999 年第 1 期。

耿占春：《为什么我们要有叙事》，《天涯》，2001 年第 3 期。

古耜：《散文理论发展不能悖离现实》，《文艺报》，2013 年 3 月 11 日。

谷海慧：《沉寂的呼声——"新艺术散文"与"新潮散文"评析》，《文艺评论》，2003 年第 5 期。

胡景敏：《巴金〈随想录〉的发表、版本及其反响考述》，《长江学术》，2009 年第 2 期。

胡俊海：《新时期散文理论建设梳辨》，《德州高专学报》，2000 年第 3 期。

胡彦：《从传统到现代——论 90 年代散文艺术范式的转换》，《当代文坛》，1999 年第 1 期。

黄浩：《当代中国散文：从中兴走向末路》，《文艺评论》，1988 年第 1 期。

李文莲：《生命意识：新时期散文研究的新的理论焦点》，《山东师范大学学报》，2010 年第 2 期。

李永建：《"杨朔模式"漫议》，《中国现代文学研究丛刊》，2001 年第 2 期。

梁启超：《论小说与群治之关系》，《新小说》，第 1 号，1902 年。

梁向阳:《散文:当下状态解读与未来走向展望》,《当代文坛》,2002年第6期。

梁向阳:《当代散文理论建设的回顾与反思》,《文艺争鸣》,2008年第10期。

林道立:《散文创作的羸弱与理论的瘠薄》,《当代文坛》,1986年第5期。

林道立、吴周文:《散文"虚构说"的悖谬与"假性虚构"的阐释》,《天津师范大学学报》,2015年第5期。

林非:《散文研究的特点》,《文学评论》,1985年第6期。

林非:《散文创作的昨日和明日》,《文学评论》,1987年第3期。

林非:《关于当前散文研究的理论建设问题》,《河北学刊》,1990年第4期。

林非:《我的散文之路》,《海南师范学院学报》,1996年第4期。

林贤治:《90年代散文:世纪末的狂欢》,《文艺争鸣》,2001年第2期。

林贤治:《五十年:散文与自由的一种观察》,《书屋》,2000年第3期。

刘半农:《我之文学改良观》,《新青年》,1917年,第三卷第三号。

刘锡庆:《当代散文:发展轨迹、分"体"考察和作家特色——兼评"当代文学史"有关散文的表述》,《文学评论》,1992年第6期。

刘锡庆:《当代散文:更新观念,净化文体》,《散文百家》,1993年第11期。

刘锡庆:《当代散文理论和散文刊物》,《报刊之友》,1995年第6期。

刘锡庆:《散文的理论建设是当务之急》,《西安教育学院学报》,1995年第3期。

刘锡庆:《世纪之交:对"散文"发展的回顾与思考》,《文学评论》,1997年第2期。

刘烨园:《走出困境:散文到底是什么》,《文艺报》,1988年7月23日。

刘烨园:《新艺术散文札记》,《鸭绿江》,1993 年第 7 期。

楼肇明:《当代散文潮流回顾》,《当代作家评论》,1994 年第 3 期。

楼肇明:《关于散文本体性的思考》,《文艺评论》,1995 年第 4 期。

楼肇明:《沙盘·平面图和当代散文研究之整体性思维——兼论梁向阳〈当代散文流变研究〉》,《南方文坛》,2008 年第 6 期。

马嘶:《论当代散文文体》,《当代文坛》,1987 年第 1 期。

钱谷融:《真诚·自由·散淡——散文漫谈》,《文艺理论研究》,1995 年第 2 期。

单正平:《散文批评的理论问题》,《海南师范大学学报》,2003 年第 6 期。

佘树森:《现代散文理论鸟瞰》,《北京大学学报》,1986 年第 5 期。

佘树森:《当代散文之艺术嬗变》,《北京大学学报》,1989 年第 5 期。

孙犁:《关于散文创作的答问》,《人民文学》,1983 年第 9 期。

孙绍振:《评陈剑晖〈中国现当代散文的诗学建构〉》,《文学评论》,2006 年第 5 期。

孙绍振:《世纪视野中的当代散文》,《当代作家评论》,2009 年第 1 期。

孙绍振:《"真情实感"论在理论上的十大漏洞》,《江汉论坛》,2010 年第 1 期。

孙绍振:《建构当代散文理论体系的观念和方法问题——在大连"散文理论创新研讨会"上的发言》,《当代作家评论》,2010 年第 2 期。

孙绍振:《当代散文:流派宣言和学理建构》,《文艺争鸣》,2011 年第 3 期。

孙绍振:《现当代散文两次文体危机的理论根源——在常熟理工学院"东吴讲堂"上的讲演》,《东吴学术》,2011 年第 3 期。

孙绍振:《散文理论:审美、审丑和审智范畴的有序建构》,《学术研究》,2015 年第 6 期。

滕永文:《刘锡庆散文理论观论要》,《广西民族大学学报》,2009 年第 1 期。

王充闾:《想象:散文的一个诗性特征》,《文艺争鸣》,2006 年第 6 期。

王干、费振钟:《对散文命运的思考》,《文论报》,1986 年 7 月 22 日。

王兆胜:《论 20 世纪中国散文研究》,《徐州师范大学学报》,2001 年第 4 期。

王兆胜:《论九十年代中国学者散文》,《社会科学战线》,2002 年第 1 期。

王兆胜:《当前中国散文理论建设中的盲点》,《学术研究》,2004 年第 11 期。

王兆胜:《关于散文文体的辩证理解》,《文艺争鸣》,2005 年第 1 期。

王兆胜:《当前散文研究的瓶颈与突破——兼论陈剑晖的散文理论建构》,《江汉论坛》,2007 年第 5 期。

王兆胜:《坚守于突围:新时期散文三十年》,《当代作家评论》,2008 年第 5 期。

王兆胜:《散文的常态与变数》,《文艺争鸣》,2009 年第 6 期。

王兆胜:《散文文体:中国传统文化基因与密码的载体》,《学术研究》,2015 年第 6 期。

王钟陵:《20 世纪中国散文理论之变迁》,《漳州师范学院学报》,1999 年第 2 期。

韦济木:《论新时期散文的艺术嬗变》,《当代文坛》,2004 年第 1 期。

吴秉杰:《散文时代——读当前散文作品随想》,《当代文坛》,1997 年第 3 期。

吴晓蓉:《论新时期散文的三次论争》,《西南民族大学学报》,2002 年第 6 期。

吴周文:《中国现代散文理论批评的发展概观》,《扬州大学学报》,1999

年第 2 期。

吴周文:《散文界说与文本基本特征》,《徐州教育学院学报》,2002 年第 3 期。

吴周文:《中国现当代散文的"格式塔质"审美》,《中国现代文学研究丛刊》,2017 年第 9 期。

肖云儒:《形散神不散》,《人民日报》,1961 年 5 月 12 日。

谢有顺:《重申散文的写作伦理》,《文学评论》,2007 年第 1 期。

谢有顺:《散文是在人间的写作》,《文艺争鸣》,2008 年第 4 期。

徐慧琴:《新时期散文研究综述》,《山西大学学报》,2005 年第 4 期。

颜敏:《新时期散文衍化管窥》,《当代文坛》,2003 年第 3 期。

尹康庄:《鲁迅与魏晋》,《鲁迅研究月刊》,2000 年第 2 期。

游修庆:《在全球化语境中建构新的散文理论话语》,《海南师范大学学报》,2007 年第 3 期。

于祎:《贾平凹"大散文"观的理论误区与现实意义》,《山东社会科学》,2008 年第 6 期。

俞元桂:《中国现代散文理论建设管窥》,《文艺研究》,1982 年第 1 期。

张明吉:《谈杨朔散文的不足之处》,《光明日报》,1982 年 8 月 19 日。

赵玫:《我的当代散文观》,《天津文学》,1986 年第 5 期。

钟名诚:《多元共存,两翼发展——九十年代散文理论批评扫描》,《海南师范大学学报》,1997 年第 6 期。

周伦佑:《散文观念:推倒或重建》,《红岩》,2008 年第 3 期。

朱向前:《散文的"散"与"文"》,《光明日报》,1995 年 5 月 24 日。

朱自清:《论现代中国的小品散文》,《文学周报》,1928 年第 345 期。

〔美〕希利斯·米勒:《全球化时代文学研究还会继续存在吗?》,国荣译,《文学评论》,2001 年第 1 期。